BEHOLD THE COLORED CARP SPIRIT

目錄頁
CONTENT

【第一章】

演技不在線

蘇錦黎正式展開娛樂圈的工作生涯了。

他們一行人前往機場，要搭乘晚上的班機飛抵拍攝廣告的城市。進入機場時就好像一場歷練，要控制好粉絲，還要配合進行機場的採訪。

蘇錦黎從來沒遇過坐飛機還得配合一群記者拍攝，甚至有記者為了搶在前面，不顧阻攔地湧上來，鏡頭差點貼到蘇錦黎的臉上。

蘇錦黎被嚇得一愣一愣的，身邊的丟丟提醒他保持形象，他只能一直保持微笑。

蘇錦黎怕高，本以為不坐在靠窗的位子就沒事了，結果在起飛跟降落的瞬間，他還是會心跳加速一陣子，以致於下飛機時難受得需要人攙扶。

然而走出去後，要立即改變自己的狀態，表現出元氣滿滿的樣子，跟粉絲打招呼。

他們到達拍攝城市的酒店後，已經將近十二點了，門口依舊有一群粉絲在等待。

「他們是怎麼知道我的行程？不是下午才預定的嗎？」蘇錦黎在其他人的保護下進入酒店，忍不住問丟丟。

「正常，現在粉絲追星都有專門的APP，還有不少會員註冊性質的網站專門賣明星的出行資料，上次烏羽就是這麼被堵在高鐵車站的。」丟丟回答：「你這還是好的呢，還有不少藝人家裡都被襲擊了，安少就經歷過。」

「啊？怎麼了？」

「安少在兩年前最火的時候，回到家裡就覺得有點不對勁，走進去看到一個粉絲脫光了躺在他的床上。安少住的地方保全已經做得非常好了，還是防不住這些厲害的私生飯，各個都像搞刑偵似的。」

蘇錦黎點了點頭，接著疑惑地說：「可是……我們也是靠他們的支持啊，所以不能對粉絲有敵對心理。」

「你做偶像之後，要有一個概念，私生粉跟真愛粉是不同的。真愛粉就是支持你的粉絲，他們絕對不會給你帶來任何煩惱，都是小天使。但是極端私生粉會擾亂你的生活，你遇到這種私生粉時，絕對不要因為他們是你的粉絲就手軟。」

「嗯……」蘇錦黎點了點頭，依舊覺得有點不妥。

「舉個例子，就像安少遇到的那件事情，如果安少覺得她是自己的粉絲就手下留情，之後怎麼辦？萬一被傳成是他的女友呢？或者被女粉絲鬧著說性侵，要他負責怎麼辦？豈不是很冤枉？」丟丟依舊耐著性子跟蘇錦黎解釋，希望蘇錦黎以後能夠處理好這種事情。

「可能是我現在還不能體會到什麼，我希望能讓粉絲覺得我值得被喜歡。他們來了我也會盡可能地去看看他們，我想保護我的粉絲。」

丟丟聽完蘇錦黎的話，點了點頭，比量了一個手勢，「OK的，不過我還是想提醒你一句，粉絲就像你的孩子，可以寵著但是不能溺愛。」

「我的粉絲都是我的家長……」

「對，我知道，你有著強大的媽媽粉。」丟丟忍不住大笑起來。

丟丟還需要跟這個小團隊磨合，至少現在看來沒有什麼問題。

蘇錦黎在第二天開始進行拍攝。這是一個護膚品的廣告代言，內容很簡單，蘇錦黎在舞臺上表演，但其中有一段希望拍攝成淋雨的效果。

丟丟看到腳本後立即跟拍攝方進行溝通。最開始給的方案裡並沒有說會有淋雨的鏡頭，安子晏他們才會同意拍攝，突然出現這樣的安排，讓他們有點不能接受。

丟丟來之前就得到吩咐，蘇錦黎的身體不能碰水，不然會影響健康。所以他跟拍攝組對過內容後，覺得必須取消這個鏡頭，蘇錦黎這才放下心來。

雖然說，廣告最後很可能只有剪輯成兩分鐘，但實際上廣告的拍攝進行了二十一個小時，不眠不休。蘇錦黎第一次拍廣告，有點無法入戲，不過也都極力配合。

其實鏡頭大多是蘇錦黎在舞臺上表演，還有一組是拍生活裡的狀態，最後是蘇錦黎拿著護膚品對著鏡頭說幾句臺詞。

廣告的主題是在舞臺上釋放自我，在生活裡喜歡安靜，XX護膚品，能夠讓他表現真正的自我之類的。是很常見的廣告，大家也喜歡。

艱難地拍攝完畢後，蘇錦黎累得倒在椅子上。

波波看到蘇錦黎的狀態有點心疼，拿著工具，讓蘇錦黎就這樣坐著幫他卸妝。

丟丟在一邊給江平秋發訊息，彙報工作。

丟丟：江哥，蘇老大的演技不大好，總是不自然，有幾個鏡頭導演依舊不滿意，是明天再補鏡頭，還是按照行程繼續飛下一個城市？

江平秋：這個廣告不是沒什麼難度嗎？侯勇是什麼態度？

丟丟：勇哥希望繼續拍攝，不能丟了口碑。

江平秋：嗯，你幫忙調整，跟下一個拍攝方解釋吧。演技方面有多不好？

丟丟：就是……我看著都覺得很尬。

蘇錦黎也知道自己的演技不行，連他都覺得很彆扭，再看看其他工作人員的神情跟狀態，就知道是自己給他們添麻煩了。

這個廣告除了那段舞臺上的表演很快就拍攝完畢，之後的拍攝都非常不順利。其中有一段是蘇錦黎早上起床，到樓下喝了一杯牛奶，還有一組鏡頭是在小花園裡曬太陽，這樣簡單的鏡頭，他都拍攝了無數遍。四肢僵硬，表情不自然。

後來乾脆改成了幻燈片般的鏡頭，下樓的部分都刪掉了，就是起床、廚房裡喝牛奶、小花園裡曬太陽。如果不是必須拍皮膚，拍攝方說不定會改成只拍身體的遠景，不拍臉部特寫了。

在蘇錦黎卸妝完畢後，導演又走進來，希望跟蘇錦黎的小團隊溝通一下。

導演不算是知名導演，他們這邊又是傳奇世家，屬於大公司，所以來的時候也挺客氣的。

讓導演沒想到的是，他剛進來，蘇錦黎就主動站起身來道歉：「導演，不好意思，我沒學過演戲，給你們添麻煩了。」

丟丟他們也放下手機，趕緊過來。其實連續二十一小時的拍攝，他們已經算是過分了，畢竟合約上寫的不超過十六小時，今天已經嚴重超時，導演也知道蘇錦黎明天還有工作，想一次性完成，不過最終依舊不大滿意。

不過，他們看出來蘇錦黎的態度一直很好，不會不耐煩，而且說什麼都會努力配合，做不好了還會道歉。這讓導演對蘇錦黎的第一印象非常好，性格跟態度是非常難得的。

「我們看了拍攝後的鏡頭，起床的部分還是有點欠缺，我們這個廣告需要在很短的時間內就製作完畢，你們什麼時候能再給我們補一個鏡頭？」導演提出他的想法。

蘇錦黎也有點為難，他很想拍好，又怕耽誤其他的工作，於是看向侯勇。

丟丟這邊已經彙報完，但江平秋也不能做主，去跟安子晏請示了。

等了一會，丟丟拿出手機聽語音，確認沒有問題後開了擴音，是安子晏的聲音：「沒有事先給蘇錦黎培訓過，就直接去拍廣告，的確是我們這邊的問題。你們積極配合拍攝，拍攝方完全滿意後再說下一項工作。對之後的工作所造成的損失，皆由世家傳奇承擔。」

既然安子晏都這麼說了，導演終於鬆了一口氣，接著對蘇錦黎進行鼓勵，表示讓蘇錦黎休息半天，吃飯、睡覺調整狀態，下午再繼續拍攝。

確定行程後，侯勇立即跟下一個拍攝方改時間。丟丟則是一直跟在侯勇身邊，聽著談話的內容確定時間，再去跟這邊的導演討論一下，最終確定了時間後，坐在角落改簽整個團隊的機票時間。

蘇錦黎看著他們忙碌，突然覺得自己就算回去睡覺也會睡不著，他坐在化妝間裡，吃小咪買來

的早餐，有點食不知味。

這個時候手機響起來，是安子晏發來的消息：沒事，剛開始拍攝經驗不足，我們慢慢鍛煉。

蘇錦黎看著螢幕，良久才回覆：就是有點內疚，整個團隊都陪著我加班，工作人員跟著我延長工作時間，我的表演卻一直都不理想。

安子晏：是我們的錯，太急於求成了，你剛剛結束比賽，就開始拍攝廣告，為難你了。

蘇錦黎開始給安子晏發語音訊息，詢問該怎麼起床才自然。

安子晏：「你平時怎麼起床？」

蘇錦黎：「就是睜開眼睛啊，可是他們要求我睡覺的時候嘴角帶笑，醒來後就帥帥的，還要求清新自然。」

安子晏過了一會，發來一段短視頻。視頻應該是對著電腦螢幕拍的，不是很清晰，畫面裡是一組安子晏拍攝電視劇裡的起床鏡頭。

安子晏：這種鏡頭是最常見的拍攝了，因為內容很簡單，也很日常，所以被選為第一個拍攝的畫面。

蘇錦黎看著安子晏視頻裡的樣子，打字詢問：你平時這麼起床嗎？

安子晏：不，應該是醒了先擦擦眼屎吧？

蘇錦黎：其實我也是。

安子晏：你不應該是從地上爬起來，把被子放在床上嗎？

蘇錦黎：不是的！我一般都很老實！

安子晏：我不信。

蘇錦黎：哼。

安子晏：你去拍攝的那張床睡吧，留意自己醒過來時的狀態。

蘇錦黎：喔，好的。

蘇錦黎真的聽了安子晏的建議，去拍攝組準備的床上睡覺了。

其實這個床一點也不舒服，兩面通風，都是攝像機，上空也是鏤空的，若不是蘇錦黎真的累了，加上坐飛機不大舒服，估計也不會睡著。

他是非自然醒來的，整個人都掉在地面上，然後矇頭轉向地爬起來，迷茫地看了看周圍。

然後就聽到導演說：「OK！完美！非常自然，就用這段！收工。」

蘇錦黎很惶恐……拍攝了將近一天都沒拍好，他睡一覺之後就拍攝完成了？難不成他睡覺的時候，拍攝組一直在旁邊看著他睡覺？

蘇錦黎的演技真的有問題。

為此，在蘇錦黎到安子晏拍攝新劇的城市當天，安子晏特意提前收工，來看蘇錦黎拍攝。

蘇錦黎舞臺表演沒有問題，不然也不會得到選秀比賽的第一名，還是被眾人推崇的。

平面廣告稍微引導一下，拍出來的靜態相片，也沒什麼問題。

但是演技……真的很尷尬。蘇錦黎很努力表演，然而太努力了，就會顯得非常刻意，一看就是在演，非常不自然，很做作。有的時候為了體現某個神態，會做得十分誇張，例如生氣就會暴躁得像發瘋了一樣，驚訝的時候眼睛睜得老大，微笑的時候簡直恨不得露出後槽牙。

安子晏站在旁邊看了一會，忍不住捂臉。

蘇錦黎的表現，就好像上課的小學生，手臂放在桌面上疊著，後背坐得筆直，非常刻意。

演技也是小學生彙報演出級別的，這樣的演技根本不行啊，之後拍攝姜町的戲是一個大問題。

「安大哥……」蘇錦黎委屈兮兮地走過來，跟安子晏打招呼。

「嗯，感覺怎麼樣？」安子晏問。

「感覺不大好。」

「的確。」

「救命啊，安大哥！」蘇錦黎簡直要哭了，一把握住安子晏的手，救救孩子！

安子晏看著蘇錦黎又心疼又無奈，看了看拍攝組工作人員無可奈何的樣子，於是點了點頭，「演員我先帶去進行小黑屋特訓，你們先拍女主角的部分。」

「女主角的部分已經拍攝完成了，她一直在跟蘇錦黎搭戲。」工作人員弱弱地說。

主角就是蘇錦黎，女主角的戲份不多。

「那你們喝喝茶、看看風景。」安子晏說完後，帶著蘇錦黎去了樓上一間單獨的房間。

「安大哥，你說，我跟人家小姑娘才第一天見面，非親非故的，還不是我女朋友，我怎麼跟她互動啊！她靠著我肩膀，我都覺得占她便宜了！」蘇錦黎剛進屋，就滔滔不絕地說了起來。

「不要有那麼多的心理負擔，你是在工作，她也是在工作。」安子晏拉著蘇錦黎，讓他坐下來慢慢調整心情。

這次的廣告比較有難度，這是一個劇情廣告，需要拍出初戀的感覺。

蘇錦黎在廣告裡是校服造型，第一場戲是男女主角在學校裡眉來眼去，蘇錦黎沒拍好。

後面有一段是坐公車，女生靠著蘇錦黎的肩膀睡著了，蘇錦黎緊張又高興的樣子，蘇錦黎仍沒拍好。

再來有一段蘇錦黎偷偷往女生的書桌裡放巧克力，女生突然回來，他快速偽裝，假裝沒事，蘇錦黎依舊沒拍好。

總而言之，一整支廣告，蘇錦黎幾乎都沒拍好，只有一個鏡頭幾次就過了，是蘇錦黎在跳高，女主角從旁邊路過的鏡頭。這段蘇錦黎不需要什麼演技，正常跳高就可以了。

安子晏看了進度，又看了蘇錦黎的狀態，總覺得這個廣告拍攝完成，等於拍了幾集電視劇一樣的時間，這樣很耽誤進度。

「你來跟我搭戲，我表演給你看，你找找感覺行不行？」安子晏問蘇錦黎。

蘇錦黎點了點頭，「好。」

安子晏低頭看了看劇本，然後坐在椅子上，拍了拍肩膀，說道：「靠過來。」

蘇錦黎立即到安子晏的身邊坐下，然後靠著安子晏的肩膀。

兩個人之間存在體型差，看起來倒是不覺得有什麼違和感，蘇錦黎卻需要抬頭，擠出抬頭紋來，才能看到安子晏的表演。

安子晏低頭看了蘇錦黎一眼，忍不住笑了，「咱倆是不是傻？」

「有點。」

「我去跟女主角搭戲，你看看吧。」

安子晏接著又一次對蘇錦黎進行心理建設，告訴他不要有調戲女孩子的感覺，對女主角足夠尊重，同時將這個當成是工作，就不會有什麼特殊的想法了。

走出去後，安子晏找到女主角，客客氣氣地詢問可不可以跟她搭戲，幫蘇錦黎找感覺。

女主角並沒有什麼名氣，只是一個網路校花走紅的，之前都在當平面模特兒，好在演技比蘇錦黎強一些，之前拍過一齣劇的女配角。

見到安子晏，她立即激動起來，羞答答地同意了。

然後，安子晏跟女主角搭戲給蘇錦黎看，先是眉來眼去，然後就是女主角靠著安子晏，安子晏表現出慌張又竊喜的樣子，最後是偷偷藏東西的橋段。一系列下來，只用了四十分鐘，根本不用重拍，直接就可以用。

估計導演都要哭了，為什麼不用安子晏？

不過，安子晏真的沒有少年感，蘇錦黎更符合廣告呈現的主題，因為廣告就是為蘇錦黎量身打造的。

蘇錦黎看著他們搭完戲，並沒有茅塞頓開的感覺，反而表情不大好。

安子晏有點納悶，拉著蘇錦黎到角落，問：「怎麼了？」

「臭流氓！」蘇錦黎突然說了這麼一句。

「哈？」

蘇錦黎看完之後，氣得不想理安子晏了，把安子晏弄得莫名其妙。

「我們剛才是工作，我對她真的沒有非分之想！」安子晏立即解釋。

蘇錦黎瞪了安子晏一眼。

「你能不能別這麼有代入感？」安子晏繼續解釋。

蘇錦黎又奶凶奶凶地罵了一句：「你笑得特別輕浮！」

其實笑得挺帥的，撩得女主角心花怒放，蘇錦黎看出來了，所以特別生氣。

「別別別，我不喜歡女的。」安子晏解釋。

「哼。」

安子晏左右看了看，又湊過去小聲說：「乖，我只喜歡你。」

蘇錦黎聽完就有點慌，下意識地左右看，然後看向安子晏，看到安子晏笑得比剛才還好看。突然就紅了臉頰，有點無地自容。

「我等一下會看視頻，好好研究的。」蘇錦黎這才放軟態度，對安子晏說。

「嗯，實在不行，我可以再演一遍給你看。」

「不用！」蘇錦黎立即拒絕了。

安子晏立即繃不住笑了，舔了舔嘴唇，之後點了點頭，然後湊到蘇錦黎身邊嗅了嗅，「你聞到酸味沒？」

蘇錦黎立即用手搧了搧，「沒有！」

「好，我再給你講一講劇情，你沒談過戀愛，估計沒有體會過見到喜歡的人，會是什麼樣的心情。就是那種……」

「你談過？」

「沒有。」

「那你怎麼演？」

「靠腦補。」

蘇錦黎盯著安子晏看，安子晏繼續跟他講廣告裡，男主角是什麼樣的心情，演戲的小技巧，蘇錦黎該怎麼做才能表現出來等等。

對於蘇錦黎，安子晏還是很有耐心的。安子晏很少親自教公司的新人，不行就換人培養了，但是蘇錦黎不一樣。

第一，他喜歡蘇錦黎。

第二，蘇錦黎人氣高，其他人做不到。

第三，他樂意！

之後，蘇錦黎再度跟女主角搭戲，安子晏站在旁邊看著，有的時候還會走過去指點一下，告訴蘇錦黎怎麼走位，眼睛看哪個方向，甚至按著蘇錦黎再靠近女主角一點。

「你靠她近一點，她不會要你負責的！」安子晏甚至直截了當地說了出來，引得現場一陣爆笑。

安子晏親自指導後，比之前好了很多，又奮鬥了一下午，這段廣告總算是拍攝完成。

廣告不像電影要求有精湛的演技，說得過去就可以。但安子晏的要求更高一點，所以這段廣告也是磨了一陣子才完成。

拍攝完畢後，蘇錦黎捧著盒飯吃，安子晏就拿來電腦，逐幀給蘇錦黎看他的拍攝成果：「我知道你是新手，不能精益求精，但是你看看這裡……眼睛是不是往攝像機這裡瞟了一下？你覺得是小舉動，在鏡頭下卻會特別明顯。還有這裡，手指挪了一下，這裡其實可以再溫柔一點……」

蘇錦黎盯著螢幕跟著看，然後說了一句：「演戲好難啊。」

「其實在我看來，唱歌跳舞更難，然而你都做到了，每個人都有自己擅長的領域，如果你演技再進步一些，就更完美了。」

蘇錦黎突然把飯盒裡的雞腿給安子晏，「這個送你。」

「這是在你這裡最高的禮遇了吧？」

「是。」

蘇錦黎繼續吃飯，安子晏坐在旁邊繼續看拍攝成果，看著看著就忍不住感嘆：「長得真不錯，臉還是挺耐看的。」

「我還是她？」

「你。」

「哼。」算你識相。

安子晏笑咪咪地繼續看著螢幕，接著問道：「你明天沒什麼安排，去我那裡看我拍戲吧。」

「不看，生氣。」

「沒有戀愛的戲，我那一整部戲大多都是權謀，主角夫妻都是相敬如賓，沒有親密的戲。」

「喔，好。」

安子晏這回終於試探出來了，美得都快上天了，他故意低聲問：「那你要不要做我男朋友？」

蘇錦黎立即搖了搖頭。

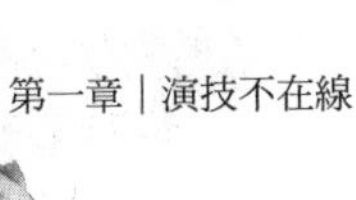

安子晏一愣，問：「為什麼？」

「跟你在一起，我豈不是要生小魚？」

「什麼？」這條魚的腦袋裡究竟在想些什麼！

安子晏耐著性子，跟蘇錦黎解釋，雄性之間是無法繁殖的。

「可是鱈魚、鰈魚、鯡魚可以自體繁殖。」蘇錦黎蹙眉回答。

安子晏是個學渣，不知道這些立即閉了嘴，怕顯得學問追不上媳婦了。

「魚魚很多都有精巢跟卵巢！你跟我都是男生，真要在一起了，你陽氣還比我重，繁殖能力強，我豈不是會生出一堆崽崽來？我才不要生崽崽，我是男孩子！」蘇錦黎拒絕得義正辭嚴。

安子晏都被蘇錦黎的歪理給說服了，立刻拿出手機來查詢錦鯉繁殖。查完就抬起頭大吼：「你唬我！」

蘇錦黎一邊吃飯一邊偷笑，安子晏氣得伸手捏了捏蘇錦黎的後脖頸，不像是懲罰，倒像是在給蘇錦黎按摩頸椎。

兩個人鬧了一會，就一起收拾東西離開了。

蘇錦黎回到原來入住的酒店，安子晏則是去安排蘇錦黎探班的事情。

明星探班，有的時候需要安排記者過來，也是一種宣傳。現在蘇錦黎人氣高，來安子晏的劇組探班，還能上一波頭條，幫劇組宣傳，所以劇組很歡迎蘇錦黎過來。

蘇錦黎現在偶像包袱重，每次出門都要被波波折騰好一陣子。

蘇錦黎覺得自己的皮膚沒什麼問題，波波還非要塗上一層，再仔細看蘇錦黎各個角度，才准許

蘇錦黎出門。甚至於，他從出道到現在，穿的衣服都沒有重複過。

今天蘇錦黎難得沒有工作，正好可以到劇組學習一下演戲。

明天蘇錦黎會跟安子晏一同去錄製一個綜藝節目，還有其他幾位嘉賓，比如安子含、範千霆、張彩妮、魏佳餘等人。

顧桔在下雨那天的表演幫了蘇錦黎，安子晏並沒有忽略，從此對顧桔頗為照顧，也叫他一同過去。四位評審老師只有顧桔去了，畢竟最開始沒打算邀請他們，是安子晏安排顧桔上節目的。

聽說安子晏最近還在聯繫一檔新的真人秀節目，蘇錦黎跟顧桔都被安子晏安排進去，不過安子含的名額還在待定。

最近範千霆有簽約到世家傳奇的苗頭，如果他簽進來，估計還會把他也帶上。不過都是變數很大的事情，要看最後合約是怎麼簽的。

蘇錦黎到了影視城之後，就忍不住東張西望，覺得什麼都很新鮮。

丟丟跟在蘇錦黎身邊，手裡拎著探班禮物，還要小聲提醒：「蘇老大，有記者！」

「喔喔……」蘇錦黎趕緊反應過來，然後就看到江平秋來接他了。

蘇錦黎一邊跟著江平秋往裡走，一邊聽他介紹：「安少還在拍戲，現在不能停下來，你進去之後先等一會。劇組給你安排了椅子，距離導演還挺近的，你可以近距離觀摩一下。」

「嗯，好的。」

蘇錦黎進去之後，看到大家都在忙，於是沒打擾他們，乖乖地坐在椅子上看安子晏拍戲。

蘇錦黎第一次來電視劇的拍攝劇組，想著，聽說拍電影會更大製作，估計現場還會更壯觀。

拍劇的確要比拍攝廣告的時候看著緊張，並且都是有劇情的。

蘇錦黎來的時候，安子晏正拍攝一段表面平靜，實則暗濤洶湧的戲。在場有安子晏以及劇中幾位重要角色，他們看似平靜地談話，實則在互相試探，唇槍舌戰，卻不見任何煙硝。

這種戲需要控制的微表情非常多，一個舉止、一個神態都有可能別有深意。

蘇錦黎盯著看了一會，看得直打哈欠，他看不懂。一次NG後，蘇錦黎終於有機會問身邊的丟丟：「探班提供盒飯嗎？」

「安少肯定給你準備了。」

「喔，那就好。」

「蘇老大，您是來學習演戲的。」

「學著呢，看得可仔細了。」

丟丟從包裡取出一瓶水遞給蘇錦黎，「學到什麼了？」

蘇錦黎小心翼翼地保護口紅，大口喝了水之後回答：「安大哥真帥啊！」

「還有嗎？」

「全場安大哥最帥了。」

「沒了？」

「我就是不明白，為什麼這麼點事，他們就不能直接說呢？聊了這麼半天，拐彎抹角的，好繞啊。」

丟丟開始跟蘇錦黎解釋什麼是權謀，有的時候說錯話，就會引來滅頂之災。蘇錦黎半懂地點了點頭。

再次開始拍攝後，蘇錦黎發現安子晏從始至終都沒看過他。他此時的狀態也跟平時完全不同，似乎真的就是劇裡的那個角色，不苟言笑，威嚴、冷峻、殺伐果斷。

他又看了一會，終於看出一點門道來，突然覺得安子晏好厲害啊！完全演出劇中人物的感覺了。

途中，他起身去洗手間，丟丟自然跟著。蘇錦黎上完廁所洗手的時候，突然身體一顫，詫異地看向斜後方，這裡是共用的洗手池，左側是男廁所，右側是女廁所。

有一個漂亮的女人站在他斜後方，對著鏡子在補口紅，被蘇錦黎看了一眼後，也看向蘇錦黎，接著抿唇一笑，卻看得蘇錦黎心驚膽戰。

是……是貓妖！妖精也分相剋的屬性，最剋蘇錦黎的恐怕就是貓妖了吧？

沒想到今天居然遇到了，不過就算是沈城碰到貓妖，估計也不會輕易敵對，真要是打起來，還得蘇爺爺過來才可以。

「這麼怕我？」她看到蘇錦黎的臉色都變了，忍不住笑著問。

「還好……」

「你哥看到我的時候也挺嫌棄的。」她似乎認識沈城，說起沈城的時候波瀾不驚。

「可能是……是……因為本能吧……」蘇錦黎解釋的時候都口吃了。

女人笑了笑，突然靠近他，手隱藏在洗手池邊，指甲突然變得鋒利，用指尖刮過蘇錦黎的手背，問：「不過你這個小東西，是在吸引我的注意力嗎？」

蘇錦黎立即往後躲了幾步，搖頭，「並沒有，冒犯了，我……我先走了。」

「我脾氣不大好。」女人在蘇錦黎身後突然說道。

蘇錦黎回過頭看向她，沒說話，不懂這句話的意思。

女人一字一頓地說：「以後別再惹我，不然……」接著陰森一笑。

蘇錦黎能想到這句威脅是什麼意思，於是點了點頭，快速出去了。

丟丟就站在門口，看到蘇錦黎出來得這麼慌張有點疑惑，探頭往裡面看了一眼，當即就震驚了。

兩個人走了一段，丟丟才說：「怎麼遇上她了啊！」

「她是誰啊？說話很奇怪。」

「華森娛樂的王牌經紀人韓瑤，周文淵以前是她的藝人。」

「啊？」蘇錦黎驚訝地問。

「不止呢，她帶的另外一位小鮮肉，前陣子一直在爭取姜町導演的戲，結果被安少給截胡了，也就是你演的那個角色，這麼好的機會，可不是小事了。」

蘇錦黎心中一涼，他似乎間接地惹了韓瑤兩次，都夠韓瑤記仇的。要命的是韓瑤居然是貓妖！娛樂圈裡還有其他的妖啊，他果然剛來這邊，沒有見識……

他拿出手機快速給沈城發消息：哥，我遇到一位叫韓瑤的貓妖，被她警告了。

這次應該是到了午休時間，沈城倒是很快就回覆了：她一般不會怎麼樣，你別招惹她，真出事了給陸聞西打電話。

蘇錦黎：嗯，好。

他又把周文淵以及搶角色的事情跟沈城說了，沈城很快回覆：別怕，沒事。

蘇錦黎正在緊張，就看到安子晏穿著古裝過來找他，看到他戰戰兢兢的樣子，忍不住問：「怎麼了？」

「貓！」蘇錦黎立即回答。

「貓怎麼了？」

「我怕貓！」

安子晏這才懂了，對蘇錦黎說：「來我保姆車上說。」

蘇錦黎跟著安子晏走的時候，還在小心翼翼地拽著安子晏的衣角，似乎這樣能覺得安全一些。

到了保姆車上後，其他人沒跟上來，安子晏關了車門。

「韓瑤是貓妖？」安子晏聽了蘇錦黎說的話後，幫蘇錦黎倒了一杯飲料問。

「對！」蘇錦黎緊張地點頭。

安子晏立即坐在蘇錦黎身邊，將蘇錦黎拉進自己的懷裡，抱著安慰，不過還是能夠感受到蘇錦黎在發抖，可見蘇錦黎是真的很怕貓妖。

「別怕，我去跟她解釋清楚，畢竟這些事情都不是你的原因。」安子晏安慰道。

蘇錦黎抱著安子晏的後背，終於覺得自己好了一點，賴在安子晏的懷裡嘟囔：「抱著你就像抱著一個暖爐，覺得暖融融的。」

「那就多抱一會，好一點了我們再吃飯，然後接受採訪。」

「啊！那還是先吃飯吧。」

安子晏無奈地鬆開蘇錦黎，讓江平秋將午飯送進來，等蘇錦黎開始吃了，安子晏才問：「你除了貓，還有怕什麼嗎？」

「你。」

「哈？」

「對，貓跟陽氣男。」蘇錦黎回答。

安子晏拄著下巴看蘇錦黎吃東西，忍不住蹙眉，問：「現在還怕嗎？」

蘇錦黎看了看安子晏，用手托著，餵了安子晏一塊肉，問：「好吃嗎？」

「嗯，還行。」

「我覺得這個挺好吃的。」

安子晏可忍不住，堅持著繼續問：「我問你話呢，現在還怕我嗎？」

「怕的話還會餵你吃飯嗎？」

「那……喜歡嗎？」

「就一點。」

「喔……」安子晏回答完，就覺得有點不對勁，又看向蘇錦黎，發現蘇錦黎的耳朵有點紅。

「就一點是什麼意思？」安子晏趕緊追問。

蘇錦黎悶頭吃飯不回答，沒一會手機就響了，安子晏看到螢幕上的名字就立即翻了一個白眼

——沈城。

之前蘇錦黎跟沈城說了韓瑤的事情，沈城有點擔心，蘇錦黎這邊又突然沒了聲音，於是直接打電話來。

「我跟陸聞西打過招呼了，你有事聯繫他，或者他的助理都可以。他的助理就是那個姓許的捉鬼師，他們倆在一起還是有些實力的。」沈城在電話那端說道。

「嗯嗯，會不會給他們添麻煩啊？」

「當我魚鱗白給的？」

「你給了啊？」

沈城那麼鬱悶了一會，才回答：「嗯……」

「是為了我嗎？」蘇錦黎問。

「嗯。」

「哥你真好！」

沈城是一條特別臭美的魚，蘇錦黎跟在沈城身邊多年，自然知道沈城的風格。

愛美還臭美，剛能變人形的時候，就跑到凡間收集各種衣服穿，穿上之後搭配完了，問蘇錦黎好看不好看。這樣臭美的魚，願意拔掉魚鱗送人，絕對是咬著後槽牙幹的事情，仔細想想，蘇錦黎覺得挺感動的。

「你去安子晏那裡探班了？」沈城又問。

「對啊！」

「你得好好看看，你想進入娛樂圈的話，還是要學會演戲的，我們倆畢竟是血親，說不定你也有天賦。」

「我好像……沒什麼天賦……就跟你不會唱歌一樣。」

兄弟兩個人都陷入了沉默，尷尬得安子晏都感受到了一絲涼意。

「跟安子晏在一起的時候長點心眼，別老被他占便宜，而且，既然不喜歡他就跟他保持距離，別搞得很曖昧，被爆出什麼消息。」沈城那邊又叮囑起來。

蘇錦黎「嗯嗯」地答應了，偷偷看了安子晏一眼，見到安子晏在用手敲著桌面等待，突然有點心虛。

安子晏一看蘇錦黎這個眼神就猜到蘇錦黎在跟沈城聊什麼了，肯定是跟自己有關，畢竟蘇錦黎有什麼情緒都會表現出來。

蘇錦黎掛斷電話後，安子晏問他：「剛才那一點，還有嗎？」

「有。」

「那還能增加嗎？」

「暫時不能……」

安子晏氣得飯都吃不下去了，伸手拿來劇本翻看，賭氣道：「你吃吧，我看看劇本，一會一起去參加採訪。」

蘇錦黎突然撲過來，抱住安子晏的腰。

安子晏被抱得一愣，奇怪地看向蘇錦黎，「怎麼？欲擒故縱啊你這個渣魚。」

「我害怕。」

蘇錦黎害怕不害怕，直接就能感受出來。剛才擁抱的時候蘇錦黎還在發抖，現在蘇錦黎完全就是在抱著他撒嬌，安子晏感受得出來，氣也不是，高興也不是，反正就是拿蘇錦黎沒轍。

不過想了想，總覺得是他心急了。

蘇錦黎是一個小妖精，涉世時間不長，什麼都不懂。

人情世故也還只是剛剛開竅，更別說複雜的人際關係，結果剛剛接觸感情，就要處理哥哥跟追求者是死對頭這種難題。

婆媳關係已夠一個「直男」煩惱的了，他們倆的關係更是尷尬。

蘇錦黎看似十八歲，人情世故方面其實也就是聰明一點的小朋友而已。還是安子晏先看上蘇錦黎的，怎麼跟他計較？不過蘇錦黎現在的態度，安子晏已經算是看明白了，蘇錦黎已經有點動心，這邊捨不得安子晏，那邊又不知道怎麼跟沈城坦白，估計正煩惱呢。

安子晏覺得，他現在要做的就是鞏固自己的地位，總發脾氣不行，必須讓蘇錦黎越來越喜歡他，他才有底氣跟沈城對著幹。

結果剛剛這麼想完，就看到蘇錦黎嘴上的口紅跟油都蹭在他的戲服上了。

「蘇錦黎！」安子晏直接將蘇錦黎拎走，脫掉戲服看了看。

蘇錦黎也跟過來看，然後道歉：「剛才撲得太急了，對不起。」

安子晏只能把戲服遞給江平秋，讓江平秋想辦法去處理，然後再次回到車裡。

回來後，安子晏抽出紙巾給蘇錦黎擦嘴唇，還問：「你塗口紅幹什麼？」

「波波給我塗的。」

「塗得跟個小姑娘似的，平時換個淡點的顏色，或者隨便塗個唇膏就行了。」

「喔……」

「有一點喜歡跟我在一起嗎？」安子晏盯著蘇錦黎問。

蘇錦黎突然有點緊張，提了一口氣，才小心翼翼地回答：「可以再等等嗎？」

「等你哥能接受我？」

蘇錦黎點了點頭。

「我雖然說真的很喜歡你，但是不一定會一直等你，如果你錯過這個時候，讓我等很久的話，我說不定真的會放棄了。我看起來個子很高，但是內心不是堅不可摧的。」

蘇錦黎盯著安子晏看，看了良久才說：「那……到時候我追你行嗎？」

「我不大好追。」

「我跑得快，而且，我不會放棄的。」

安子晏剛才說的話只是想乘勝追擊，讓蘇錦黎心動後，立即答應他，但他究竟會不會放棄，自己也說不清楚。

估計蘇錦黎不做什麼讓他失望透頂的事情，他是不會放棄的。

然後，看到蘇錦黎對著他認認真真地說出「我不會放棄的」，讓安子晏的心口一蕩，就好像被羽毛刮過似的，心癢難耐。

「好，我等你，別讓我等太久行嗎？」安子晏問他。

「嗯嗯！」

「還有我道歉，是我逼得太緊了，讓你左右為難。」

「是我太優柔寡斷了，我會儘快跟我哥哥說清楚的。」蘇錦黎跟著道歉。

安子晏的心口軟成一團，湊過去在蘇錦黎的額頭親了一下，「一起努力。」

蘇錦黎漂亮的眼睛盯著安子晏看，被親了之後有點小開心，忍不住想笑，卻又怕顯得太輕浮，於是忍得很難受。

被親了一下額頭之後，安子晏就退開了，蘇錦黎忍不住問：「這次不親嘴了嗎？」

安子晏被問得身體一僵，詫異地看著他問：「沒交往呢，你確定可以嗎？」

明明剛才還親了額頭，「以前也親過啊！」

安子晏不矜持，非常不矜持！他吞了一口唾沫，就真的湊過去了。

單手勾住蘇錦黎的脖子，將他拉向自己，然後低下頭，吻住蘇錦黎的唇。

蘇錦黎表現得很順從，最開始似乎不知道該怎麼做，只是用手拽著安子晏的衣襟，後來乾脆抱

住安子晏的後背，主動靠過去回應。

甜。這次兩個人都覺得非常甜，心跳不受控制地悄然加速，強勁有力的心跳，指尖都能感受到脈搏。

喜歡就是一種甜蜜到有些心動的感覺，小心翼翼的，又激動萬分。

小小的觸碰都會歡喜一陣，能夠這樣擁抱對方並親吻也覺得幸福萬分。

結束了這個吻，蘇錦黎用大拇指擦了擦嘴唇，就又盯著午餐了。

安子晏看著蘇錦黎的動作，總覺得蘇錦黎就跟老油條似的，他反而成了小純情，被人吃了後，對方泰然自若，他卻緊張得腿都麻了。

「安大哥，你不吃飯了？」蘇錦黎問。

「你怎麼不叫小精緻了？」安子晏終於開始動筷子。

「感覺不大好，我看網上都成了嘲諷的語氣，就不叫了。」

「嗯，以後叫老公。」

蘇錦黎扭頭看了看安子晏，沒說話，繼續吃飯。

安子晏也鬧不明白蘇錦黎是什麼態度，被弄得不上不下的。

兩個人一塊吃完飯，安子晏下了車，叫波波上車給蘇錦黎補妝，畢竟上車之前還有口紅，現在口紅被他擦掉了，還吃了一部分，只能趕緊補救。

安子晏找到江平秋，問戲服的事情，江平秋正在用吹風機吹戲服。

江平秋見安子晏來了，趕緊放下吹風機，同時拿出手機對安子晏說：「網上鬧起來了，關於蘇錦黎的。」

安子晏拿來看了一會就覺得特別火大：「能查出來是誰幹的嗎？」

「華森。」

「韓瑤嗎？」

「具體的還不確定。」

網路最新的熱搜：蘇錦黎劇本人設。

有位娛樂大V有三個號，同時發了關於蘇錦黎走劇本的消息。

內容大體是：蘇錦黎從參加《全民偶像》起，就在走劇本，是沈城跟安子晏達成了合作，自導自演，捧紅了蘇錦黎。

最開始是貧民窟裡的金錦鯉的人設，賣窮賣慘，具有娛樂性，會被人玩笑還覺得親民。

後期就是傷病劇本，安家兄弟的推波助瀾，賣慘讓人心疼，犧牲了一個喬諾，成全了一個蘇錦黎，讓蘇錦黎一下子爆紅。

最後是逆襲劇本，蘇錦黎逆襲成為人氣第一名，突然曝光是沈城失散多年的親弟弟。

一系列下來，讓蘇錦黎具有戲劇性，引起關注，然而狗血至極。

還說蘇錦黎的爆紅，可以被譽為娛樂圈近幾年最成功的行銷。

其實這種有組織有紀律的情況，業內人一眼就能看出來明顯是請了水軍，首先是娛樂大V集體發同樣的內容，一群在意原創的人，發了相同的內容卻不聲討對方，反而成了同一陣營。

然後就是讓水軍帳號占領評論熱門。很多網友看到微博之後，會點開評論看一眼，接著就會被評論裡的內容帶歪，從眾心理，就是這樣。

微博發布的第一時間就能打出那麼多字，有邏輯、有想法，肯定不是臨場發揮，而是早就寫好內容，同一時間運作的。

水軍控制了評論後，開始轉發點讚，以最快的速度上熱門。

水軍帳號在同一時間發微博，大量出現沒幾個粉絲的帳號發的微博，想刪都刪不過來。

熱搜詞當然會在短時間內購買，然後橫空出現在前幾名，想要黑一個人，就不會留下喘息

的餘地。

華森娛樂想黑蘇錦黎，恐怕跟安子晏幫他搶了華森非常看重的角色有關，也許還有點別的原因。總之，就是想讓蘇錦黎現在這個全屏轉發的偶像，身上帶上一點黑點。

前陣子微博二十四小時轉發量超過千萬，的確震驚了不少人。這恐怕是近幾年出道新人裡，勢頭最猛的一位了。就算沒一會就被打壓下去，也要讓蘇錦黎這個人設演得不痛快。

蘇錦黎補完妝，走過來看他們在商量對策。

一會還有記者過來採訪，肯定會問這件事情，這個消息發布得很是時候，直接給安子晏安排了一個大難題。

安子晏很是不爽，明明最近世家傳奇跟華森娛樂關係還不錯，難不成真是因為他搶了一個男三號的角色，對方就惱羞成怒了？

蘇錦黎從他們那裡大致瞭解了事情的經過，點點頭，「嗯，我知道了。」

「一會如果有記者問你很犀利的問題，你就微笑，我會幫你回答。」安子晏叮囑。

蘇錦黎點點頭，接著對安子晏笑了笑，「沒事的，我哥跟我說過，進入娛樂圈肯定會經歷一些風風雨雨，我早就做好心理準備了。」

「嗯。」安子晏拿出手機安排公司的公關，並且對蘇錦黎說：「正好明天有綜藝節目的錄製，我們可以利用這個機會做一些說明。我跟主持人很熟，會暗中安排，讓他們的官博提前放出花絮。還有，我會盡可能地壓住消息。」

比流氓，至今沒有哪家能比得過世家傳奇，最好別讓安子晏知道是誰幹的，不然絕對讓那邊吃不了兜著走。

蘇錦黎看江平秋繼續吹乾衣服，於是湊過去，小聲對安子晏說：「我跟我哥哥都不怕被黑。」

「為什麼？」

「我們是錦鯉，屬於玄學之類的妖精，很少有妖精願意跟我們作對，早期欺負過我的都遭到報應了。黑我們的人，如果讓我們受到影響的話，他們也會更加倒楣的！」

安子晏動作停頓了一下，接著問：「那對你好，有沒有幸運加成？」

「有啊！」

「那我最近也沒碰上什麼好事啊。」

「有啊，我開始喜歡你了。」

安子晏聽到後笑了起來，笑容裡透著一股甜，他總覺得被蘇錦黎撩了，然而蘇錦黎說得格外真誠，明顯是認真的。

怎麼辦？好想捏捏臉，剛才還覺得很生氣，現在就覺得好多了。

真是要命了，天然撩真的是……帶勁啊。

蘇錦黎看到安子晏笑，還笑得那麼帥，就也跟著「嘿嘿」地傻笑，兩個人對著笑了半天，誰也沒停下，就像兩個神經病。

江平秋整理好衣服後，看到他們兩個人覺得很煩惱。安少開始戀愛……或者單相思後，情況越來越不對勁了，江平秋不大確定，單相思方法不正確的話，需不需要找心理醫生？

安子晏穿上戲服，整理好形象後，就跟蘇錦黎一起去接受採訪。

這次有些記者是安子晏安排的，採訪時自然客氣一些。但有些也想挖點料出來，就會問一些敏感的問題。

記者：「安子晏，有人傳聞你跟沈城達成合作，故意捧紅蘇錦黎，您有什麼想說的嗎？」

安子晏笑了笑，然後回答：「我雖然跟沈城的關係還可以，但是有這種機會的話，我還是會給我的親弟弟。」

記者：「難道不是因為沈城從未曝光過弟弟，所以才會有現在的效果嗎？安子含很早就被曝光過，似乎不適合。」

安子晏：「如果真想捧，可以有很多個劇本，非得用這個套路？但是在《全民偶像》裡，大家也看到了，我對安子含的關照並不多，他是第四名，沒有在節目中出道。所以這個說法非常不合理，我甚至覺得非常搞笑。」

記者：「可是蘇錦黎現在是世家傳奇的藝人，您也是贏家。」

安子晏：「他沒有實力的話，我也不會簽他。我是看中了他的潛力，還有各種優秀的表現，才臨時決定簽他的。當時波若鳳梨也在爭取，還有其他的幾家公司，不過被我爭取到了。」

記者見安子晏這裡似乎不大好攻略，於是轉頭問蘇錦黎，節目裡，蘇錦黎似乎不會說謊。

「蘇錦黎，請問您對這件事情怎麼看？」

蘇錦黎被提問後先是微笑，接著說：「好人會有好報的，感謝所有給我投票的小可愛。」

這個回答……好像跑題了吧？感謝投票感謝成習慣了？

「我是指您走劇本人設被捧紅的事情，您回答的好像不是這個。」

「是啊！好人有好報，惡人有惡報，胡亂抹黑別人，是會受到懲罰的。我覺得突然有這些傳聞很奇怪，不過，也許他們也只是想讓我的人生更……多姿多彩吧？」蘇錦黎回答得一本正經。

安子晏坐在旁邊，張了幾次嘴，想著這個說法該怎麼補救，結果愣是沒說出話來，最後乾脆樂了：「對，真壞！」

「嗯，真壞！」蘇錦黎跟著說。

這件事情就像是一個玩笑似的就過去了。

採訪結束後，蘇錦黎拿出手機，就看到侯勇的消息：楊澤華幫忙救場了，你去轉發一下微博，說話客氣一點。

蘇錦黎趕緊打開微博，就看到楊澤華發的微博。

楊澤華：從業多年，還沒幫哪個明星炒過熱度，更別說配合劇本演出了。放一個花絮給大家，懂棋的人都能看出來，這並非我們能控制的。【視頻】

視頻是蘇錦黎挑戰人工智慧的片段，果然引來強大的爭議。

楊澤華平時的微博都沒什麼熱度，點開微博，熱門都是關於蘇錦黎的，看起來很有意思，這一次的評論也是這樣：

仄仄：感謝楊老師一直以來對蘇錦黎的關心與喜愛，那些說蘇錦黎走劇本人設的人真該動動腦子，他們能請來楊老師配合演出嗎？楊老師用得著蹭熱度嗎？從業二十餘年，不會這樣壞了自己的名聲。

彷徨的四隅鬼角：戰勝人工智慧了？有點逆天了吧？有點懷疑真實性。如果是真的，那就非常厲害了！

阿卡納時代：難以置信，按理來說，傳統私塾教出來的不該有電腦先進。而且，人工智慧是越挑戰越難贏，廢腦又廢體力，蘇錦黎這麼快速地挑戰成功有點假。

Linda：看出來楊老師是真的很喜歡蘇錦黎啦！感謝楊老師幫忙澄清。

小仙女莉莉醬：哇！小錦鯉好厲害！戰勝人工智慧了，希望有一天能看到小錦鯉參加這類比賽。

蘇錦黎看了一會評論後，轉發了楊澤華的微博。

蘇錦黎：感謝楊老師，這一期節目錄得很開心，希望以後還有機會合作。//楊澤華：從業多年，還沒幫哪個明星炒過熱度，更別說配合劇本演出了。放一個花絮給大家，懂棋的人都能看出來，這並非我們能控制的。【視頻】

發完之後，再去看熱搜，就看到之前憑空出現的熱搜詞已經不見了，現在是另外一條熱搜出現：蘇錦黎戰勝人工智慧。

此時，安子晏拿著手機還在打字，表情很嚴肅，蘇錦黎立即過去問：「安大哥，熱搜詞下去

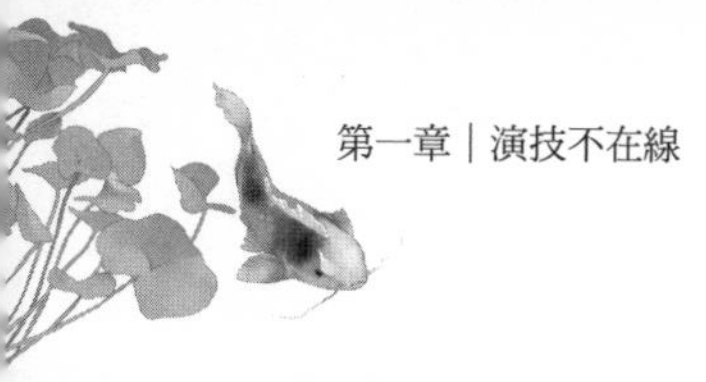

了，風波是不是過去了？」

安子晏看了蘇錦黎一眼，不忍心告訴蘇錦黎，熱搜詞是他重金買下去的。

「真的下棋贏過人工智慧了？」安子晏問蘇錦黎。

「嗯，是啊。」

「你怎麼這麼厲害呢？」安子晏抬手揉了揉蘇錦黎的頭，忍不住誇讚道。

「嘿嘿……我畢竟看了幾千年別人下棋，連失傳的孤本都看過。」說完，左右看了看，湊到安子晏身邊對他說：「我告訴你一個祕密，你別告訴別人。」

安子晏立即特別嚴肅地點了點頭。

「孤本是因為我失傳的，我看完之後，把書掉到池塘裡給泡爛了，惹了好大的禍！」

「可是你記住了，不是能重新寫出來嗎？」安子晏問。

「可我當時還沒有手啊，我是用腳幹的！」

安子晏開始想像長著腿的錦鯉，用腳指頭翻書的樣子。

最要命的是魚的眼睛在身體兩側，蘇錦黎想看書，還得用一隻眼睛看。是不是累了之後，就換另外一隻看了？

畫面太美，安子晏不敢仔細想下去了。

【第二章】男孩的友誼

第二天，蘇錦黎就跟安子晏前往拍攝綜藝節目的城市。

他是第一次跟安子晏一起出行，依舊會在機場拍攝花絮，但這次沒有擺拍環節，所以沒有被攝影師指揮著拍攝各種鏡頭。

他們只要正常地候機、登機就可以了，會有攝影師在旁邊抓拍，十分安靜，不會打擾到他們。

至於記者都被遠遠地隔開，不允許他們靠近，粉絲也顯得井然有序，特別乖巧。

蘇錦黎突然意識到，他的團隊的確人少了點，跟安子晏一同走就輕鬆許多。

到達拍攝場地的時候，其他人已經到了。蘇錦黎進去化妝，安子含就到他的身邊，擼起褲管說：「你看我的膝蓋，都青了。」

蘇錦黎的第一個想法居然是安子含又被揍了。之前烏羽在訓練營裡顧忌紀律，沒跟安子含動手，現在不用忍了，是不是會動手啊？畢竟他們兩人老吵架，不過還是關心地問：「怎麼弄的？」

「上次拍廣告的時候非得讓我攀岩，結果我沒扶住，撞上了。」

蘇錦黎伸手幫安子含揉了揉，接著問：「疼嗎？」

「肯定疼，但還是咬著牙繼續拍完了，天知道我多想耍大牌，說老子不幹了。」

「那你真厲害啊！」

「必須的。」

等蘇錦黎化完妝，安子含就神祕兮兮地召集幾個人過來。範千霆跟張彩妮過來後就跟蘇錦黎噓寒問暖，問著最近的情況，最後總結一下蘇錦黎是幾個人裡面最忙的。

安子含讓他們先安靜，然後說道：「我之前把我的黑卡借給烏羽，還給他派了臨時的助理跟保鏢，結果你們猜怎麼樣？」

範千霆看安子含賣關子，就覺得很無奈：「你能不能痛痛快快地把話說完。」

「他現在狀況還好嗎？」蘇錦黎倒是很關心烏羽的近況，烏羽似乎是他們幾人裡面發展最不順

利的。

「昨天，我派去的臨時助理跟保鏢都回來了，說是烏羽以後都沒有工作了。波若鳳梨一個工作都沒給烏羽安排，工資也給停了，烏羽也不去公司，就在宿舍裡自己練習。」安子含回答。

張彩妮忍不住罵：「太過分了吧？烏羽的確是私自報名參加比賽，也不至於這樣吧？他現在的人氣很高了。」

「還有呢！」安子含立即說下去：「我查了我的信用卡帳單，發現烏羽除了訂這幾個人的機票外，只花了很少的錢，每天一塊兩塊的，估計是買礦泉水，難得一筆消費，我一查扣帳方，居然是買了一包內褲。」

範千霆聽完忍不住一臉迷茫地問：「怎麼了嗎？」

褲子都脫了，結果只說了一堆這些玩意？他們需要從烏羽買的內褲品牌分析烏羽的情況嗎？這是傳遞什麼暗號給他們了嗎？

「你們幾個現在出門，哪個不是穿新買的衣服？造型成天被盯著，進出機場都得拍攝吧？結果……他一身新的衣服也沒買，參加比賽時的窮酸相延續至今。」安子含問他們。

蘇錦黎知道他的衣服裝了幾個行李箱，都是安子晏給他投資的。

但是烏羽完全被公司放棄了，拍攝完節目安排的廣告後，就沒有其他工作了，難得買新的衣服竟是內褲。

「有點可憐啊……」蘇錦黎突然後悔，分開的時候為什麼不給烏羽一個祝福，那麼他也不至於弄成這樣了，只能說……太匆忙了，忽略了這一點。

範千霆忍不住抓頭，「完全想不明白，波若鳳梨為什麼要這樣做？」

張彩妮也跟著點頭，「對啊，沒必要這樣啊，烏羽紅了能賺很多錢的吧？」

安子含點了點頭，「而且，烏羽的媽媽是單身母親，父親是誰，我完全查不到。」

「這……有什麼蹊蹺嗎？」蘇錦黎趕緊問。

「我猜，有可能是烏羽的家庭背景，也就是他爸爸有可能不想讓他紅。估計是個有頭有臉的人，而烏羽是個私生子。」

幾個人面面相覷，最後什麼也沒討論出來，只能乾瞪眼。

「我問過我哥，我哥讓我不要管，我管不了。」蘇錦黎回答。

「我哥根本不關心這些事，也不願意幫我查。」安子含回答。

他們一齊嘆氣，總覺得幾個臭皮匠湊一起也能有點用吧，結果一點頭緒都沒有。

公司打壓，就是想雪藏烏羽，最近這些綜藝節目烏羽都沒有來參加，錯過了黃金期，粉絲能記得他多久呢？在更新換代這麼快的娛樂圈，烏羽必須抓住機會，利用這段時間有新作品，不然只憑參加了一個選秀節目，之後估計很難翻身。

他們幾個聚在一起也是乾著急，安子晏走出來，整理自己袖口的時候問他們幾個：「在密謀什麼呢？」

「在聊烏羽。」蘇錦黎直截了當地回答，扭頭就看到其他三個人都在瞪他，就知道自己又說話不過腦了。

「烏羽啊……合約還有兩年多，沒有其他公司願意付巨額違約金，他就只能這樣耗下去。」

「那你能不能……」蘇錦黎試探性地問。

安子晏抬手，用食指指了指蘇錦黎的腦門，「養你一個就要傾家蕩產了。」

蘇錦黎立即閉嘴了。

安子含似乎也想問，但既然安子晏都這樣開口了，他也不好再說什麼。

「不過，你想我幫他嗎？」安子晏又問蘇錦黎。

「確實是想的。」蘇錦黎如實回答。

「好，我幫忙想想辦法，但是也不能保證一定可以，畢竟我的能力有限。」安子晏回答了一句後，對蘇錦黎說：「昨天的事情解決了。」

其他幾個人自然都知道蘇錦黎碰到的事情，只能說人紅是非多，他們都沒好意思問。

安子含也幫忙發了一條微博，用嘲諷的語氣幫忙澄清。

安子含：感謝各界領導對我演技的賞識，要是我真演得那麼好，下一屆影帝就是我了吧？

不過，聽到事情解決了，安子含還是好奇，問：「怎麼解決的？」

「自己看，熱門微博第一條。」安子晏回答完，就坐在旁邊，似乎是在等待蘇錦黎他們的誇獎。

蘇錦黎趕緊拿出手機，就看到熱門第一條是之前發他負面新聞的娛樂大V，此時發了一條微博。

盲叔看圈：好的，我信了，微博我刪了，以後再也不接這種活了。【圖片.jpg】

圖片裡，是一個人拍攝自己吊著的腿，腿上打著石膏跟繃帶，應該是摔斷了腿。

下面的評論就非常有意思了。

喵嗷：抹黑錦鯉大仙，遭報應了吧？

夕夕西西：今天就靠這個笑了，活該，讓你亂發消息，抹黑了多少藝人？最討厭你這種娛樂博主。

許西：你不僅瞎，你還瘸啊！

一曲離殤：蘇錦黎的確有點靈，親測有效，絕對不是托！

安子含看完，忍不住問：「這個博主……是不是傻了啊？居然肯發這種微博，豈不是斷了以後的財路？」

「我把這個帳號買下來了。」安子晏笑著回答，說話的口氣頗有霸道總裁的風範。

「破釜沉舟啊！幹得漂亮！我哥果然夠流氓！」安子含忍不住誇獎道。

「這叫什麼誇獎？」

蘇錦黎聽完，忍不住問：「帳號貴不貴啊，等我賺錢了還給你吧？」

安子含看了一眼這個帳號的粉絲數，回答：「不貴吧，粉絲數也不是特別多，也就一兩百萬就買下來了？」

「被坐地起價了。」安子晏嘆了一口氣。

「正常，不過也沒貴多少吧？」安子含忍不住揚眉，他知道他哥不是會吃虧的人。

安子晏是想顯得自己為了蘇錦黎豁出去了，結果自己的傻弟弟非得拆臺。

他還沒回答，就看到蘇錦黎整個人都傻了，然後說：「我賠不起啊……」

對蘇錦黎來說，幾百萬是鉅款啊！他現在兜裡就一張五十的跟一張二十的。

安子晏很想回答你可以以身相許，但是顧及身邊還有其他人，於是回答：「沒事，這個帳號買回來，還可以給公司用。」

「喔。」蘇錦黎鬆了一口氣。

他們今天要錄製的是一個網路綜藝節目，不會在電視上播出，是一個視頻平臺的獨家節目，需要會員才能觀看。

這個節目是一個吃飯的綜藝，就是一群人聚在餐桌邊，一邊吃飯一邊聊天。節目之所以能火，是因為他們的尺度非常大，在飯桌上談論的話題也非常開放。

他們進入現場的時候，主持人會對他們一一進行介紹，接著大家落坐。

安子晏坐在主持人旁邊，原本蘇錦黎想坐遠一點，結果被安子晏拽著，坐在安子晏的身邊。現在的安子晏是找準一切機會跟蘇錦黎同框，看到網友們截圖他們兩個，安子晏都能高興一會。

他們的第一個環節是：點菜。從點菜能知道每個人的口味，接著分析一些個人習慣，從這個開始進入話題。

女主持人主動問安子晏：「燕子平時最喜歡吃什麼？」

結果安子晏還沒開口，安子含先搶答了：「海鮮！尤其愛吃魚！我哥過了二十三年生日，我參加的這些年裡，沒有一次是沒有海鮮的，因為他愛吃。」

蘇錦黎背脊一寒。

「不會覺得魚刺很多嗎？」女主持人問。

「不會，我哥舌頭靈巧，用舌頭就把魚刺都挑出來了。」安子含回答。

「喔——」女主持人拉長音回答：「那燕子以後的女朋友會很幸福喔。」

蘇錦黎不懂，問：「為什麼會幸福？」

安子晏捂臉……真不該讓蘇錦黎來這個綜藝，還有，他為什麼要讓安子含順利長大！

「並沒有！」安子晏趕緊義正辭嚴地否認了：「我戒海鮮了。」

「為什麼要戒海鮮？」男主持人不解地問，聽說過戒菸，沒聽說過戒海鮮，「這個影響身體健康嗎？還是有什麼難言之隱？」

「就是……突然不想吃了。」安子晏拿著筆，在菜單上畫，同時解釋：「我之前喜歡吃龍蝦啊什麼的，大多是跟朋友一起聚會的時候，喝著啤酒，聊著天，吃點海鮮，並沒有多愛吃魚。而且，過生日也就那麼幾樣食物，肯定是選擇比較拿得出手的食材。」

「我們的關注點是為什麼戒海鮮？」女主持人繼續糾結這個問題。

蘇錦黎當然知道安子晏是因為自己戒的海鮮，所以有點心虛，怕安子晏被追問出什麼來，都不敢抬頭。

安子晏道：「沒什麼特殊的原因，最近連肉都想戒，可是還沒下定決心。其實我是易胖體質，能看出來嗎？」

之後他們就又聊起健身話題，似乎是轉到了養生方面。

蘇錦黎看著給他的菜單，要在單子上選擇五道菜，是他們今天的第一個環節。這個不需要跟身邊的人對照，就算點了同樣的菜也無所謂，這個環節無非是想瞭解大家的口味。

蘇錦黎看著每樣菜都想要，最後在難以取捨下，選了幾樣比較感興趣的。

女主持人開始問安子含：「安子含，在座的這幾位你都比較瞭解，有沒有什麼想爆料的？」

「顧桔不是很瞭解，他不跟我們一起吃飯。」安子含回答。

「那其他人呢？」

「蘇錦黎啊！從來不吃海鮮，河魚什麼的也不吃，反正碰到水的都不吃。」

蘇錦黎立即搖頭否認了，「海帶和紫菜是吃的。」

「你為什麼不吃海鮮？難不成也是為了健身？我今天還是第一次聽說健身愛好者不喜歡吃海鮮的。」男主持人用誇張的表情說道。

蘇錦黎搖了搖頭，「就是……不愛吃。」

「他不想殘殺同類。」安子含還是特別嘴欠地說了：「他只吃不是同類的食物，比如豬牛羊肉他就吃。」

「為什麼？」兩位主持人非常不理解了！

「可能是怕……吃了，我這個錦鯉……就不靈了……」蘇錦黎弱弱地回答。

「他堅持自己的人設無法自拔。」安子含補充。

「對，在床上還自由式游泳。」範千霆跟著補充。

「我有點好奇蘇錦黎點了什麼。」女主持人拿來蘇錦黎的菜單念道：「茶香鴿蛋釀鵝肝，這道菜在節目裡算是第三次被點了吧？之前有誰……」

兩位主持人回憶了一下之前點這道菜的藝人後，突然靈光一閃：「沈城也點過。」

蘇錦黎驚訝地問：「我哥哥來參加過這個節目啊？」

「對，你都沒看過嗎？」女主持人問。

蘇錦黎倒是看了幾期，不過沒看到沈城來參加的那期。

「不過我很不喜歡沈城這樣的嘉賓。」女主持人突然語出驚人。

「欸？」男主持人捧場地問。

「回答真是滴水不漏，一點汙段子不接，完全沒有破綻，那一期錄得非常沒意思。」

「你這是在說我們節目很汙嗎？」兩個主持人互相調侃了起來。

他們看完蘇錦黎的菜單後，就交了出去，開始依次看別人的菜單，接著討論一會，其他嘉賓也會跟著評價一下，說自己喜不喜歡這道菜，看法是什麼。

他們這一期節目大多是選手，之前經常在一起相處，所以沒一會就放得開了。

他們吃過自己點的菜後，還會品嘗一口其他人點的菜，針對他的口味進行點評，這是這個節目的第二個環節。

「我第一次吃到這個菜的時候，就有種《中華小當家》裡吃到菜之後的那種反應，哇！」安子含拍著桌子說著自己吃菜的感受。

範千霆是個宅男，立即問：「那你看過《食戟之靈》嗎？瞬間爆衣，就像……瘋了一樣。」

女主持人似乎看過，立即接道：「你的這個『瘋了一樣』太含蓄了。」

範千霆忍不住笑，笑得很有內涵。

「我是做美食節目的，所以也會看美食動漫，這個動漫真的是……吃了菜之後真的就像高潮了一樣。」

安子晏不想搭茬，只是到蘇錦黎身邊小聲說：「不想吃魚可以不嘗那道菜。」

「嗯，好。」

男主持人在這個時候說：「吃個菜都能高潮？燕子你覺得高潮是怎樣的？」

安子晏十分無奈啊，為什麼每次葷段子都從他這裡下手？

安子含一聽就樂了：「您抬舉我哥了，我哥沒經驗。」

「不會吧，真沒DIY過？」男主持人又問。

安子含比量了一個大拇指，示意：你牛逼。

「應該就是超級瑪麗遊戲的背景音樂那樣。」安子晏放下筷子，擦了擦嘴角之後回答。

蘇錦黎什麼都不知道，連超級瑪麗都不知道，於是只是認真地聽。

「為什麼？」男主持人問。

「開始蹦的時候，背景音是beng beng beng，吃了星星來勁了，變成deng deng deng，最後呢，到了關底，升旗後的音樂成了bang bang bang bang，到頂了。」安子晏淡定地形容。

一些聽懂的人開始忍笑，蘇錦黎卻是莫名其妙。

「我居然覺得這個跳躍的beng beng beng應該是進行中的節奏吧？體力好頻率快，體力不好頻率低。我再也無法直視超級瑪麗頂磚塊了，彷彿頂在敏感位置似的。」男主持人大笑著回答。

「你要知道像我們女人，尤其是生過孩子的，並不是每次都能到頂的。」女主持人非常生猛，繼續追擊說道。

「那就是超級瑪麗死掉時候的音樂，bang bang bang，沒了。」安子晏再次回答。

「我的天啊！」男主持人直接站起身來，原地轉圈。

女主持人則是笑出眼淚了。

蘇錦黎呆若木魚，發生什麼事了嗎？安子晏說了什麼有趣的梗嗎？為什麼他完全不知道這些人在說什麼？

女主持人看到蘇錦黎迷茫的樣子，忍不住問：「我有點好奇，蘇錦黎這樣乾淨的男孩子會自己DIY嗎？」

「是什麼意思？」蘇錦黎問。

「就是有生理需求的時候，會自己解決嗎？」男主持人補充。

蘇錦黎終於懂了，問：「就是追星吧？」

「追星？」其他人覺得莫名其妙。

「錦鯉發情期，胸鰭會出現一些白色小點，這個就叫追星。」蘇錦黎解釋。

「喔……原來我們說的追星，在魚族是發情？」男主持人說的時候都在強行忍笑。

女主持人跟著說：「其實性質真的差不多。」

「嗯，成年後才會吧。我剛剛成年不久，所以以前沒有過，我也沒到追星的時候呢。」蘇錦黎回答。

「你的魚人設很穩！」女主持人對蘇錦黎進行了誇讚，真的只當成蘇錦黎是在機智回答。

安子晏倒是對這個感興趣，不過礙於在鏡頭前，怕蘇錦黎慌張，就沒問。

節目錄製完，蘇錦黎就要跟其他人道別了，其他人都有工作，或者住在不同地方，所以很快就離開了，尤其安子含真的是一邊罵，一邊離開的，他本來想趁大家聚在一起，找機會出去玩的，結果他的工作催得最緊。

安子晏跟蘇錦黎回到酒店後，留下蘇錦黎的團隊到自己房間討論之後的工作，確認完後，安子晏單獨留下蘇錦黎，其他人則在外面等著。

「一會就好，我只說幾句話。」安子晏這樣說。

蘇錦黎的團隊還不知道什麼，江平秋卻心知肚明，於是安排所有人在外間坐下，江平秋對他們進行臨時培訓。

安子晏則帶著蘇錦黎到裡間的臥室，有床跟貴妃榻，蘇錦黎就坐在貴妃榻上問：「怎麼了，安大哥？」

「你們還有發情期？」安子晏問出他憋了很久的問題。

「嗯，成年後會有，一年兩次。」

「你會在什麼時候進入這個階段？」

「我也不確定，就跟女生的例假一樣，我們初次的時間也非常不穩，有的時候還會延遲，我又體質特殊。」

「到了那個階段會怎麼樣？」

蘇錦黎想了想後，回答：「會很想談戀愛吧？」

「只有這樣？」

「可能會想交配吧……我也不清楚。」

「你身上散發著香味，還有發情期，你是不是ABO裡的O？散發信息素？」安子晏問。

「我不懂這是什麼意思。」

「沒事，你起來。」安子晏對蘇錦黎勾了勾手指。

蘇錦黎聽話地站起身來，朝安子晏走過去，接著就被安子晏用手臂圈住了，並且讓他轉過身來，在他的後脖頸咬了一口，接著說道：「你被我標記了，你是我的了。」

蘇錦黎慫巴巴地回頭看向安子晏，問：「標記是什麼意思？跟你打契約了嗎？」

「對。」

「我哥會發現嗎？」

「不會。」

「喔……」蘇錦黎調整好姿勢站好，然後看向安子晏，突然湊過來在安子晏的唇瓣上親了一下，「你也被我標記了，契約的那種，別人都看不見。」

安子晏被親得一愣，然後開始心癢難耐，他不知道蘇錦黎的發情期是什麼時候，但是他覺得自己的發情期快到了。

安子晏被蘇錦黎撩了，自然不會老老實實地跟他繼續柏拉圖，畢竟安子晏從來都不是那樣的性格，所以他抱著蘇錦黎親了好一陣子。

蘇錦黎現在不抗拒安子晏，反而挺主動的，兩個人膩歪了好一陣子，直到蘇錦黎陽氣吸太多，腦袋有些疼了才停止。

最後，蘇錦黎是扶著牆走出去的，被安子晏啃得暈頭轉向。

波波坐在沙發上回頭看了他們倆一眼之後歪了歪嘴角。之前去給蘇錦黎補過一次口紅，可以說是吃飯的時候不小心弄沒的，但是這次呢？他們兩個人動不動就單獨在一塊一段時間，安子晏又對蘇錦黎特殊照顧，波波不是那些傻直男，自然一下子就懂了。

不過，進了這個圈子也懂一些規則，波波又很喜歡蘇錦黎這個孩子，不然也不會同意做他的私人造型師，所以跟安子晏對視了一眼後，就對安子晏比量了一個手勢，示意你放心，我是不會說的。

安子晏回以微笑。

等蘇錦黎他們離開了一陣子後，江平秋過來請示：「範千霆好像想跟您單獨聊聊。」

安子晏正躺在沙發上看劇本，聽到之後「嗯」了一聲。

沒一會範千霆就單獨走進來，進來時有點緊張，顯得手足無措的。

安子晏姿勢都沒變，扭頭看了範千霆一眼之後，笑了：「緊張什麼啊，坐下說，想喝點什麼？我讓江平秋給你準備。」

「不，不用了！」範千霆趕緊擺手，依舊拘謹得很。

「嗯，怎麼了？」

「那個我……仔細想了想，還是不簽到您這裡了。」範千霆有點緊張地說了出來，怕安子晏會生氣似的，顯得非常不安。

安子晏放下劇本，端正地坐好之後點了點頭，說道：「嗯，如果這是你最後的決定，我尊重你的決定。」

「抱歉，您之前還幫了我那麼多。」

「無所謂，這也是我的工作之一，畢竟我之後也是要接手這家公司的。一個人悶頭賺錢，肯定沒有帶著一群人努力賺錢賺得多，你說是不是？」

「是。」

「其實你不用覺得愧疚什麼的，這都是很常見的事情。我也知道，我給你的條件不夠優厚，你應該也打聽過了，知道業內的基本情況。你現在有人氣了，有很多選擇，也不像初期是被公司選擇。」安子晏主動說起了這件事情。

「沒，您給的條件已經很公道了。」

「你也知道我大力挖蘇錦黎的事情吧？」

「嗯……」範千霆自然知道，於是點了點頭，這也是範千霆一直在心裡的疙瘩。

「當初我第一個看中的是蘇錦黎，他有要爆紅的徵兆，一群公司搶人，我非常著急。當時我正是招兵攬將的時期，下手也狠，花了重金，甚至連工作室都收購了。結果呢……他是沈城的弟弟，沈城那邊卡得厲害，蘇錦黎不知道什麼時候就會跑了。」

範千霆點了點頭，這些他也聽說了。

「這之後我爸給我訓了一頓，我爸跟我不一樣，他是商人，我們在他的眼裡就是員工。好在他覺得我是經驗不足，才出現這種事情，之後的合約他都會過目。你的合約我已經沒辦法再給你什麼特殊的關照，就會顯得我很不近人情。」

範千霆不知道這些，聽到之後一愣。

「其實我非常想給你再好一些的條件，不然會顯得我對蘇錦黎很……特殊。現在公司裡已經有流言蜚語了，因為我對他的關照太多。如果我也對你這樣就不會有那些煩惱了，可惜我的頂頭上司，也就是我爹不同意。」

「這些我都理解。」範千霆點了點頭，語氣已經弱了很多。

安子晏現在說的都是大實話，其實按照安子晏的身分，根本不用推心置腹地跟他說這麼多，其實，也是想再挽留一下吧。

安子晏繼續說道：「所以說，如果你願意簽給我，我能保證會給你一流的團隊、一流的公關、一流的資源。如果我是你的老闆，我絕對是所有備選裡最會搶資源的那個。但是，你只能享受到業內同等的合約待遇。」

他說的這些都是真的，如果簽到安子晏這裡，一定會對範千霆不錯，外加安子晏搶資源一向出名，範千霆是信的。

「還有就是，你確定其他挖你的人，說的就能做到嗎？我確定我能做到，因為我做不到，安子含就會來我這裡鬧。」安子晏繼續說下去。

說到這裡，範千霆忍不住笑了起來，這也是大實話了，安子含什麼性格，他太瞭解了，現在他也算是安子含的朋友之一。

「嗯，我懂的。」範千霆回答。

「還有一件事情，因為一直沒有確定我的想法能不能實行，所以之前一直沒說。現在，我把我的想法第一個告訴你，你參考著考慮一下，怎麼樣？」安子晏說得依舊客氣。

「嗯，您說。」

「是關於……協助烏羽的方法。」

範千霆一直聽安子晏說完，提議十分大膽，卻又充滿誘惑力，他的內心開始洶湧澎湃起來，他糾結得直揪自己的袖口……對於一個天秤座來說，現在的抉擇簡直太難了！

烏羽坐在沙發上，已經許久沒開口說話了。

身邊的經紀人都有一絲尷尬，他不明白公司為什麼一直不肯給烏羽換經紀人，他就只能一直這樣尷尬地跟烏羽相處。

昨天，他通知烏羽，時老身邊的得力助手主動聯繫烏羽，說不定烏羽的情況會有轉機。

烏羽雖然糾結了一陣子，最後仍是來了。然而來了之後情況非常不對勁，烏羽當場黑了臉。

時老本人雖然不喜歡娛樂圈，卻是波若鳳梨最大的股東，他喜歡賺錢，說時老是財閥一點都不過分，時老掌控著許多上市公司的股份，而且在這些公司裡的股份，都有絕對的話語權。

波若鳳梨只是其中一家公司而已，時老雖然控股，但是很少來這家公司，所以公司一直是烏羽的父親在控制大局。

最近，沈城才漸漸開始有了點股份，不受他父親的控制，所以兩邊一直在對著幹。

在這家公司，能夠鎮住烏羽父親的人，就只有時老了。

烏羽來之前，還在想著也許是時老想要繼子，所以願意出手幫他。他雖然不屑這種事情，卻還是想要看看對方怎麼說。

然而來了之後的情況並非如此，來見烏羽的是一個男人，說是時老總公司的一位祕書。

在見到烏羽後，就趾高氣昂地對他們兩個人說了條件：「包養這種事情總是上不了檯面的，所

以我們也得低調一點，我們老闆看上了烏羽，也就是一時興趣，別纏上我們老闆了。」

包養兩個字直接讓烏羽的腦袋炸了，他坐在椅子上，一句話不說，只是怒視了經紀人一眼。

經紀人也很無奈，他真的是夾在中間，無可奈何。

「我們呢，每個月給你這個數，已經很給你面子了，其他小鮮肉都沒有這麼多錢的。而且，有一點我們可以保證，就是你之後不用擔心被雪藏，我們老闆會給你找資源，她是時老身邊的紅人，誰不得賣她一個面子，你說是不是？」

祕書問的是經紀人，經紀人只能點頭稱是，烏羽依舊沉默不語。

「你不用表現出這種樣子，其他小鮮肉最開始都這樣，清高得很，結果最後還不是乖乖地來了，甚至還爭風吃醋的？」祕書見烏羽的表情不大好，很是不屑。

「我拒絕。」烏羽直截了當地回答，他覺得繼續談下去都是一種恥辱。

「呵。」祕書冷笑了一聲，「你甘心嗎？」

烏羽看著祕書，抿著嘴唇，氣得握緊了拳頭，眼神裡還存著一股倔強。

「你們那個比賽的其他選手，現在都火得不行，還剛一起拍完一個熱門綜藝節目。不如你的人都比你紅了，再過陣子真來不及了。」

祕書的話似乎扎進了烏羽的心口裡，讓烏羽一陣難受。

的確，這是烏羽最難受的一點。

「而且你也不用做什麼，我們老闆也很忙，不能整天跟你在一塊，你一個月也就能跟她見個三、四次面。你一個男生，有什麼吃虧的？你也舒服，對不對？再說我們老闆也是形象身材非常不錯的，我倒是覺得便宜你了。」

烏羽扭過頭，依舊不說話，似乎仍無法接受。

祕書也不在意，將名片推給烏羽，說道：「過了這個村就沒這個店了，我們老闆也是一時興起願意幫你，之後不感興趣了，你後悔都沒用。而且，你現在這個時期，沒有人能幫得了你，你合約上的違約金本來就不正常！當初簽約就挖了一個坑，欺負你什麼都不懂。」祕書說完就拎著包離開了。

烏羽靠著椅子微微蹙眉。

經紀人尷尬地解釋：「我最開始也沒想到是這樣的事情。」

烏羽拿起名片看了看，剛才的祕書姓林。

烏羽回到宿舍，舍友們都去公司訓練了，他卻連公司的門都不想走進去。

他很想瀟灑地連宿舍都不住，可是他已經沒有積蓄，又不大好意思刷安子含的卡，就只能這樣繼續維持著。

坐在地板上，靠著床鋪，看著放在不遠處的吉他，還有偶像的海報，突然覺得有點嘲諷。

他已經許久沒開手機，就怕看到其他選手的消息，然後發現自己混得這麼差。

今天他再次打開手機，打開微博的一瞬間，就看到微博彈出來的可跳過的廣告，是蘇錦黎的廣告圖。

他盯著廣告看了幾秒後，廣告跳了過去。

他看到了很多消息，原本沒當回事，結果就看到了其他選手@他的消息。

蘇錦黎：《開飯啦》錄製完成，九缺一@烏羽。【圖片.jpg】

圖片是他們八名進入前九名選手的合影，因為烏羽沒在，所以所有人都拿著手機，手機螢幕是烏羽的惡搞顏表情，沒有一張是好看的。

八個人美美的合影，只有烏羽的八個表情包格外搶鏡，顯得醜死了，烏羽看完之後忍不住笑了，這群逗比。他還看了看下面的評論。

lilya：說烏羽不參加節目是跟蘇錦黎不和，我看到就炸了！明明關係那麼好！看到你們還是關係這麼好，我就放心了。

狗頭貓臉：感謝小錦鯉帶我們小烏魚，小烏魚是不是出事了？前幾天被困高鐵站好像也透著問題，有點擔心，小錦鯉幫忙關心他一下可以嗎？

月：看到合影的瞬間笑出聲了，結果又覺得透著一股心酸。

烏羽繼續看，發現其他人都發了相同的合影，只不過是合影的姿勢換了，或者有人換了他的表情包。

安子含：@烏羽怒刷存在感。

範千霆：@烏羽說好別缺人的，你怎麼回事啊？

張彩妮：@烏羽你承不承認我選的表情包是最好看的？

烏羽一條一條地看完，覺得鼻子有點泛酸。

低下頭緩了一會心情，才繼續去看他們的消息，用微博搜索，看看其他人的動態，心態已經沒之前那麼不平衡了。

蘇錦黎拍攝了一個化妝品廣告，原本的小清新風格，卻因為蘇錦黎在廣告裡展現了花式睡姿後自由落體落地，成了一個沙雕視頻。從來沒有哪個廣告自由奔放成這樣的，結果，好好拍攝的廣告沒紅，這種「自然」的廣告，引得一群媽媽粉們瘋狂「哈哈哈」。

後期開始傳說這其實是蘇錦黎在現場真的睡著了拍攝的，以致於廣告以詭異的方式紅了。

現在打開微博頭條，就是蘇錦黎的這個廣告，隨便看看蘇錦黎的帶貨資料，就會發現，蘇錦黎的影響力真的很強。

前陣子被黑了之後，安子晏的騷操作力挽狂瀾，讓蘇錦黎的玄學水準再次提升。

現在，好些人開始傳說，買蘇錦黎代言的東西都會有好事發生，以致於蘇錦黎代言的商品，就好像護身符一樣地瘋搶，被搶購得一度斷貨，或者預定網站系統崩潰。

有了這樣的事情發生後，蘇錦黎以後的代言都會很好談，估計現在不少商家已經開始主動聯繫世家傳奇了吧？

另外安子含也發展得不錯，廣告拍攝完畢後，還去參加一本雜誌封面的拍攝，是跟常思音合影。

讓人意外的是，這期雜誌也賣到斷貨了，網路上出現倒賣二手，價格高到離譜，好在雜誌及時加印，才控制住了情況。

範千霆的消息不多，估計等他公司確定下來，正式簽約後，就會開始製作單曲。

就連張彩妮都被邀請去參加一檔節目，現場進行表演，好像都過得不錯。

他還拿著手機查詢了他們錄製的節目什麼時候播出，蘇錦黎的《國家文化寶藏》會在本週，《開飯啦》在兩個星期後。

他正看消息的時候，安子含發來微信消息。

安子含：我看到你上線了。

烏羽切過去，打字回覆：你還有追星的APP？

安子含：關注了你們所有人。

烏羽：有事？

安子含：你到底怎麼回事？

烏羽：你幫不了忙的。

安子含：操。

與此同時，蘇錦黎也發來消息。

蘇錦黎：你最近怎麼樣啊？

烏羽：還行。

蘇錦黎：我過幾天回去，我們一起出來吃飯吧？

烏羽：算了吧。

蘇錦黎：見一面吧，不然沒法祝福你啊。

烏羽：呃……見我就是為了摸頭？

蘇錦黎：對啊。

烏羽：算了吧，我買點你代言的產品是不是就沾點福氣了？

蘇錦黎：你想要什麼啊，我送你吧。

烏羽知道他們都是在關心自己，微信群裡還有人@他，他看著手機，一陣惆悵，他不想讓其他人看到他現在有多窘迫啊！雖然知道大家都是好心，可是心裡卻莫名的難受。

本來不該這樣的，可是他從出生後，就註定無法得到他想要的，他沒有親情，他的母親總是哭，怨天怨地就不知道想想自己是個小三，烏羽甚至痛恨自己被生下來，為什麼要他來人間遭罪？

他的父親更不用說了，嫌棄他，不想見他。

前兩年突然表現得好像要對他好似的，還一副準備改過自新的樣子，卻給他簽了一份充滿陰謀的合約。

還以為父親不會騙自己，結果騙得最狠。他付出了比其他人更多的努力，卻一點回報都沒有。

再次關掉手機，戴上帽子跟口罩，到樓下便利商店裡選了今天的晚餐。

走出來就發現一輛車一直跟著他，他側過頭，就看到了林祕書。

他嫌棄地加快腳步，結果被林祕書喊了一聲：「要不要再聊聊？這次跟之前不大一樣。」

烏羽又走了幾步才停下來，走到車邊打開後排的車門，坐進去就看到後排還坐著一個女人。

女人看起來三十多歲的樣子，保養得很好，身材顏值都在線上，屬於氣質型美女，不算搶眼的漂亮，但是絕對不醜，跟明星比不了，卻比普通素人好太多。

「你好。」她對烏羽問好。

「嗯。」烏羽回應。

她笑了笑，讓林祕書開車。

「你還真跟節目裡一樣。」她笑著感嘆。

「節目裡沒偽裝。」他回答。

「其實我真挺喜歡你的，覺得你的性格挺好的，而且，長相也是我喜歡的類型，所以我願意跟你循序漸進。」

「什麼意思？」烏羽問她。

「我可以先讓你擺脫困境，讓你有資源，可以去參加綜藝，有劇本可以拍，還可以錄製單曲，這期間你不需要做任何事情。等你漸漸出名了，覺得我還算可靠的話，可以認我做姐姐，偶爾陪陪我就行。」

烏羽覺得有意思，忍不住問：「妳就不怕我發展起來後，就不甩妳了？」

「不會，我有能力讓你再跌下來。」這句話說得很淡然，然而卻有一種不容置疑的自信。

烏羽算是明白了，這就是強者的世界吧？

見烏羽陷入沉默，女人突然湊過來，手按住烏羽的大腿，低聲說：「要不要試試看？拖越久，你的人氣掉得越厲害。」

「妳知道我是什麼身分嗎？」烏羽問她。

「哦，耿聞的私生子？他在我們眼裡只是一個打工的，不用在意他。」

烏羽的確猶豫了，他雖然不屑於這些事情，但是無可奈何，如果他堅持做自己，拒絕了的話，之後的命運就只能是被雪藏兩年，再也無法翻身。

等兩年後，他還能怎麼樣呢？還能再紅一次嗎？如果不這麼做，恐怕就無法擺脫這種該死的命運吧？

他又側頭看了看這個女人，抿著嘴唇，又覺得有些無法接受。他恐怕無法跟不喜歡的人擁抱、親近，他估計真答應了，也無法做到最後。

「我……考慮一下。」烏羽回答。

「好，我送你回去。」

車子開到烏羽的宿舍樓底下，烏羽下了車，拎著手裡的速食麵往回走，結果被人擋了一下。

「你認識那個女的？」安子含讓人討厭的聲音突然傳來，讓烏羽的動作一頓。

兩個人對視之後，竟然一時之間沒了言語。

安子含全副武裝地出現在這裡，可以說是經歷了千難萬險，結果烏羽根本不理他。

見烏羽準備繼續往裡走，他立即不爽了，跟在烏羽身後，「你他媽的要不要臉了？她什麼樣我知道，你不會要吃軟飯了吧？」

烏羽就像被人扒光了似的，羞恥心爆棚，直接回頭罵了一句：「滾！」

「你就算……也不至於吧你？」安子含強行跟著烏羽進了電梯裡。

烏羽盯著數字變化，不理安子含。

安子含也氣得不行，跟在烏羽身後繼續說：「我們幾個聚一起想想辦法不行嗎？你什麼都不跟我們說，我們怎麼知道該怎麼辦？」

「不用你們管了，你們幫不上什麼忙的。」烏羽回答完，用鑰匙打開宿舍的門，只一個人進去。

安子含用雙手扒著門不讓烏羽關，站在門外嚷嚷：「操，大不了我包你啊！」

烏羽的動作一頓，突然打開門問：「你說什麼？」

「我……我我我……幫你啊……」安子含磕巴地回答。

烏羽最後還是讓安子含進了寢室裡。

進去後，安子含就非常討人厭地開始點評：「你這是住棺材裡了是不是？我去，寢室居然是用木隔板隔開的？本來就不大的房間，硬隔成兩個房間？窗戶一邊一半是吧？還有一道縫，都能偷窺了吧？」

「又不用你住。」烏羽冷淡地回答。

「這小破地方，波若鳳梨怎麼想的？好意思安排？」

「是給沒出道的練習生準備的寢室，你還想有多好？」

安子含回頭看了烏羽一眼，想要說什麼又忍住了。烏羽現在就算出道了，待遇還是跟以前一樣，也真夠憋屈的。

他坐在沙發上開始拿手機打字，烏羽坐在他旁邊，看了一眼就發現安子含在小群發訊息。

他探頭看，安子含也不躲，直截了當地給烏羽看。

安子含：我到烏羽的寢室裡了，臭烘烘的地方。

蘇錦黎：他狀態怎麼樣啊？

安子含：醜逼一個，鬍子都沒刮。

範千霆：我買完飯菜了，簽了三十多個名後，終於殺出來了。兄弟們，我還是有人氣的。

安子含：你的簽名可以論斤賣了。

蘇錦黎：你們等等我，我剛出機場。

常思音：我也快到了。

烏羽看完忍不住問：「什麼情況啊你們，別告訴我都準備過來。」

「過來圍觀落魄群眾。」安子含回答。

烏羽都無奈了，又看了看安子含的手機，確認其他人是真的準備過來，趕緊起身去衛生間整理自己的形象。

烏羽出來的時候，常思音正好拎著一堆飲料來到寢室裡。

烏羽看著常思音，問：「最近不忙？」

常思音笑答：「我沒有蘇錦黎他們忙，我不是前九名，人氣差一點，過幾天去拍一個電視劇，就沒時間了。」

又等了一會，範千霆也到了，還帶了外賣過來。

烏羽不想打擾其他室友，弄髒了公共區域，便帶著他們進了自己的屋，一個勁收拾才能讓這三個人並排坐在他的單人床上。

他們進來之後就開始吃飯、喝飲料，聊工作，弄得烏羽一陣無語，那麼多的聚會場所不去，為什麼偏偏挑他這裡？他雙手環胸看著這三個人，問：「你們就是來我這裡吃頓飯？」

「不然呢，還來這裡給你表演節目的？知不知道我現場出場費有多高？」安子含氣呼呼地問。

常思音吃著飯嘟囔著回答：「上次不是還商量免費出場，只求曝光度嗎？」

安子含瞪了常思音一眼，範千霆樂呵呵地沒說話。

又過了二十分鐘，又來了一波人，是蘇錦黎跟安子晏。

看到安子晏居然也來了，烏羽忍不住蹙眉，總覺得這些人有什麼陰謀。

這麼一群人聚在烏羽的一個小屋子裡，就顯得十分擁擠了，就好像一間桑拿房裡，聚集了二十幾個壯漢似的，又擠又憋悶。

在安子晏來了之後，安子含踢了安子晏一腳，問：「你怎麼幫烏羽啊？」

安子晏白了安子含一眼，問：「參加比賽的合約你們仔細看過嗎？」

「沒有回轉餘地的合約，還用仔細看嗎？」安子含反問。

「其中有一條，大體的意思是比賽結束兩年內，需要聽從節目組的安排，配合宣傳。」安子晏回答。

「可是……這個能救烏羽嗎？」蘇錦黎不懂這些彎彎繞繞的，忍不住問道。

其實這是一句廢話，如果不能，安子晏沒必要召集這些人來找烏羽，商量這件事情。

「聽從安排，配合宣傳，也可以將幾個人組團，然後由節目組安排活動。這些活動全都可以稱之為宣傳，這樣就可以帶烏羽進來了。」安子晏回答。

「組團？」安子含覺得有點扯，他們是不同公司的，怎麼組團？

「不組團的話，單獨幫烏羽安排通告，估計仍會被波若鳳梨為難。如果你、範千霆、蘇錦黎、常思音一起組團，帶上烏羽的話，我再運作一下，波若鳳梨也只能吃癟，畢竟跟節目組的合約已經簽了。」

幾個人都不說話了，似乎這個提案大膽到讓他們難以置信。

常思音捧著盒飯都傻了眼，他最開始來的時候只知道是拯救烏羽小行動，沒想到是聊這樣的事情，叫他過來，是要帶他一起組團？

在場只有範千霆知道安子晏的想法，還算淡定，畢竟之前安子晏是第一個跟範千霆說的。

範千霆一拍大腿，「大家就當救救我也行，我個人人氣不行，如果組團的話還能帶帶我，你們要是同意，我就簽世家傳奇了。」

「你不是要簽靈音娛樂嗎？那邊都給你請首席團隊製作單曲了。」安子含知道範千霆要拒絕安子晏的事情，畢竟範千霆先跟安子含說過，才去找安子晏談。

範千霆笑了笑，「安大哥也能給我做單曲不是嗎？」

安子晏點了點頭。

烏羽看著他們，突然有點不知所措，先看看坐在床上的幾個，再看看站著的幾個，忍不住問：「別告訴我，是為了我改變決定，蘇錦黎跟安子含單飛絕對比組團有發展。」

安子含自然知道，所以此時有點沉默，然後抬頭看向安子晏，他知道安子晏不會害自己。

「我可以的。」蘇錦黎突然堅定地說道：「我特別喜歡跟你們在一起的感覺，要是能組團，我會很開心。」

「操……既然你都這麼說了……」安子含有點不好意思地開口，似乎也同意了。

烏羽看著他們，就感覺他們在玩似的，有點不能接受，就這麼草率地決定了？

「你們……」烏羽糾結了一會，竟然有點說不出話來。

「挺好的啊！」常思音突然開口：「我個人實力不夠，而且也不是前九名，能被帶進團體裡挺榮幸的，我可以負責寢務。」

「你可以當隊長。」安子含突然說道：「畢竟這玩意其他人都不大合適。」

「我覺得不錯。」蘇錦黎也同意。

烏羽看著他們……跟玩鬧似的，隊長都確定了？

「你就任由他們胡鬧？」烏羽看向安子晏問。

「我也有我的想法。」

烏羽想了想後，看向蘇錦黎，明白了。

如果蘇錦黎跟他們組團，說不定以後為了這個團體就可留下蘇錦黎，不讓他去波若鳳梨，這樣蘇錦黎就一直是世家傳奇的藝人了。

於是烏羽忍不住問蘇錦黎：「你有沒有想過他會利用這個做文章，讓你不能跟你哥哥同一家公司了。」

蘇錦黎被提醒了以後，抬頭看了安子晏一眼，想了想後回答：「沒事的……」

安子晏一聽到蘇錦黎的回答，就忍不住抿著嘴唇笑了起來。現在蘇錦黎被他拐跑的大局已定，他只需要等待蘇錦黎完全敞開心扉，坦然地到他身邊就行了。

烏羽看著他們幾個，再想想自己這幾天的糾結，突然覺得自己有病，他們幾個更有病。

「你們……」烏羽又說不出什麼了，也不知道現在是什麼心情。

這一群人聚在他的小破屋裡，話都沒說兩句，就說要搞一個男團出來。

最離譜的是，一提，他們就都同意了。

搞屁啊？為了他嗎？他要感動得痛哭流涕嗎？

烏羽沉默的時候，外面的房間門被打開，似乎是其他的練習生回來了。

他們之前跟烏羽的關係還滿好的，在烏羽回來後，關係就發生了微妙的變化，不過，還是會跟他友好地打招呼，只是沒有之前親切了。

聽到外面有動靜，屋子裡的人似乎有默契似地全部瞬間安靜下來。

「羽哥在寢室嗎？」

「不知道，房門一直關著。」

「不過他也沒什麼地方可去……」

接著外面安靜下來，過了一會，那幾個練習生應該是買了東西，聚在一起吃，聊著今天的事情。

安子含又吃了幾口飯，問：「為什麼突然安靜了？」

安子含說完話，外間也跟著安靜下來。

「吃飯呢，說什麼話？」範千霆嘟囔著回答。

「我也想吃……」蘇錦黎看著他們吃的東西就有點饞。

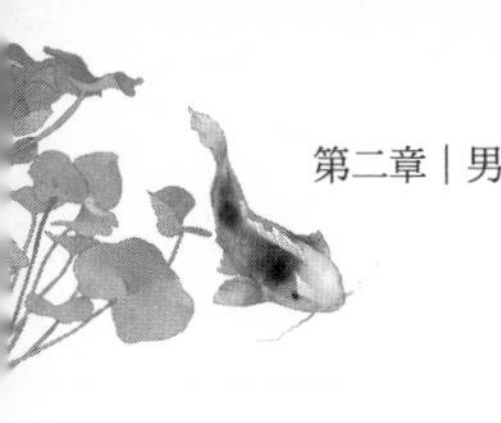

「吃啊，又沒說不讓你吃，來了就跟罰站似的。」安子含把筷子遞出去。

蘇錦黎立即也湊過去跟著吃了，還回頭問安子晏：「安大哥，你吃嗎？」

「我不大想吃……」安子晏看著這裡的環境，忍不住感嘆，「你們波若鳳梨是不是窮瘋了，這破地方怎麼住人？」

烏羽冷哼了一聲：「你跟安子含真是哥倆。」

「挺好的了，我在孤嶼的寢室條件也不大好，床吱嘎吱嘎地叫，可吵了。」蘇錦黎已經開吃了。

「是你睡覺動得太厲害了吧？」安子晏無情地揭穿蘇錦黎。

安子含一聽就樂了：「你那個廣告，我都沒好意思說你，怎麼拍的？啊？跟搞笑片似的，你居然睡出一個順時針。」

蘇錦黎瞪了安子含一眼，「哼！」

安子晏立即發話了：「別欺負他，他以後是你們的鎮組神獸。」

安子含聽得直樂，「好嘞！」

烏羽沉默了許久，終於開口：「我們出去找其他的地方仔細聊吧。」

在這裡，到底還是不大方便。

「終於猶豫完了？」安子晏微笑著看向烏羽，笑容透著一股子狡黠，安子晏只在算計成功後，才會笑得這麼好看。

「整件事對我最有利，對蘇錦黎跟安子含最吃虧，他們都不在意了，我怕什麼？」烏羽回答。

說是這樣說，卻有種要哭的徵兆，烏羽打賭，他是遇到了一群傻子。

他最開始把這些人當成是對手，好幾次，他都會去看蘇錦黎彩排，心中暗暗比較，衡量自己的實力。現在呢，這些傻子對他這麼好，就好像一點也不在意他有多冷漠似的。

圖什麼呢？友誼嗎？這個圈子裡真的會有嗎？

【第三章】

拯救烏羽大作戰

一行人丟掉了外賣，一起走出烏羽的房間。

一個小房間浩浩蕩蕩走出來一群人，就好像從哆啦A夢的傳送門走出來似的，看起來格外神奇。客廳裡的練習生都看傻了眼，不過還是很快站起身來行禮，畢竟出來的這些人都是前輩，尤其是安子晏。

安子晏隨便點頭應付了一下，就帶著這群人去附近的一家高級會所，安子含進門的時候感嘆：「我還是第一次進這種地方用會議室。」

安子晏白了安子含一眼，在其他人不在意的時候還踹了安子含一腳。

蘇錦黎一直跟在他們倆身邊，躲得過別人，躲不過他。他看到之後，踢了安子晏一腳，「你別欺負他。」

安子晏終於老實了，心裡卻很不服，蘇錦黎不懂安子含話語裡的含意。

安子含跟在後面「嘿嘿」，卻沒意識到安子晏被蘇錦黎治得服服帖帖的。

他們到了會議室裡坐下，一群人開始聊了起來。安子晏打電話把張鶴鳴也叫過來，聽到他們的提議後，張鶴鳴都要哭出來了，之前已經得罪華森娛樂了，這回豈不是要得罪波若鳳梨？

「這個……這個……波若鳳梨不鬆口，我們也不好做什麼。而且，真鬧大了，波若鳳梨告我們的話，我們還真不一定能贏，還惹得各種麻煩纏身。」張鶴鳴試圖讓他們打退堂鼓。

「這件事情波若鳳梨沒理，如果他們真的告，就是撕破臉了，然後我們就炒他們雪藏烏羽的事情。烏羽的粉絲會護著烏羽討說法，這幾個小朋友跟著捧捧場，場面就會一邊倒。就算最後波若鳳梨的官司贏了，股票也得跌，我就不信波若鳳梨的幾位大佬會不管這件事情。」安子晏的態度依舊流氓，說得特別輕鬆。

張鶴鳴只能笑，笑容都有點虛了，還以為《全民偶像》圓滿結束後，他的事就結束了，結果安子晏他們是真不願意放過他啊。

「還是波若鳳梨那邊同意了，我這邊才能運作。」張鶴鳴依舊堅持這個說法。

「能讓他們同意的話，我們幹麼還要這麼做啊？」安子含忍不住煩躁地問。

「那有沒有能讓波若鳳梨鬆口的方法？」蘇錦黎則是關心這個，他也不想為難張鶴鳴。

「你哥肯定不行，他現在位置不穩，只要開口反而引來一身騷。」烏羽第一個回答。

「還能怎麼辦，實在不行我去給時老的那個得力助手跳脫衣舞去？」安子含語氣嘲諷地說，眼睛在看烏羽，明顯是在暗示什麼。

烏羽瞪了安子含一眼，作為警告。

「時老？」蘇錦黎疑惑地問。

「對，波若鳳梨最大的股東，那個財閥老爺子。」安子晏也知道波若鳳梨的底細，畢竟當了這麼多年的對手。

「他……他是認識王總嗎？喜歡下棋？」蘇錦黎趕緊追問。

安子晏奇怪地問蘇錦黎：「對啊，怎麼了？」

「我好像認識時老。」蘇錦黎回答。

場面突然一靜。

安子晏微微蹙眉，他也算是一個二世祖了，依舊沒到能跟時老說話的地位。他爸爸也只見過時老三次，沒說過幾句話，畢竟那位老爺子性格乖張，很多人都不知道怎麼才能討好他，結果蘇錦黎居然認識時老。

緊接著，安子晏靈光一閃，問：「那個下棋下不過你，還生氣的朋友，不會是時老吧？」這是那天去聽戲的時候王總說的。

蘇錦黎點了點頭，「對，而且時老欠我一個人情。」

「時老欠你人情？」安子含扯著嗓子問：「你可以跟他要一座島，從此做島主了。」

「啊？還能要這個？」蘇錦黎詫異了。

「老爺子有錢！非常有錢！雖然性格真的不怎麼樣，但是有錢是真的，就顯得這位老爺子特別招人喜歡，畢竟錢是一個好東西。」

烏羽都很詫異，看向蘇錦黎，覺得蘇錦黎很神奇。在他們這些人的眼裡，時老身邊的祕書都是不能招惹的角色，蘇錦黎竟然認識時老，最重要的是，他跟時老下過棋？

「我可以試試去求時老，讓他幫幫烏羽，這樣是不是就能緩解烏羽的情況了？」蘇錦黎興奮地問大家。

「不，放棄烏羽吧，他沒救了，我覺得還是去跟時老要座島，或者要一架飛機也行。」安子含立即搖頭勸蘇錦黎放棄，為了烏羽太不值了。

「甚至可以讓時老給你量身打造一部電影，你想演什麼就演什麼，還是頂級團隊。」安子晏也這樣說。

烏羽自己都覺得，蘇錦黎把人情用在自己身上有點可惜了，他只是盯著蘇錦黎看。

蘇錦黎趕緊制止安家兩兄弟的獅子大開口：「你們這樣有點過分了，我去求他老人家幫烏羽，都覺得怪麻煩人家的，而且不一定會成功。這樣吧，我有時間了就去試試看，這樣組團的事情還繼續嗎？」

「估計得繼續。」安子晏回答。

安子含也是這樣的看法：「時老能讓波若鳳梨鬆口，但是，時老沒空一直看著，所以波若鳳梨之後還是有機會雪藏烏羽，或者不雪藏，只是工作接得少，安排一些爛戲讓烏羽演，都有可能。」

這個道理大家都清楚，如果一家公司想跟你耍無賴，就真的會想盡辦法，讓你不服不行。

「我就是想不明白，波若鳳梨為什麼要雪藏你？」範千霆終於忍不住開口了。

常思音也跟著點頭，「對啊。」

「你是耿聞的私生子？」安子含隨口問了一句。

「你調查我？」烏羽突然憤怒地反問。

安子含都傻了，「別告訴我真的是！」他隨口胡謅的。

烏羽瞪了安子含一會，最後扭頭不說話了。

張鶴鳴都傻了，他突然吃了一個好大的瓜。

「安大哥……私生子是什麼意思？」蘇錦黎湊到安子晏身邊，小聲問。

「就是不合法的兒子。」

「喔，超生兒嗎？」

「對。」簡單易懂。

蘇錦黎點了點頭，表示自己懂了。

範千霆愛吃瓜，加入《全民偶像》後，每天都在吃瓜，他吃瓜的時候還不老實，總是賊眉鼠眼地來回看，所以顯得特別討厭。這也是蘇錦黎當初不告訴他們，自己哥哥是沈城的原因之一。

此時範千霆吃了大大的瓜，拽了拽常思音的袖子，常思音立即按住範千霆的手。

安子含突然懂了，「喔」了一聲。

安子晏則對這個不感興趣，只是終於明白烏羽被雪藏的原因而已，他願意幫烏羽，無非是在蘇錦黎這裡刷刷好感度，外加安子含也求過他。

安子晏對蘇錦黎說：「我試著聯繫王總，讓他安排你跟時老見面，你試試看。」

「嗯，好。」

「時老欠你一個人情很重的！你以後可以利用這個做文章，不必浪費在我身上！」烏羽突然開口說道。

「可是我想幫你啊！」蘇錦黎回答得坦坦蕩蕩。

「我除了叫你起床外，還做了什麼嗎？你幹麼這樣對我啊？」

「你是我朋友啊！」

烏羽愣了一瞬間，突然喊了起來：「你他媽是不是傻啊！」

喊完自己卻哭了出來，烏羽趕緊轉過身，快速擦掉眼淚。

「原來烏羽也會說髒話……」範千霆感嘆了一句。

「看！哭了吧！我就說他那天在車站真的哭了，你們都不信。」安子含指著烏羽興奮地說。

常思音則是快速給烏羽遞紙巾，結果烏羽沒領情，繼續努力掩飾自己，好像一切都只是一個誤會。

蘇錦黎看了看安子晏，問：「我氣到他了？」

「他被你感動了，只是人太彆扭了。」安子晏回答。

「喔。」

蘇錦黎走過去，揉了揉烏羽的頭，「沒事的，馬上就要過去了，都會好的。」

烏羽覺得這絕對是自己最丟人的一天，當著這麼多人的面掉眼淚，他參加《全民偶像》都沒哭過，甚至之前他還在想，要不就妥協了吧，被包養就被包養……心裡卻一片心灰意冷。

現在，他突然什麼話都說不出來，只是掉眼淚，然後聽著他們說話就想罵人。

丟死人了，沒臉見人了，真他媽的……

蘇錦黎約到時老的時候，距離姜町的電影開機已經沒多少天了。

那天蘇錦黎剛剛拍攝完電影劇照，他扮演一名戲子，天生媚骨，因為長相出眾還曾被譽為第一

美男，不是男性化的美，而是柔美。

在戲裡，蘇錦黎是一個唱戲的花旦，在電影裡最引人注目的是會出現女裝造型，並且是一身紅裝，是他假扮新娘的樣子。

蘇錦黎定妝的那天，就試了新娘妝的扮相。

因為是玄幻劇，講究的是視覺效果，在古代原有的基礎上，增加一些華麗的裝飾，蘇錦黎先是頂著鳳冠拍攝一系列的定妝照。

接著就是新婚之夜出現變故，蘇錦黎逃跑後，被抓住後的樣子。

此時鳳冠已經跑丟了，一頭烏黑的長髮披散在肩頭，妝已經花了，一身紅色的衣衫有些凌亂，半敞著，鎖骨與瘦弱的身體依稀可見，明顯是個男人。

其中一張劇照是蘇錦黎一襲紅衣，跪坐在地上，被一個男人用手抬起下巴的畫面。

他努力鎮定，卻還是被男人威懾住的表情，就算狼狽，依舊好似地獄裡的曼珠沙華，有著驚豔的顏色，絕美的容貌。

冷豔的男人，美麗卻冷漠，似乎有故事，卻總也不肯提起。

這就是蘇錦黎扮演的角色，難度很大，讓蘇錦黎來扮演絕對是一種冒險。

這張相片拍攝了很久，蘇錦黎都調整不好表情。

最後，在中間休息的時候，他偷偷跟安子晏發訊息，詢問該怎麼控制表情。

安子晏：想像你和我在親熱，被你哥發現了，你想冷靜又害怕的樣子表現出來就行了。

蘇錦黎：呃……

之後，就順利拍攝出來了，感覺到位，眼神可以，堪稱完美。

蘇錦黎如獲大赦，換掉戲裝後走出來，就碰到姜町導演，對蘇錦黎說：「蘇小友的悟性還是可以的，不過還需要去揣摩角色，繼續努力。」

姜町性格還不錯，他屬於那種有脾氣了就會立即爆發的人。

「謝謝姜導。」蘇錦黎客客氣氣地說。

「行了，王總派車來接你了，你去吧。」姜町說完，就吹著口哨去忙別的事，今天不僅僅蘇錦黎一個人要拍劇照的。

這次只有丟丟跟過來，所以丟丟也跟著一塊緊張。

蘇錦黎倒是沒事，而是努力讀劇本，理解劇中角色的想法，然後想像出來是什麼樣子的，試圖用想像力演出來。

蘇錦黎上了車，跟司機打了一聲招呼，對方沒怎麼理。

到了時老住的地方，蘇錦黎感覺自己來了炮樓，裡三層外三層的，還層層把關，弄得蘇錦黎覺得這不是一個居住的地方，而是一個監獄，有點可怕啊。

到了正院就看不到外面高聳的院牆，而是遠處的景色，牆壁大多被樹木巧妙地遮蓋住。

蘇錦黎回頭看了看之後，終於走進時老的家。

時老的別墅不是非常前衛的設計，也不是歐式裝潢，而是比較低調奢華，家裡大多是暗色調，走進去有一種陰沉的感覺，覺得安靜又壓抑。

不過，蘇錦黎懂一些風水相學，知道這裡的風水絕佳，這種陰沉的設計反而能夠壓制住這裡過盛的紫金之氣，占著這麼好的一片地，主人不賺錢就怪了。

而且，這裡工作的傭人都會沾上一點紫金之氣，家裡也會越來越好。

蘇錦黎被帶到會客室坐了一會，拿出劇本繼續看。

丟丟一直在旁邊戰戰兢兢地坐著，生怕做出什麼惹到時老的事情，畢竟時老是出了名的性格乖張、脾氣暴躁。

等了二十分鐘後，有人讓蘇錦黎單獨進去。

蘇錦黎將劇本給丟丟保管，一個人跟著走過去。丟丟還想交代蘇錦黎小心一點，可惜蘇錦黎走得太快，丟丟沒能說出口。

蘇錦黎倒是不怎麼緊張，走進去後看到時老在澆花。

「老爺子。」蘇錦黎笑呵呵地跟他打招呼。

「嗯。」

「你最近身體怎麼樣？」

「暫時死不了。」

這對話讓蘇錦黎都不知道該怎麼接下去了，時老也沒再吭聲，他就走過去看著時老澆水。

「花要被您淹死了。」蘇錦黎站在時老身邊說道。

「怎麼會？」

「像這種葉子很小的植物，少澆點水比較好，您一次澆這麼多水，容易爛根。」

時老停下動作，看了看花，又看了看蘇錦黎，不高興地放下水壺。

「您不服氣也是這樣的，花還挺無辜呢。」蘇錦黎見時老不高興，依舊執著於說這些。

時老氣鼓鼓地到了一邊坐下，問：「你來找我做什麼？」

「我有事想求您！」

時老坐下後，倒了杯茶喝了一口，眉毛都不動一下，「我為什麼要幫你？」

「上次我也算救你一次吧，你能不能就當欠我個人情，幫我個忙？」

時老跟王總有聯繫，自然也知道蘇錦黎最近出道的事情，估計著蘇錦黎是想求他幫忙娛樂圈資源的事情，於是點了點頭，「行，你說吧，我看看我願不願意幫。」

「我有個朋友，是波若鳳梨的藝人，但是他被公司雪藏了，我們走投無路，希望你能幫幫他。」蘇錦黎說完，就開始絮絮叨叨地說烏羽有多優秀，以及他們想組團，用這種方法幫烏羽，只要時老幫忙開個頭，讓波若鳳梨同意烏羽入團就行。

時老看著蘇錦黎，不解地問：「你準備把這個人情用在朋友身上？」

「是啊！十萬火急，不然我也不會來求您的。」

對於時老來說，這只是一件非常小的事情，告訴自己的助理，去波若鳳梨隨便交代一句就成了，不想跑一趟的話，打個電話也能搞定的，結果蘇錦黎特別正式地過來求他，還要動用之前的那個「人情」。

時老盯著蘇錦黎審視半天，究竟是覺得他的命不值錢，還是這小子真的很重視他的朋友？又是為了別人，就不考慮自己嗎？

「他那麼優秀，為什麼會被雪藏？」時老問。

蘇錦黎打算說得煽情一點，引起同情，於是深情款款地對時老說：「您不知道，他特別可憐，是一個超生兒。」

「超生兒？」

「對！」

兩個人對視了一會，時老又問：「雪藏跟超生什麼關係？」

「就是……他爸不想讓他有曝光度，他爸是耿聞。」

「喔……私生子？」真虧得時老能明白蘇錦黎的意思。

「嗯，對。」

時老笑了笑，「這是人家的家務事，我摻和進去不好吧？」

「您就當救救孩子吧？」

「既然你那麼願意幫他，不如把資源也讓給他，比如姜町的那部戲。」

蘇錦黎聽完一愣，不過，他還是很快搖了搖頭，「恐怕不行。」

「喔，為什麼？我還當你會非常無私呢。」

「首先這個角色是安大哥幫我爭取來的，我不能拿安大哥的心血去送給別人。其次這部戲已經開工了，臨時換人會給他們添麻煩。最後就是……烏羽不適合這個角色，烏羽太爺們了。」

「你不爺們嗎？」時老問他。

「我還行，可剛可柔。」

「我還當你完全傻呢，看來也不是。」時老說著起身，到了裡間說：「陪我下棋。」

「喔，好。」

蘇錦黎進去後就開始規規矩矩地下棋了，畢竟是有事要求人家，態度特別好。

「吃點核桃。」時老推過去一盤核桃給蘇錦黎。

「不愛吃。」

「補腦。」

「不好吃。」

「那你想吃什麼？」時老又問他。

「我想吃雞翅。」

「淨吃些不好的東西。」時老說完，繼續下棋，讓蘇錦黎沒想到的是，沒一會居然有人送來一盤雞翅，他很詫異，忍不住抬頭四處看，看看是不是有攝像機在旁邊，不然這些人怎麼知道的？

時老沒解釋，只是繼續下棋。

蘇錦黎沒看到攝像頭，於是又說：「我要吃雞米花！」

時老沒理他，繼續下棋，沒一會就有傭人送來雞米花，還有番茄醬放在旁邊。

「房間裡有收集聲音的機器啊？」蘇錦黎問時老。

「嗯。」

「你在家裡都不偷偷放屁的嗎？不會覺得尷尬嗎？」

時老被蘇錦黎問得動作一頓，抬頭看向他。

「你……跟長輩說話都這樣嗎？」時老問他。

「不是啊，我真的好奇啊。」

「好好下棋。」

「喔……」蘇錦黎又落了一子，「你輸了。」

時老盯著棋盤看了良久，才冷哼了一聲，接著起身對蘇錦黎說：「我給你安排了客房，你上去住吧。」

「啊？不用住的，您幫幫忙就行了。」

「我的人應該已經親自聯繫耿聞了，你放心吧。」

「啊……這樣啊……那我就先走了啊，我晚上還得坐飛機去別的地方。」

時老點了點頭，沒一會就有人進來，接蘇錦黎出去。

辦事效率可真快，就跟家裡養了一群NPC似的。

蘇錦黎離開後，時老的助理進來問時老：「您好像很喜歡這個孩子，不如收他做繼子。」

「你應該知道我收繼子是為了什麼，這麼做是害了這小子。」

助理便不再問了。

烏羽恐怕是第一個得到消息的人，他原本還在宿舍裡看著微信群，那群人在他睡覺的時候，又聊了超多話題，光往上翻就翻了半天。

他醒了之後趴在被窩裡看著聊天記錄，覺得自己簡直在浪費時間，真的是沒有一句有營養的話，他現在因為沒有工作，作息日夜顛倒，晚飯恐怕是他一天當中的第一頓飯。

正看著，經紀人就發來消息：來公司一趟吧，給你安排工作。

因為正在看微信，第一時間就看到了，烏羽先是一愣，接著很快就反應過來，看來是蘇錦黎去時老那裡談成功了。

蘇錦黎在兩個小時前說要去找時老，馬上就有工作安排進來，效率快到讓烏羽震驚。

他立即起身，打開衣櫃，穿上自己衣櫃裡最貴的一身衣服出了門，整個人都顯得神清氣爽的。

他已經許久沒來過波若鳳梨，進去後似乎已經有點不知道該怎麼走，距離他參加比賽，已經過去了很久了……這期間，他真的是一趟都沒進到公司過。

來到經紀人的辦公室，看到經紀人正在整理一堆資料，他坐到辦公桌前的椅子上，看著經紀人問：「有什麼工作？」

經紀人指了指桌面上的資料夾，「所有。」

烏羽愣了，他很快就猜到，這絕對不是一天內接到的。

桌面上亂七八糟地一大堆文件，各種各樣的資料夾，經紀人似乎也在翻，「前陣子，公司想把這些送來的工作，安排給公司其他的藝人。不過對方大多不同意，所以後來都不了了之，現在也不確定這些工作裡還有哪些尚未確定藝人。」

烏羽聽完就懂了，問：「公司不準備繼續壓著了？」

「對，我有點好奇，你是怎麼做到的？」

「什麼？」

經紀人看了看烏羽，眼神有點複雜，似乎覺得烏羽同意了被包養的事情，畢竟是時老的助理親自給耿聞打電話，並且表示會關注這件事情，耿聞才不得不鬆口。

「安子晏比較希望賺到錢。」烏羽這樣回答。

他知道時老那邊十分敏感，提到時老會給蘇錦黎引來麻煩，不如就說成是安子晏做的，畢竟許多人都在傳安子晏神通廣大，傳到後來都有了點神話色彩。

「你之後的工作都是由安子晏安排？」經紀人問。

「嗯，對。」

「公司會給你安排一名助理、一名造型師，保鏢是臨時聘用的，估計安子晏會安排，你的收入會在今天下午到帳。還有，你會住到團體的宿舍吧？這些工作我都會讓人轉給安子晏，讓他那邊的人跟你聯繫吧。」

其實不做烏羽的經紀人讓他如釋重負，反而挺開心的，這活真不是人幹的。

「好。」烏羽點了點頭。

「你們團體的名字想好了嗎？」

「還沒確定。」

「行了，你等會吧，一會你的助理就過來報到了，畢竟是臨時派人，所以有點緊缺。」估計不會派工作能力強的人過來，就是個愣頭青。

烏羽點了點頭，緊接著暗暗地握緊拳頭，他終於要翻身了。

突然就決定要組團，很多人都措手不及。張古詞坐在安子晏的辦公室裡，仰頭望天，他總覺得安子晏從一開始就給他挖了一個坑。

把安子含送到他的公司，然後又拽走權力，要走安子含跟常思音的負責權，搞了一個狗屁團體。

「安子含會被拖累的，組團的工作很可能會耽誤他們的其他工作。」張古詞翹著二郎腿，對安子晏說。

安子晏也覺得頭疼，當時想得很容易，真實行起來，各種方案就要想半天。不論公關做得多好，組團後勢必會引起一場史無前例的罵戰。

粉絲就是這樣，喜歡護著自己的愛豆，絕對不許自己的愛豆受一點委屈。沒幫愛豆罵過架，就跟沒粉過似的，這個團體裡被拖累的藝人粉絲，肯定是罵得最狠的，安子含跟蘇錦黎的粉絲最多，團體成立後，他們倆的粉絲想必會罵得最凶。

最可怕的狀況就是他們倆的粉絲到另外幾名成員的微博裡進行攻擊，接著其他幾人的粉絲反攻。罵急了，這些粉絲就會爆出一系列的黑料來黑對方的愛豆。

然而先挑事的一定會敗路人緣，也會讓兩個人的人氣受損。

最後的場面，會非常慘烈。

「你有沒有什麼好建議？」安子晏問張古詞。

「你問我？」張古詞氣得忍不住提高分貝，「突然告訴我要組團，合約都甩到我面前了，你現在才想起來問問我的意見啊？你早幹麼去了？」

「畢竟你會是這個男團的主要經紀人。」

「什麼玩意？我？」

「對，我畢竟還有其他的工作要忙，而且還要拍戲，照顧不來，主要經紀人的重任，就只能交給你了。」

「為什麼是我啊？你們世家傳奇沒人嗎？」

「我當初就是看中你的工作能力，才把安子含送去給你帶的。」安子晏的馬屁突如其來，十分油膩。

「你……你……」張古詞氣得渾身發抖。

「你手裡還有其他藝人嗎？」安子晏繼續理直氣壯地問他。

「沒有，我統管公司所有的藝人。」張古詞現在的位置，已經不需要單獨帶人了。

「這不是正好嗎？」

「正好個屁！」張古詞氣得站起身來，到安子晏的辦公桌前開罵：「安子晏你別欺人太甚！什麼都安排好了？手怎麼伸得那麼長？你說什麼就是什麼，娛樂圈為你獨尊是吧？」

這活給誰，誰都得掂量掂量。的確，現在這幾個孩子人氣很高，真組團了，絕對是奔著一線組合去的。但是這個團體的生存期不到兩年，真要按照合約計算，總共就一年零九個月的生存期！什麼前期鋪墊沒有，消息一發布，就是震撼級的畫面，控制不住估計就會全盤崩潰。

還有，幾個孩子是不同公司的，世家傳奇、波若鳳梨、木子桃，三方的利益分配怎麼算？真有工作了，合約怎麼簽？

最要命的是波若鳳梨，甩手掌櫃一個，人給你們了，紅了算大家的，出事了算他們的，態度非常噁心。

他如果做了經紀人，資源安排不合適，他就會被粉絲點名罵。粉絲最喜歡把小細節擴大化，說經紀人對某個藝人不好，然後聯名聲討，張古詞年輕的時候甚至收到過粉絲抗議的血書。

「你有沒有想過，這個團體會讓你的年底分紅多一套海景別墅？」安子晏平淡地開口。

「我不幹。」

「這個團體的背後推手是時老。」

「……」張古詞不說話了。

「現在有一系列的問題需要處理，比如團體的定位，現在市場上十分缺少，粉絲們渴望，卻存在空白的是什麼？他們每個人的定位是什麼？蘇錦黎跟烏羽的高音是不是衝突了，該如何定位才能讓他們個性鮮明？」

張古詞有職業病，被問了問題後還真的認真思考起來，想了一會就氣得不行：「我現在就要進入工作狀態了？」

「為什麼不？這是在給你賺養老錢，我敢保證，拚搏不到兩年的時間，你絕對會有超級大的收穫。」安子晏說得信心滿滿。

張古詞氣得不行，扭頭問安子晏：「世家傳奇一個藝人都沒送去《全民偶像》，現在感到後悔沒？」

其實這件事情，安子晏從來沒說過，當初接主持人這個工作的時候，應該順便送幾個練習生過去，可是提出來的時候那邊已經截止報名了。

張鶴鳴臭不要臉地希望安子晏可以派十個人去湊個整數，安子晏手底下人不多，臨時招也頂多六個人，但是若全部出動了，安子晏又覺得不穩妥，最後乾脆放棄了。

結果《全民偶像》爆火，之前沒有人氣的評審都紅了一波！

所有的參賽選手都受到關注，他最後唯一的勝利是「高價」挖來蘇錦黎跟範千霆，也算是「收成」不錯了。

後悔沒？三大巨頭，估計都後悔了。那也沒用，過了那個村，就沒那個店了。

張古詞看到安子晏表情變了變，就覺得心情好多了，抬手攤開掌心對安子晏說：「策劃案給我，我看看。」

「還沒有。」

「什麼都沒有，甚至團名都沒有，然後一個星期後要出道？」

「對。」

「安子晏，我去你大爺！」

蘇錦黎回到家裡，就覺得氣氛不大對勁，因為沈城的家裡居然有菜香味。

蘇錦黎走進去，就看到沈城黑著臉坐在客廳裡生氣，手裡拿著劇本，也不知道有沒有看進去。他疑惑地問：「哥，來客人了嗎？」

廚房裡似乎有人聽到聲音，立即走出來說：「哎呀，小錦鯉回來了？」

蘇錦黎看著廚房裡走出來金髮碧眼、身高一百八十一公分的美女就愣住了。

「呃……阿姨好。」蘇錦黎知道，她是安子晏及安子含的媽媽。

「客氣什麼啊，叫姐姐就行，快過來，我給你做了晚餐。」

「啊？」蘇錦黎震驚極了。

沈城白了安媽媽一眼，似乎很想將這個女人轟出去。

安媽媽是突然殺過來的，沈城都措手不及。

然而，沈城又不能真的把安媽媽轟出去，畢竟抬手不打笑臉人。萬一周圍有狗仔隊，豈不是要拍到他私底下的樣子？

安媽媽客客氣氣地過來拜訪，手裡還拎著禮物，身邊的助理則拎著食材。而且他們不是來見他的，而是找蘇錦黎的，沈城再不高興也只能敞開門待客。

但安媽媽過來明顯沒安好心，尤其是連蘇錦黎即將回家的時間都摸準了，踩著點開始做菜。

蘇錦黎回到家裡的時候，安媽媽剛剛收工，走出來招呼蘇錦黎過來一起吃飯。

蘇錦黎忐忑地坐在桌前，慫慫地看著安媽媽。

在蘇錦黎的觀念裡，他已經標記安子晏了，是要負責的，所以安媽媽以後也是他的長輩。突如其來地見父母，讓蘇錦黎措手不及。

誰能想到安媽媽居然自己跑來了？之前連個招呼都不打。

蘇錦黎慫的時候就不敢說話，所以一直規規矩矩地坐著。

安媽媽非常賢慧地把菜端到餐桌上，還順帶招呼沈城，沈城也只能走過來坐下。

安媽媽坐在蘇錦黎對面，問蘇錦黎：「小錦鯉工作忙不忙啊？」

「還行，白天拍完了劇照，再過幾天就進組了，這幾天都是在上演技培訓課。」

「沈影帝，真羨慕你有一個這麼可愛的弟弟。」安媽媽突然特別欣慰似地對沈城說。

「客氣了，叫我沈城就行。」雖然得過影帝，但是直接稱呼影帝，還是有點彆扭。

「你平時都是怎麼教弟弟的，才能讓弟弟這麼乖巧？」安媽媽說完，突然意識到不對，趕緊改口：「抱歉，我忘記了你們才相認不久。」

沈城吃了一口菜，沒回答，明顯是故意的，演技真浮誇。

「唉，你啊，就是弟弟剛回到身邊，比較在意，看得太嚴了。其實男孩子就應該給他們自由，不然會出現叛逆心理的。而且小錦鯉都這麼大了，你總這麼管著不大好吧？」安媽媽終於說出自己的真實想法。

「有什麼您就直說吧。」沈城冷淡地回答。

「我總覺得吧，小錦鯉也是大孩子了，可以自己做決定，所以他喜歡誰，或者不喜歡誰，想要和誰做朋友，都是他自己的選擇。他想跟誰在一起，你也不該太過阻攔，你說是不是？」

沈城聽完冷笑了一聲，「如果您的兩個兒子，其中有一個人跟一個十惡不赦的人在一起了，您的兒子尚不能明辨是非，您是不是要操心呢？」

「這就要看有多十惡不赦了，但是對方如果真對我兒子好的話，我會同意。」

「孩子小的時候，都會告訴他，什麼能吃，什麼不能吃。我告訴我的弟弟什麼樣的人能交往，什麼樣的不能交往，這有什麼問題嗎？」

「你不覺得你太專斷了嗎？」

「每個家庭都有自己的風格，我跟蘇錦黎的相處就是這樣。」沈城回答得不緊不慢。

安媽媽單手撐著下巴，看著他們兄弟倆，著重看了看蘇錦黎。

蘇錦黎都要慌張死了，這種情況下他幫誰啊？誰也不能招惹，乾脆繼續慫著。

「小錦鯉你吃菜啊，我都跟子晏打聽過你喜歡吃什麼。」安媽媽笑呵呵地說。

「嗯，好，滿好吃的。」蘇錦黎點了點頭。

「我做得不如子晏好，他做菜是一流的。」

「安大哥還會做菜啊？」

「對啊，本來是我教的，現在青出於藍而勝於藍了。」

「伯母倒是對兒子不錯，把兒子教得都那麼放蕩不羈。」沈城跟著感嘆了一句。

這一句伯母讓安媽媽非常不喜歡，她最討厭別人刺激到她的年齡了。

「我們家對孩子多少屬於放養，前陣子子晏打電話跟我說有心上人的時候，我還滿開心的。」

蘇錦黎差點噎到，這頓飯吃得太痛苦了！

「妳對兒子是GAY的事情一點也不在意嗎？」沈城問她。

「只要我兒子喜歡。」

「如果妳兩個兒子全軍覆沒的話，妳還能這麼開心？」

安媽媽驚訝道：「別告訴我子晏喜歡小錦鯉，你就去攻略子含。雖然說你很氣，也用不著自虐啊，子含不是良配。」

安媽媽的話讓沈城的動作一頓，詫異地看向安媽媽，發現安媽媽依舊在微笑，而且笑容燦爛，無可挑剔。

「直掰彎就不太好了吧？」沈城問她。

「真正的直男是掰不彎的。」

沈城氣得直接放下筷子，站起身來說道：「我吃飽了。」

安媽媽點了點頭，接著對蘇錦黎說：「小錦鯉，你多吃點，我聽說你挺能吃的。」

「嗯，好。」

「今天晚上有空嗎？」

「今天晚上……看劇本。」

「反正我來都來了，教你英語吧。」

「喔……好的。」蘇錦黎弱弱地回答。

雖然說跟安媽媽接觸的時間不多，但是他能夠看出來，安媽媽並不是好招惹的人，於是……繼續乖乖的。

安媽媽盯著蘇錦黎看了一會，卻是怎麼看怎麼喜歡。

自己的兩個孩子，還真沒有一個乖巧懂事的，她看到蘇錦黎就很喜歡。

「姐姐給你帶了禮物。」安媽媽說完，取出電話通知外面的人，沒一會，就有人搬著大箱小箱地進來。

蘇錦黎目瞪口呆地看著這些「禮物」，幾乎堆滿了整間客廳。

「我啊，從知道這件事開始，就留意你的東西了，真是看到什麼都覺得很適合你，我就都買了。這裡有衣服啊，玩具啊，還有一些工藝品，反正什麼都有。護膚品我按照我的標準買了，應該是那個粉色的箱子裝的。」安媽媽對蘇錦黎介紹。

蘇錦黎捧著飯碗，點了點頭，「我……需要回禮嗎？」

「不用，以後都是自家人。」

「阿……姐姐，我跟……安大哥還沒……那個……」蘇錦黎磕磕巴巴地解釋。

安媽媽聽完嘆了一口氣，「唉，我把孩子教傻了。」

「沒啊。」

「沒傻怎麼會不早點追你？你沒跟你哥哥相認之前，一准就追上了。」

「……」蘇錦黎突然無言以對。

蘇錦黎在接受演技培訓的這段時間，劇組先曝光了劇照。

因為蘇錦黎是配角，所以曝光的時間在中間，官博一共發了四張圖。

一張圖是戴著鳳冠的新娘裝扮，一張圖是狼狽的模樣，被托起下巴的劇照。另外兩張，一張是花旦時的造型，一張電影裡最常用的普通造型。

蘇錦黎的劇照曝光之後，再一次引發一波討論熱潮。

一個讓蘇錦黎措手不及的外號出現了——女裝界的扛把子。

緊接著，一個很奇葩的熱門話題橫空出世：#我兒子長成了我想要的女兒的樣子#

無疑，蘇錦黎這幾張劇照，在精心修圖後格外有感覺，而且視覺衝擊感很強。

畢竟姜町導演當初也被蘇錦黎的紅衣扮相驚豔到了，才會聯繫安子晏，不然這個角色依舊沒有譜。

事實證明，姜町的選擇是對的。

蘇錦黎的劇照剛放出來就橫掃頭條、熱搜、熱話，粉絲們興奮得像是過節了一樣，當天微信群裡就炸了。

安子含：@蘇錦黎你還有妹妹沒？姊姊也行，我覺得可以試著發展發展。

範千霆：有點好看啊……
常思音：女神級別了。
烏羽：其實好多男藝人的女裝扮相都挺雷的，蘇錦黎的難得不錯。
安子含：蘇錦黎，你別拍臉，只拍個腿我看看，準備擼一發。
烏羽：你噁心不噁心？
安子含：老子又沒看你擼！就你那肌肉腿，我都沒眼看。
蘇錦黎：我要死了……
安子含：怎麼了？
蘇錦黎：演技課，每天都能看到老師無奈的眼神。
安子含：真那麼差嗎？
蘇錦黎：【短視頻】
十五秒後。
安子含：這聲嘶力竭的嘶吼，讓我沒有勇氣看第二次。
烏羽：……
常思音：確實……尬。
範千霆：整個畫面裡只有臉能看了。
安子含：真要說的話，聲音也是可以的。
很快，範千霆就用蘇錦黎嘶吼的畫面，做了一個顏表情。
範千霆：【你居然吃魚.jpg】
範千霆：【我不敢.jpg】
安子含：哈哈哈，蘇錦黎，你們什麼時候開機？

蘇錦黎：只剩三天了。

安子含：這次籌備得挺快啊。

蘇錦黎：不是，我是截胡了別人的角色，他們已經準備很久了。

安子含：喔，對，所以你之前才會被黑是吧？

蘇錦黎：對。

安子含：我們出去玩吧！

烏羽：我最近很忙。

安子含：蘇錦黎進組之後，咱們就得幾個月之後才能集合了。現在咱們是男子團體了，不得聚一波啊？

烏羽：組團之後沒有活動嗎？

安子含：團名都沒出來呢，你覺得他們能安排出來什麼像樣的活動？

範千霆：不僅沒有名字，至今也沒給我們安排宿舍。

蘇錦黎：我們的組合，跟我的工作室一樣簡陋。

常思音：蘇錦黎不是帶著工作室飛了一次嗎？現在鎮組神獸帶著我們團體飛吧！

蘇錦黎：我們會紅的！

安子含：錦鯉大仙說了，我們會紅！

安子含：就這三天，我們找個時間見一面，聚一聚，上次的聚會太寒酸了，不算數。你們說時間，其他的我安排。

他們在群裡討論了好一陣子，最後才決定在明天下午四點之後聚會，安子含就此沒了聲音，估計是去安排了。

安子含不說話之後，其他人也跟著安靜了。

蘇錦黎趴在床上，繼續研究劇本，時不時抬頭看沈城一眼。

蘇錦黎從公司培訓回來後，剛巧碰到沈城拍完廣告回來。沈城突發奇想，要看看蘇錦黎演戲。

蘇錦黎演完後把沈城給氣著了，說了一句「被你氣得胃疼」之後，就不再理蘇錦黎了，卻也沒離開蘇錦黎的房間。

蘇錦黎只能繼續看劇本，然後在劇本的掩護下瞄一眼手機，跟安子含他們聊天。

這個時候沈城又走過來，直接掀開劇本，拿起蘇錦黎的手機一甩，把手機摔在地上，「你沒有天賦，現在還不肯努力，你知不知道這個角色有多少人夢寐以求，你現在是什麼態度？」

蘇錦黎被沈城嚇了一跳，也知道是自己錯了，立即不說話。

「劇本、劇本沒吃透，演技、演技不行，你這樣怎麼好意思去劇組？」沈城又氣憤地問了一句。

「我有努力了……我臺詞都背下來了，而且這幾天有時間就看劇本，做夢都是在演戲，我……」蘇錦黎一邊解釋，一邊擦眼淚。

「你知不知道現在有多少人在盯著你？你如果出現一點問題，就會是大問題，我不想看到我護了幾百年的人，被別人說一句壞話！」

「哥……對不起。」

「你跟我道歉有什麼用，你對不起的是你自己！」

蘇錦黎不說話了，他其實不想哭，可是被哥哥罵了還是忍不住掉眼淚，扭頭偷偷看了一眼手機，看到手機螢幕已經碎了，就又快速收回目光。

手機還是安子晏給他買的。

沈城看蘇錦黎哭，心裡又氣又急，扠著腰自己氣悶了好久才說：「我剛進娛樂圈的時候，只能跑龍套，按照人類的年紀是九、十歲，只能在很多劇裡演兒子、童年之類的角色，十三歲才有機會演主角。然而我成為最年輕的影帝後，依舊只能演配角，除了年齡的緣故，也是因為我沒有那麼多

的資源。」

蘇錦黎垂著頭，扁著嘴，點了點頭，雖然沒怎麼聽懂，但是大致意思都能想到。

「你這樣……對得起喜歡你的粉絲嗎？你演技不過關，他們還怎麼護著你？幫你保駕護航都會沒有底氣。」

蘇錦黎被這句話刺痛了，眨了眨眼睛，眼淚大滴地落下來。

「你自己好好想想吧。」沈城說完，走出房間，走到樓下就看到啾啾在整理東西。

安媽媽送來的禮物，居然拆了幾天都沒拆完，很多奇奇怪怪的東西，根本沒有地方放。

一個半人高的沙漏，這玩意放在哪裡都占地方。居然還有活的寵物——變色龍，嚇得蘇錦黎臉色都變了。

最獵奇的是一面錦旗，寫著：感謝你讓我兒子開竅了。

沈城站在沙發後面盯著啾啾拆禮物，啾啾被盯得背脊發寒，忍不住問：「老大，我……做錯什麼了嗎？」

「我很專斷嗎？」

「啊？」

「對蘇錦黎。」

「的確有點……你的控制欲非常強。」

沈城聽完，扭頭上了樓，就像一陣風，整個樓都晃了晃，顯然此時沈城的心情非常不好。

啾啾心虛地擦了擦額頭的汗，接著就聽到碎裂的聲音，半人高的沙漏碎了。

這個沙漏的特點就是裡面的珠子似乎是不同重量的，裡面的小珠子五顏六色，卻是分層堆放的，翻過去之後，小珠子換了一個方向，落下去後依舊是按照顏色整齊排列。

這回碎了之後，五顏六色的珠子滾落一地，啾啾內心叫苦不迭。

啾啾收拾完後，發現樓上的兩位還在冷戰，他沒辦法，只能上樓敲了敲蘇錦黎的房間門。

沒一會，蘇錦黎開了門問：「啾啾哥，你有事嗎？」

「還哭呢？」啾啾問的聲音不低也不高，他敢保證在樓上聽力很好的沈城能聽到，估計沈城也關心著呢。

「快不哭了。」蘇錦黎回答。

啾啾推開門走進去，又將門關上，這才小聲對蘇錦黎說：「你別跟老大生氣，他生氣的時候，把我罵到想跳樓，我現在還活得好好的呢。」

「我就是……自己也著急，哥哥罵我……我也……難過。」

「老大一個注孤生的人，你跟他置氣沒用。」

「我哥不是差點談戀愛了嗎？」

「別提了……不但沒戀愛，還結仇了。」

「怎麼了？」

「你遇到韓瑤了吧？」

「嗯，遇到了。」

「韓瑤苦追你哥兩年，這事你知道嗎？」啾啾坐在沙發上，大大咧咧地問。

「韓瑤是貓妖啊！」

「對，所以老大沒看上她，但是韓瑤執著啊，老大就漸漸同意了。結果快在一起之後被公司發現了，公司不許老大戀愛，畢竟在黃金期，然後老大就同意了。」

「所以沒在一起？」蘇錦黎驚訝地問，都忘記哭了。

「對唄，當時韓瑤是波若鳳梨的經紀人，被老大無情地再次拋棄之後，就跳槽去華森娛樂，還帶走了一撥資源。」啾啾說完嘆了一口氣，似乎也覺得沈城做得不大地道。

沈城這個人感情淡薄，蘇錦黎對沈城好了那麼多年，沈城才漸漸接納他，不過依舊不是個合格的哥哥，喜歡控制一切。

他會這樣對韓瑤，一點也不讓人覺得意外。

蘇錦黎突然覺得豁然開朗了，他懂了韓瑤為什麼會這麼討厭他。

韓瑤被沈城無情地渣了之後，又被沈城弄死她手底下的藝人。

韓瑤是妖，自然也能看出來周文淵的靈魂有問題，之後也知道這件事情是誰做的。

再之後，安子晏又搶走韓瑤的資源。

這些，都算在蘇錦黎的頭上了，本來就恨哥哥，現在弟弟還去招惹她，韓瑤會黑蘇錦黎一波也不奇怪。

韓瑤瞭解沈城，自然知道沈城跟安子晏關係不和，卻傳安子晏跟沈城合作推蘇錦黎，也是在噁心沈城了。

然而沈城卻什麼也沒說，蘇錦黎抱著抱枕，陷入呆滯的狀態。

沈城在這個時候下了樓，打開蘇錦黎的房間門，質問啾啾：「你跟他說什麼呢？」

「呃……我去收拾屋子。」

沈城還要發火，就看到蘇錦黎瞪了他一眼，不由得一怔。

「怎麼？」沈城問蘇錦黎。

「你為什麼都不告訴我？」蘇錦黎突然怒吼了一聲。

「為什麼要告訴你？」

蘇錦黎再次被氣哭了，這次真的是火氣上來，對著沈城扯著嗓子喊：「你怎麼這麼過分，我是你弟弟，你卻什麼也不告訴我，還非要管著我！我被韓瑤為難了，還弄不明白為什麼要做得那麼過分，現在才知道！」

「她……也不會做什麼其他的……」

蘇錦黎激動地打斷沈城的話：「你明明知道我害怕貓！她是貓妖啊！為什麼你都可以和貓妖在一起，我不可以跟安子晏在一起？」

「什麼？」沈城立即蹙眉，語氣嚴肅地問。

「我喜歡他不行嗎？我就是喜歡他，我要跟他在一起，你別管我了！」蘇錦黎繼續嚷嚷，說得底氣十足。

「你找打了是不是？」

「那你就打死我。」

「我管你還不對了是不是？」

「除了我纏著你，你控制我的全部行動外，我總是感覺不到你是我的哥哥！」

這句話，讓沈城的身體一僵，一時間竟然說不出話來了。

「你什麼都不告訴我，你身上全是祕密，我連有喜歡的人了都不敢告訴你，只是因為你討厭他！可是你為什麼那麼討厭他啊，明明是誤會，已經解釋清楚了啊……」

沈城看著蘇錦黎，突然抬起手。

啾啾看準了之後趕緊撲過來，按住沈城的手，對蘇錦黎說：「你……你先別說了，趕緊跑，你哥哥生氣了。」

「對，我演技不好，你說我的那些都是對的，但是……你怎麼可以……」蘇錦黎還在哭訴。

「你鬆開。」沈城對啾啾說。

啾啾抬頭看了沈城一眼，吞了一口唾沫，接著退開了，「有話好好說。」說完就趕緊跑了。

沈城關上房間門，長長地吁了一口氣，讓自己平靜下來，「我這千百年來，最在意的人一直只有你一個。我是真的覺得安子晏這種品行不端的人配不上你，而且，你太過單純，他又諸多算計，我怕他會傷害你。」

蘇錦黎擦了一把眼淚，不再說話了，這條魚……比較好哄。

「我真的有被韓瑤打動過，可是和她在一起會影響前途，你也不一定會接受，我思考了一陣，還是放棄了這段關係。」

「我倒是……不會……只要你喜歡……你喜歡的話我也不能……」蘇錦黎因為哭過，說話都斷斷續續的。

「可是你會害怕。」

「我努力……不害怕就是了。」

「說到底，就是沒那麼喜歡吧。」沈城說到了重點，「會猶豫，就證明沒有那麼喜歡，所以就不必犧牲其他的。那你呢，為了安子晏反抗我，是真的喜歡他嗎？」

【第四章】

進劇組教戲

蘇錦黎沒了剛才的氣焰，就又變成慫噠噠的，蘇錦黎能堅持強硬態度三分鐘就是極限了。

他眼角本來就下垂，慫了之後，眼角搭得更厲害，委屈巴巴地回答：「不然呢，我……從來沒騙過你啊。而且，如果不喜歡，我也不會反抗你，咱倆都認識那麼久了，我很少這樣做。」

沈城看著蘇錦黎，似乎有點氣，然而沒再開口，怕蘇錦黎聽了不高興。

兄弟兩人沉默了一會，沈城才問：「你喜歡他什麼？」

「他對我好。」

「啾啾也對你不錯，你怎麼不喜歡他？」

「不一樣的。」

「你是怎麼分別不一樣的？」

蘇錦黎被問住了，突然抬頭看向沈城，問：「哥，你認真地喜歡過一個人嗎？」

「沒有。」

「所以你是不能體會的。」

「……」瞧不起誰啊。

不過，蘇錦黎贏了。沈城無奈了，不想同意，也無法拒絕，只能走過去說道：「劇本給我，我給你講講戲。」

蘇錦黎立即將劇本遞給沈城，然後心疼地撿起手機，放在一邊。

沈城拿著劇本來回翻閱了一會，托著下巴思考起來。

「你吃透這個角色了嗎？」沈城看著劇本的同時問他。

「大概就是一個悲劇的角色。」

「你能體會到他對那個將軍的感情嗎？」

「還有感情戲？」蘇錦黎一直以為只是一個小配角。

這部電影裡蘇錦黎的角色戲分不算多，就是個輔助辦案的重要角色，但絕對是這部電影的最大亮點，他扮演的角色名叫橘璃兒。

橘璃兒最開始是重點懷疑對象，因為他去唱過戲的府邸都出現了問題，甚至被恐慌的人們送去祭天。

然而橘璃兒被救了，因為主角發現橘璃兒並不是兇手，橘璃兒被囚禁的時候又有凶案發生，就好像故意在幫橘璃兒洗脫冤屈。

主角開始試探橘璃兒，橘璃兒拒不回答，他們只能側面調查橘璃兒，知道一段不為人知的真相，也是橘璃兒到各府唱戲的原因——替婚。

橘璃兒出生貧賤，卻有一對母女對他極好，其女被逼婚，對方是一個出了名的紈綺子弟，女兒並不想嫁，她早就有了心上人。

橘璃兒便穿上嫁妝，代替這個女兒出嫁。本以為自己長年學戲，外加輕功了得，可以順利逃脫，讓女孩順利私奔，然而橘璃兒卻被抓了回去。

橘璃兒被關在這座府裡兩年，整個府邸都很少有人見過橘璃兒，難得外出，也是跟著家中將軍同行，夜裡出門，以致於……這兩年裡，都沒有人發現橘璃兒是男兒身。

兩年後，將軍兵變被滅門，橘璃兒卻活了下來，依舊成為戲子。

其中的隱情，恐怕就是案件的關鍵所在。

「你有沒有想過，世子爺為什麼要幫橘璃兒隱藏祕密，而不是把真正的媳婦抓回來？」沈城問他。

「因為世子爺本來就不想成家，故意鬧得自己聲名狼藉，其實並非如此，他未來是一個非常棒的將軍。」

「他又為什麼要把自己弄成這樣？」

「因為不想成家？」

「可能世子爺本身就有龍陽之癖，電影裡自然不會表達出來，因為這過不了審，所以才把這裡處理得十分隱晦。」

「啊？」蘇錦黎震驚了。

「還有，橘璃兒對世子爺應該也有情愫。」

「那真是可惜了，陰陽兩隔，橘璃兒還被人那麼欺負……」

「只能說世子爺所託非人。」

蘇錦黎繼續看劇本，沈城則指著其中幾段對蘇錦黎細說每個部分，橘璃兒應該是怎樣的心情，如何表現才能演繹出來。

蘇錦黎怕自己忘記了，還在劇本上做了筆記。

到了約好聚會的時間，蘇錦黎還是去參加了。

剛剛抵達約定的地方，就看到其他人已經到了。安子含不僅僅約了他們幾個，還有張彩妮、小咪等人，本來還約了魏佳餘，但是魏佳餘很忙，沒空過來。

他們到了地方，先走了一段長長的紅毯。

「好羞恥啊……」張彩妮就在蘇錦黎身邊，忍不住感嘆了一句。

「也是子含精心準備的。」蘇錦黎覺得安子含準備得有點過了。

兩個人一邊聊著工作一邊走進去，然後就看到安子含穿著一身西裝，跟個新郎似的，站在門口迎賓。

「呃……」張彩妮有點想走了，她還以為只是平常的聚會。

蘇錦黎看著安子含居然還能感嘆出來：「你今天好帥啊！」

安子含笑咪咪地點了點頭，覺得人都到齊了，就帶著他們一起上樓，「這裡被我包場了，我們隨便吃、隨便玩。」

他們來的地方，整棟樓全都是特色餐廳，什麼風格都有，都很好吃。

安子含一邊上樓，一邊發訊息，帶著他們走進第一間店，裡面的食物都已經準備好，「所有熱門菜，一樣一道。」

一行人立即坐上桌，烏羽沒好氣地白了安子含一眼，「你以後的副業是不是要當服務生？」

「巧了，我還真有這想法。」

蘇錦黎倒是坐下之後就開始吃，安子含在一邊趕緊提醒：「一樣吃一口得了。」

「可是吃不飽啊。」蘇錦黎回答。

「就是讓你吃不飽。」安子含回答完，坐下來跟著他們一起吃。

眾人迷迷糊糊地繼續吃，吃到一半安子含就拍了拍手，「走了，下一家。」

「喔！」範千霆突然歡呼起來。

「傳說中的吃百家？」常思音也跟著問了一句。

「我還是第一次嘗試跟富二代混的感覺，真不錯啊。」張彩妮二話不說，直接起身。

蘇錦黎目瞪口呆地跟著他們走，身邊的烏羽依舊是原本那副表情，「嘚瑟。」

到了第二家，他們就開始興奮地聊天了。

「你們組團以後會怎麼發展？是不是開巡迴演唱會？」張彩妮吃著東西問。

「完全不知道呢，幾家公司都手忙腳亂的。」安子含回答。

「我這邊工作很衝突，剛進劇組，新團體就要出道，不知道會不會影響拍戲？」蘇錦黎也十分憂愁。

「放心吧，我哥心裡都有數，你的事肯定會放在首位，畢竟你是我們世家傳奇現任搖錢樹。」安子含吃得津津有味。

「你為什麼要加入木子桃？」烏羽問他。

估計很多人都好奇這個問題，為什麼安子含不加入世家傳奇。

「我哥煩我，不想我在他眼前晃，就找了一個靠譜的地方把我扔過去了。開始估計我只是想玩玩，沒多久就會放棄，沒想到我居然出道了，比他認真帶的新人還紅。」安子含回答完，就得意地大笑起來。

「應該說，我們所有選手都沒想到會紅。」範千霆說得特別認真：「我當時是公司看我進公司一陣子了，都沒有過什麼曝光度，隨便找個不成器的節目就把我扔過來，然後我就火了。」

「我也是……我覺得蘇錦黎真的神奇，我當初都沒想過能進木子桃，結果遇到蘇錦黎就被錄取了。然後節目裡碰到蘇錦黎，節目火了，我也跟著有了點人氣。」常思音也是這樣的想法。

「可是你進木子桃了，蘇錦黎自己卻沒進，是不是說明蘇錦黎不大靈啊？」安子含向來把蘇錦黎給人好運當成玩笑，從未當真過。

「其實我的運氣一直不大好，不過我可以給身邊的人帶來好運。」蘇錦黎委屈巴巴地說。

「小樣吧。」安子晏揉了揉蘇錦黎的頭，又帶著他們去下一家店。

站在店門口蘇錦黎就不動彈了，這是家賣水煮魚的店。

「這店的菜真準備好了？」烏羽問安子含。

「準備好了啊。」

「食材就站在旁邊呢，我們進去吃配料？」烏羽指著蘇錦黎問。

「你進去啊，你進去爆炒烏魚都有了！」蘇錦黎突然對烏羽嚷嚷起來。

「你們倆是在自相殘殺嗎？」安子含看得啼笑皆非。

安子含帶著他們亂吃一通，各種料理、各國餐廳混著吃，吃得他們走路都打晃了後，才換了一個地方。

進去後，就聽到震耳欲聾的音樂，他帶著眾人來了迪吧。

原本進去的時候大家都很興奮，結果就看到裡面聚集了一群網紅妹子……

「我給你們準備的！」安子含大手一揮，指著女孩子們說。

張彩妮一愣，「你是……真把我當兄弟了？」

「我不認識幾個男生。」安子含回答。

「不用不用，太客氣了，我找個地方坐著看你們玩。」說著，拉著小咪就跑了。

其他的幾個男生，最後只有範千霆跟安子含一塊去了人堆裡，其他人都躲得遠遠的。

烏羽沒好氣地白了安子含好幾眼，才到吧臺讓調酒師給他們調酒。

幾個人還挺貪杯，還因為安子含請客不限量，他們也都沒控制，就想挨個都嘗嘗味道。

蘇錦黎酒量好，所以多半是看顏色鮮豔，樣子好看，嘗嘗什麼味，沒覺得多好喝。

常思音跟烏羽則是會喝酒，卻沒什麼酒量，越喝越蕩漾。

微醺後，範千霆回來了，坐在他們身邊感嘆：「我是玩不進去。」

蘇錦黎晃著酒杯問：「怎麼了？」

「那群小姑娘比胸的大小，讓安子含做裁判，安子含就挨個摸分辨大小……」範千霆回答。

烏羽聽完，放下酒杯不爽了一會，回頭去看跟小姑娘們玩得正開心的安子含，臉色越來越難看，起身走過去。

「收拾他！」範千霆歡呼了一聲，也開始跟其他兩個人一起喝酒。

似乎大家都覺得，烏羽是去收拾安子含這個不檢點的人了。

安子含有點醉了，看到烏羽走過來，還笑咪咪地打招呼：「你也來玩了？」
烏羽拎著安子含的衣領，將安子含拉著往外面走。
「我操，你幹屁啊？我玩得正開心呢！」安子含立即抗議起來。
「怎麼？你還打算今天晚上睡一個？」
「瞧不起誰啊？我能只睡一個？老子從提槍開始，就是戰士一樣的存在。不是跟你吹，一晚上四次沒問題！」
安子含是陽氣男，陽氣足，所以精力旺盛也是自然。
烏羽回頭看了安子含一眼，冷笑了一聲：「不當種馬你會憋死？」
「真的會，我得泄火，你鬆開，我都憋好久了。」
烏羽看著安子含身體亂晃的樣子就來氣，左右看了看，找到一間VIP包廂就推門走進去，裡面是一間客房，這地方可真方便。
烏羽把安子含扔在了床上，晃了晃自己的手腕問：「你可是我金主，用不用我幫你泄火啊？」
「看你我硬不起來，你可別噁心我了。」安子含氣得直接甩出一隻鞋子砸向烏羽，結果被烏羽躲開了。
烏羽也有點醉了，晃了晃腦袋，覺得腦袋裡一團漿糊，有點迷糊。
唯一清楚的就是——他有點生氣。
他走過去，掰著安子含的手臂，再次將安子含撂倒。烏羽也不知道安子含這麼大的個子是不是白長了，竟然有點身嬌體軟，很好收拾，一點還手之力都沒有。
安子含疼得直叫喚，嘴巴也不乾淨：「烏羽你大爺，你放開我，信不信我打死你。」
「憑你這德性，還打死我？」
安子含氣得呼哧呼哧喘氣，「你管我幹什麼啊？我這次安排得很縝密，不會洩露出去的。」

「你放屁，團體剛要起來，你的破毛病又犯了？」

「還不都是因為你才組團，你還管著我，憑什麼啊？你給我鬆開。」

烏羽真的鬆開了，跪坐在安子含身上。

安子含趴在床上，身後被人壓著起不來，繼續罵罵咧咧。

結果安子含嘴賤，罵了一句：「你有爹生沒爹養，所以性格才這麼討厭嗎？」

烏羽不再放過安子含了，身體匍匐下來，一隻手按著安子含，一隻手解安子含的褲子，伸進去順利地握住小含含。

安子含被弄得一愣，趕緊掙扎，「你幹什麼啊！」

「幫你泄火。」說著，還真的開始套弄。

安子含被弄得又羞又惱的，被一個大男人擼管算什麼事啊？

掙扎了一會，安子含就崩潰了……因為他硬了。

烏羽調整了一個姿勢，用自己的身體壓著安子含，讓安子含能夠側過身來，依舊在幫安子含套弄。

安子含的手一個勁地推烏羽的手，依舊罵罵咧咧，半天都沒有一句重樣的。

「你怎麼這麼弱雞？」烏羽問安子含。

安子含身體一僵，連續罵了幾句：「操操操！」

上次跟蘇錦黎發生衝突時安子含連還手之力都沒有，這次被烏羽收拾，依舊被單方面的……呃……被擼管。

最要命的是小含含硬了，還生機勃勃的，興奮得直顫抖，上面的青筋都綻放得很有節奏感。

安子含開始縮身體，竟然被欺負得眼淚盈眶，剛才的氣焰全不見了。

「你他媽給我鬆開。」安子含凶巴巴地說完，句尾居然帶了顫抖的哼音，讓烏羽握著小含含的手都緊了一些。

之後，安子含斷斷續續地發出哼唧聲，努力埋進被單的臉只露出一半，耳尖紅紅的，喝過酒之後臉頰也有些微紅，此時有點喘。

烏羽壓在安子含身上，能夠聽到安子含凌亂的呼吸聲，然後看著安子含難耐的樣子，用按著安子含的手，掰起安子含的臉。

兩個人對視，安子含的眼眸裡含著些濕潤，迷亂地看著他。

他遲疑了一下，做了讓人匪夷所思的事情，烏羽突然吻了安子含。

並非一下，而是撬開牙齒，深深地吻了他。

安子含身體一僵，卻突然不再推烏羽了，而是安靜下來，回應這個吻。

他們兩個人都不青澀，所以一個吻濃烈至極，舌尖時不時地碰撞糾纏，口中是對方的味道，帶著點酒味，還有點菸味，陌生的觸感，讓兩個人都有了些反應。

原本還在抵抗的安子含甚至用小含含去蹭烏羽的手掌心，他已經覺得舒服了，所以還想烏羽繼續幫他。

烏羽也是血氣方剛的年輕人，竟然也有了反應，小羽羽抵在安子含的身側，安子含蹭的時候，連小羽羽都順便蹭了，這種感覺，很舒服。

這個吻一直持續到安子含泄火完畢，安子含的身體緊繃，然後射在床單上，身體又快速鬆懈下來。

烏羽停止了親吻，抬手看了看自己的手掌心，還有安子含的東西。

他……對不喜歡的人，無法親近才對……為什麼會……吻安子含呢？

看到安子含跟美女笑鬧，為什麼要心煩呢？

「你那玩意真頂人。」安子含結束之後，調整了一個姿勢，仰面躺在床上。

烏羽則是起身，跪坐在一邊，沉默著不說話。

「用我幫你泄火嗎？爆炒烏魚。」

「用不著。」

「你打算搭帳篷出去？」安子含居然伸手，用手指尖按了按烏羽的褲門。

「你剛才不是很抵觸嗎？」烏羽看著安子含淡然的樣子，忍不住問。

「我怕什麼，反正我不要臉，大不了我就出去說，烏羽強吻我，還他媽摸我小雞雞。」

烏羽頓時沒了言語，氣呼呼地不說話。

安子含看向烏羽，然後主動翻了個身，去解烏羽的褲子。

烏羽立即躲開，靠著床頭坐下，「我喝醉了，想休息一會。」

安子含居然不死心地跟了過來，「你休息你的。」

說完，解開褲門，掏出小羽羽就俯下身，張嘴含住小羽羽的頂端。

烏羽整個人的身體都僵了，抬眼就看到安子含跪在自己身前，腰部的衣服下搭，露出漂亮的腰線。

溫熱柔軟的感覺將他包圍，他竟然第一次有這種感覺，完全不捨得推開。

「你的名字倒是沒白取。」烏羽突然感嘆。

結果安子含笑場了，抬起頭來說：「我前女友給我弄過，我試試，你這玩意還挺累嘴的。」說完又繼續了。

烏羽看著安子含，鬧不明白事情怎麼發展成這樣了，他只是想讓安子含離那群女生遠點而已。怎麼就被安子含激怒，然後做了一系列匪夷所思的事情？

因為喝醉了嗎？安子含為什麼突然就接受了？

安子含舔著小羽羽的頂端，還時不時抬眼看烏羽一眼，似乎是想從烏羽的表情，確定自己做得好不好，然而這種樣子，看起來特別欠操。

他們兩個人的時間差不多，烏羽覺得自己要射了，立即推開安子含，射在被單上。

安子含躺在床上，自己的褲子都沒提，就是看著烏羽笑。

烏羽被看得有點不舒服，起身去了裡間的浴室。

安子含屁顛屁顛地跟在烏羽身後，對烏羽說：「我在訓練營的時候，夢到過一次。」

「什麼？」烏羽問。

「夢到我把你日了，日得你嗷嗷叫，哈哈哈。」安子含大笑著回答。

「滾出去。」

「咱倆都這樣了，還分開洗澡？」

烏羽不理，將安子含推出去，關上門。

安子含站在門口擦了擦嘴唇，忍不住樂。

安子含曾經覺得，他是在訓練營裡憋太久，才會夢到跟烏羽發生了點什麼，夢的內容居然還挺香豔的。

那時候他鬧不明白，為什麼是烏羽呢？蘇錦黎也行啊！難不成是因為烏羽整天悶悶的，還總跟他對著幹的樣子，看著欠懟？

後來他就發現，他還挺在意烏羽的，絕對是烏羽那招人煩的樣子，成功引起安子含這位霸總的注意。

安子含在想，是不是自己不正常啊？於是開始急於認識新的小姑娘，說不定碰到還不錯的，就正常回來了。

結果出師不利，剛想試試正常的小姑娘，就被蘇錦黎揍了一頓。

看到烏羽最近憋屈的樣子，安子含還真挺在意的，不然也不會跑到高鐵車站去接烏羽，還借卡

給烏羽，他可不是一個好心腸的人，平時碰到別人發生這種事，還會幸災樂禍。

不過安子含平時收斂得挺好的，一般人估計都覺得他看烏羽不順眼，誰能看出來他對烏羽有意思？隱藏暗戀的時候，人人都是影帝。

今天好不容易找到機會，打算泄泄火，找回「正常」的感覺，別老夢到一個長著腿毛的大漢，結果烏羽卻來招惹他了。

突然接吻，有點刺激。

安子含不是那種會大驚小怪的人，竟然瞬間就接受了，心裡想：原來這個小彆扭喜歡我啊，行，老子心腸好，就配合配合吧。

在門口蹲著等烏羽洗澡的時候，安子含還美滋滋地想，是不是得準備公關啊？同性戀啊？試試也行。

他吧唧吧唧嘴，開始幻想該怎麼日這個小彆扭，想到烏羽說不定會悶著不出聲，然後抓緊床單，就覺得興奮，啊……果然這種類型征服起來最有意思。

等到烏羽出來，低下頭看他。

他抬頭眼巴巴地看著烏羽，聽到烏羽說：「你去洗澡吧。」

去洗澡，啪啪啪的前兆啊，安子含美滋滋地就去了，洗澡的時候還在想兩個男人該怎麼來。出來就看到烏羽已經不在屋裡了。

安子含擦著頭髮走出去，看到人都散了，除了張彩妮跟小咪，一個妹子都沒有。範千霆在打碟，蘇錦黎在跟常思音蹦蹦跳跳的，烏羽坐在吧臺繼續喝酒。

安子含走過去跟著坐，扭頭看烏羽，「你什麼意思啊？」

「沒什麼意思？」

「靠？」

「發洩而已，你想怎麼樣？」烏羽拿著酒杯又喝了一口。

安子含的心瞬間「啪嚓」一下碎了，這可能是他最快的一次失戀。

「你拿我耍酒瘋呢？」安子含又問他。

「那你去把那群女孩子再找回來？」

安子含不爽地用手指敲擊桌面，「你趕走的？」

烏羽沒回答，算是默認了。

安子含看了烏羽一會，不再說話了，端來一杯酒，漱了漱口然後吐進烏羽的杯子裡。

烏羽看著他，安子含揚眉一笑，「嘴裡髒。」

說完就起身，找蘇錦黎他們玩去了，還找來麥克風，說什麼也要唱歌，迪吧就此成了KTV。

烏羽回頭看了他們半天，有點恍惚，舉杯就喝，突然想起被安子含吐過，這才趕緊放下。

烏羽的腦袋要炸……以後不能喝酒，喝完酒就胡鬧。

電影《豔世》開機了，這部電影還沒開拍就已備受關注，電影裡各路大碗雲集，男主角是天王級的巨星，連配角也都是重量級藝人，例如男主角的助手，是由一位正當紅的實力派小生扮演，外加最近風頭正旺的蘇錦黎也參與演出，劇照更是吸引了一批人注意，讓這部電影未拍先紅。

開機儀式極為隆重。蘇錦黎是第一次參加這樣的場面，還挺緊張的，在化妝的時候，工作人員坐在他的身邊說明進行流程，以及記者採訪時的注意事項。

其中有幾個問題是事先安排好的，希望蘇錦黎先想想該如何回答，如果想不出周全的答案，劇組已為他準備好草稿。

蘇錦黎這次的妝容要求很高，早早抵達，結果花了四個小時才化妝完畢，據說比女主角的妝還要難化。

化完妝之後，蘇錦黎去參加開機儀式。

結果採訪的環節鬧得非常尷尬，蘇錦黎風頭正勁，就算只坐在最旁邊，依舊是媒體關注的焦點。

尤其不是劇組安排的記者，都在問他們感興趣的問題，以致於大家的關注點似乎都是蘇錦黎，其他的角色顯得有點被冷落。

蘇錦黎初期還會老實回答，後來就品出了些許不對。

「蘇錦黎，第一次演戲，你有沒有做過什麼功課？」記者問。

「有，我特意看了李哥跟胡哥的電影，尤其那部《神華》我覺得特別好看。」蘇錦黎模樣乖巧地回答。

「蘇錦黎，很多人說你的女裝扮相令人驚豔，特別適合反串，都開始改叫你女兒了，你有什麼想法？」

「說到女兒，我就覺得李哥的女兒好可愛啊，李哥，你的女兒今年三歲了嗎？」

男主角李喬清聽到之後點了點頭，笑著開始說起自己的女兒，幾句話結束了這個話題。

其實，蘇錦黎已盡可能地把話題引到其他人身上，但他無法控制記者們的發問，他只能用回答來稍微扭轉一下局面，他並不想在一開始就搶盡風頭，惹同劇組的人不開心。

採訪結束後，蘇錦黎到外面透氣，李喬清走到他身邊，拍了拍他的肩膀，「其實你不用這麼小心翼翼的，娛樂圈就是這樣，誰受關注，有話題度，他們就喜歡盯著誰。」

「我……其實也不想鬧得太尷尬。」

「我們這些人早就習慣了，不至於因為這個在意什麼，好好演戲才是真的。」

「嗯，好。」

李清華跟蘇錦黎說得不多，但是聊天的語氣非常好，態度親切，蘇錦黎對李清華的印象還滿好的。

他站在原地看著劇組裡所有人的靈魂，突然覺得，這真是一個魚龍混雜的地方。

這些人看起來都挺和善的，但是如果招惹到他們，估計也不會以善良的方式解決，所以蘇錦黎依舊覺得小心為妙，畢竟不是所有人都已達到李喬清這種天王級的地位，做不到像李喬清那麼豁達。

正式開拍後，蘇錦黎的戲分是由副導演負責拍攝。

他們的電影是兩批人同時拍攝，李喬清他們跟姜町拍攝主要的劇情，蘇錦黎則是跟其他的配角一起拍攝橘璃兒的回憶。

蘇錦黎拍攝的第一場戲，是成親的場景，一上場就是大場面。

蘇錦黎坐在花轎裡，花轎顛簸，他要表現出緊張的樣子。

然而他拍攝廣告時的問題又出現了，近景鏡頭非常困難，微表情表現得不夠到位，雖然已經沒有最開始那麼浮誇，卻也總是不能達標。

一場戲，拍攝了整整一天。

副導演看著蘇錦黎，態度還算溫和地說道：「第一天拍戲需要磨合，不入戲也是正常，我們也需要慢慢磨合，很少有一次過的藝人，你的表現還可以。」

蘇錦黎有點緊張，點了點頭，然後繼續等待其他人安排，他完全不知道該怎麼做才好，接下來他要做什麼？

拍攝的順序都是錯亂的，他們搬運設備十分麻煩，所以都會將同一個場景的戲集中全部拍完。

蘇錦黎站在旁邊等待他們整理布景的工夫，姜町來了，看了一眼之前拍攝的部分，忍不住蹙

眉，「蘇錦黎，你這水準只適合拍完全不需要演技的偶像劇，只要刷臉就行的那種。」

姜町說得比副導演直白多了，讓蘇錦黎心裡咯噔一下。

其實沈城幫他分析過每一場戲，還跟他講過該如何詮釋，他也真的很努力。

然而他自己的閱歷不夠，很多人情世故不懂，很多情緒無法體會，詮釋不出那種感覺。

「對不起，我會繼續努力的。」蘇錦黎回答。

「你再拍一段，我看看。」姜町一擺手，對蘇錦黎說道。

似乎是被臨時考試似的，蘇錦黎握緊了拳頭，醞釀了一會情緒又重新回到之前的位置，重拍剛才的那段戲。

姜町雙手環胸地在旁邊看著，總覺得蘇錦黎給自己打氣的樣子看起來還挺逗的，態度倒是挺好。

蘇錦黎閉著眼睛，回憶沈城說過的話，然後重新演繹。

長安城裡，第一紈絝要娶親了，不少人都來看熱鬧。

橘璃兒坐在轎子裡，覺得轎子晃得厲害，坐得十分不舒服，他只能伸手撐著兩側。

外面傳來笑鬧聲，他仔細聽了聽，似乎是有人在幸災樂禍，甚至有人在交談，猜測這位小娘子會在幾日內被這位紈絝世子給玩弄死。

橘璃兒聽得心驚膽戰，因為害怕及緊張，睫毛都在微微顫抖，抿著嘴唇硬撐。

姜町看完忍不住揚眉。

等這段拍完，蘇錦黎走過來時，他才說：「還行，有進步，怎麼做到的？」

「就是……害怕你。」

姜町起初沒意會過來，想了想才明白：「喔，你怕我，然後代入這種感覺是吧？」

「嗯。」

姜町被蘇錦黎逗樂了，「嘿嘿」笑了一會，對蘇錦黎說：「雖然有進步，這次詮釋得也還可以，但是吧，這裡你還是做得不足，比如……」

姜町開始跟蘇錦黎講戲，他講戲的時候屬於那種大幅度的導演，會到現場親自示範，手臂賣力地揮舞，努力讓演員瞭解。

蘇錦黎認真地聽，同時調整著自己的表演，這場戲終於在重拍三次後通過了。

蘇錦黎的天賦不行，好在態度好，願意一遍一遍地磨，而且也算聰明，演技不足就靠努力。

他的戲最後總能演好，但是速度太慢了，前幾天還能等，後面估計就不行了，畢竟他們多拍一天都要多花一筆巨額開銷。

蘇錦黎心裡也清楚，所以在等其他人拍戲的時候，會在旁邊看別人是怎麼演的，自己手裡也一直拿著劇本研究。

最開始還放不開，總覺得有點不好意思，後來乾脆直接在一邊念念有詞，同時還做著表情。

就這樣，開機三天，雖然拍得磕磕絆絆，卻因為蘇錦黎初期的戲分不算多，也就順利過去了。

今天有一段對手戲，跟蘇錦黎搭戲的演員客氣地來招呼：「你好，我是胡騰。」

「嗯嗯，你好。」

其實他們這幾天已見過面，但是一直沒有真正地聊過。

胡騰是一名模特兒轉型的演員，這些年演了幾部戲，表現還不錯，演技也說得過去。

姜町導演不喜歡軋戲，胡騰卻是個特例。

胡騰是姜町欽點的角色，因為他的外形很適合這位世子爺，他們也合作過，姜町對胡騰十分賞識，所以很早就聯繫了胡騰。

然而胡騰因為檔期衝突，只能推了姜町的戲。

姜町試鏡了許久一直沒碰到中意的演員，想了想後，還是聯繫了胡騰。

胡騰權衡後，覺得姜町的這部戲只是演配角，戲分不多，最後仍決定接了，唯一的遺憾就是只能軋戲。

胡騰上次參加完記者會後，就匆匆離開劇組，今天才有機會跟蘇錦黎交流。

兩個人拿著劇本，站在一座涼亭裡對戲。

對戲的時候，大多就是碰臺詞，溝通一下他們要如何配合，胡騰很敬業，配戲的時候還會帶上語氣，臺詞功底不錯。

搭了一會戲，見蘇錦黎臺詞都記住了，但表演不是很好，胡騰有點錯愕。

「我看過馮強的朋友圈，你是因為唱戲不錯被選中的吧？」胡騰問他。

「嗯，是啊。」蘇錦黎回答。

「嗯，你果然很擅長歌唱類的表演，其他的就欠缺很多。」

「我會努力的。」

胡騰笑了笑，就走到一旁看劇本了，似乎臺詞還沒記全。

等到真正拍攝的時候，初期還好，後期胡騰就被蘇錦黎一遍又一遍地磨戲弄得有點無可奈何。

再次NG後，胡騰長長地吁出一口氣，似乎是在調整自己的心情。

「前輩，對不起，給你添麻煩了。」蘇錦黎見胡騰的狀態不大對，立即過去道歉。

「NG次數多倒是無所謂，只是我的行程很趕，這樣耽誤下去，估計要多出幾天的時間拍。」

胡騰扠著腰，低頭踢石子，也有點著急。

「我……對不起，我會努力演好的。」蘇錦黎愧疚得不行，對胡騰連連道歉。

胡騰看著蘇錦黎的模樣，也無法再說什麼，不然會顯得很小氣，「嗯」了一聲之後走到旁邊，

從助理的手裡接過咖啡喝了一口。

蘇錦黎想發訊息給沈城或者安子晏詢問，可是又怕打擾到他們，想了想後還是作罷，拿著劇本去找丟丟，「如果是你，你會是什麼樣的想法？」

丟丟真沒比蘇錦黎強多少，想了想後給蘇錦黎一點建議。

蘇錦黎努力理解，接著再次跟胡騰搭戲。

他跟胡騰的對手戲還挺多的，原本，胡騰就是救場的演員，預計他的戲分五天就能全部殺青。然而，他們拍了三天後，進度只達三分之一，問題大多在蘇錦黎身上。

第一天，胡騰的態度還可以。

第三天，拍攝完畢後，胡騰已經完全不理蘇錦黎了，直接回自己的房間。

蘇錦黎這幾天一直在道歉，不過他也知道，道歉根本沒有用，得解決問題。

回到賓館後，已經是凌晨兩點，其實合約裡寫明的拍攝時間是到十點就要結束，然而因為配合胡騰趕進度，就拍到這個時間，他累得不想洗澡。

想了想後，還是在浴缸裡放了水，變成一條魚的樣子，在浴缸裡懷疑人生。

——還是做一條魚好啊，為什麼要選擇化作人形呢？

躲了一會，聽到手機鈴聲，他才從浴缸裡走出來，用浴巾擦了擦身體，伸手拿出手機，是安子晏發來的視頻。

蘇錦黎想都沒想，直接接通了。

畫面裡是蘇錦黎光著身子，金色魚鱗尚且沒退乾淨的樣子，視頻那邊的安子晏愣了愣，問：「洗澡呢？」

「嗯。」

「我聽丟丟說了，你剛剛拍完戲，累不累？」安子晏那邊燈光很暗，似乎只開了床頭燈。

然而安子晏的聲音十分溫柔，讓蘇錦黎的心裡暖融融的。

——不化作人形，怎麼能遇到他呢。

「嗯，不過還好，我很努力在拍戲。」蘇錦黎回答。

「我看你挺憔悴的。」

「沒事。」

「在劇組有沒有受委屈？我聽說姜町挺凶的。」

「沒，大家都挺和善的，而且是副導演拍我的戲。」

「那就好。」

蘇錦黎還要休息，外加時間已經很晚了，他們只聊了幾句，就掛斷視頻聊天。

蘇錦黎回到床上趴下，沒一會就入睡，實在太累了。

第二天上午，出現一條微博，不是微博大V發的，只是一個私人帳號，內容卻直接針對蘇錦黎。

驀然回首你卻在吃屎：就蘇錦黎這演技，我覺得這個偶像不行。【視頻】

視頻的內容是蘇錦黎跟胡騰搭戲時，一次一次NG的畫面。

視頻有五分鐘，還是加快版的，整個視頻裡蘇錦黎都在磨一場戲，反覆NG。

原本只是一個私人微博，沒想到這條微博居然短時間就出現驚人的轉發量。

兩個小時後，娛樂微博也轉發了這個視頻，一下子成了熱門微博。

熱搜詞也出現了：蘇錦黎演技。

網路上更是出現各種評論。

Amo懶羊羊：蘇錦黎每次NG後都會跟工作人員以及胡騰道歉，他真的很努力，看得出來。畢竟是第一次演戲，還請大家多多包涵。

景美辰良：計數君在此，蘇錦黎一共NG二十三次。

隱身中：胡騰的性格倒是挺好的。

沙麗羅：路人粉一枚，之前挺喜歡蘇錦黎的，還轉發過微博。李濤，他的演技確實不怎樣。

十塊錢：好奇這回世家傳奇怎麼洗？

Quiterie：相信蘇錦黎不是走劇本人設了，憑這演技，真演不出來那種逼真的樣子，成功用渣演技洗白自己。

大粽砸：姜町也是入鄉隨俗了，開始找一些流量小生，拍攝爛片了是不是？

點點：倒是不想黑，但是還是覺得該有點自知之明吧，沒那個金剛鑽就別攬那瓷器活。

很快，對於蘇錦黎演技很差的輿論在網路散開，並且到了難以控制的地步。

衍生話題也跟著出來，比如總結當下演技最差的流量小生、小花，讓其他的藝人也跟著被黑了一波。

還有就是蘇錦黎是靠抱大腿，才能拿到這個角色。論調就是難怪蘇錦黎會投靠安子晏，沈城可沒有安子晏搶資源的本事。

消息爆發的時候，蘇錦黎還在跟胡騰搭戲，終於又磨過了一條。

他們進行短暫的休息，切換場地。

這個時候，蘇錦黎看到有人浩浩蕩蕩地進了劇組，一位在深秋依舊戴著墨鏡，披著件外套，卻穿了短褲的男人，是剛從國外回來的安子晏。

「安大哥！」蘇錦黎立即興奮地迎了過去。

「別高興得太早，我是來收拾你的。」

「啊？」

安子晏看了看劇組其他的人，接著對蘇錦黎說：「從今天起，我會留在劇組專門輔導你演戲，直至你殺青為止。演不好就不許睡覺、不許吃飯，還有，我會主動承擔劇組的損失，費用從你日後的收入裡扣。」

安子晏原本打算凶巴巴地鎮住蘇錦黎的，結果蘇錦黎居然興奮地問：「安大哥，你會在劇組裡啊？太好了！」

蘇錦黎覺得，有安子晏在一切都可迎刃而解，他得救了。

沈城拿著手機刷消息，心裡有點難受，接著給蘇錦黎打了一通電話。

電話是丟丟接的，說安子晏正在輔導蘇錦黎演戲，等不忙了再回電給他。

沈城掛斷電話，問身邊的啾啾：「安子晏很閒嗎？居然住到劇組教蘇錦黎演戲。」

啾啾也在刷消息，他是助理，也認識一些業內人士，有專門的小群能得到內部消息：「嗯啊，安子晏把一部戲推了，專門空出時間過來教蘇錦黎的。」

「什麼戲？片酬多少？」

「是一部電影的男主角，得付違約金，加一加，一共三千萬的損失吧。」

沈城的動作一頓，安子晏自己損失三千萬去陪蘇錦黎演戲，而蘇錦黎的片酬只有八十萬，他倒是夠捨得的。

「這就是真愛了吧？」啾啾突然感嘆，說完覺得不對，趕緊看向沈城。

難得的，沈城沒有反駁。

安子晏來到現場之後，看了看蘇錦黎的扮相，又看了看現場的設備，最後看向胡騰。

這幾天，安子晏每天都會接到丟丟的工作彙報，知道蘇錦黎最近拍攝不順利，雖然很努力，但是第一次拍戲就拍了高難度的趕戲，有點跟不上進度。

這感覺就像一個孩子剛剛學會走路，就讓他去跟著特種兵衝鋒陷陣。

的確是安子晏急於求好搶來的資源，沒有想過給蘇錦黎過渡時間，所以安子晏願意承擔損失，他推了自己的劇，主動提出賠償，和製作方依舊保持友好關係，同時跟姜町溝通過，會主動承擔蘇錦黎造成的損失。

結果姜町拒絕了：「用不著你，有時老呢。」

安子晏聽了之後點了點頭，沒再多問，心中卻不想蘇錦黎跟時老有太多牽扯。

別人恐怕不清楚，聽說時老想要收繼子，心中嚮往時老財富的人就真的去巴結，卻不知，這是時老在排除異己，收了一個繼子，卻不保護繼子的安危，看看有誰會去傷害這個繼子，就知道是誰在惦記他的財產了。

但最近這段時間，時老已經不這麼做了，似乎被人暗算了一回。所以開始加強自身的保護，甚至開始聯繫律師，將遺囑送去國際知名的儲物銀行。

太有錢，也會有諸多麻煩。

說是草船借箭也可以，繼子就是草船，收穫的箭是不忠於他的人，然後挨個剷除。

安子晏不想蘇錦黎被推出去當靶子，他想讓蘇錦黎安安全全，真賠償，安子晏自己也賠得起。

但是他又不能拒絕時老的好意，畢竟，時老也是一位不能得罪的金主，這讓安子晏的心情極為複雜。

安子晏來了以後，找到劇組的統籌，從他那裡看了安排，接著到旁邊用筆劃了起來，跟統籌商量如何安排接下來的戲。

之後，搬設備的人換了一個位置，去拍其他的戲，安子晏將蘇錦黎拽走了。

安子晏早就在飛機上看過劇本，拿來蘇錦黎的劇本，看了看蘇錦黎做的筆記，對蘇錦黎說：「你哥的思路是對的，但是很多都太深奧了，要讓你理解有些困難，我就只能用邪門歪道的方法，讓你迅速代入角色。」

蘇錦黎點了點頭，期待地看著安子晏。

安子晏拿出自己做過功課的劇本，指著下一場的劇情，對蘇錦黎說：「你把胡騰當貓妖看待，他要吃你，還抓你魚鱗，所以你怕他。」

「啊？」

「代入一下。」

「非常可怕了。」

「是吧。」

見蘇錦黎大致懂了，於是安子晏主動跟蘇錦黎搭戲：「我們來實驗一下。」

安子晏又看了一眼劇本，接著開始跟蘇錦黎對戲，看著蘇錦黎一個人表演後走過來，抬起蘇錦黎的下巴。

他代入世子爺的風格，呈現剛烈的氣質，不怒自威，畢竟世子爺未來是威震八方的將軍，雖然名聲很臭，卻在軍營裡混了十幾年，有很強的能力，並且一戰成名。

蘇錦黎看著安子晏，努力想像安子晏是一個貓妖，結果對視之後，突然愣住了。

安子晏看蘇錦黎明顯出戲了，問：「對我代入不了？」

「安大哥……你怎麼這麼帥啊？」

安子晏本就捏著蘇錦黎的下巴，乾脆晃了晃他的腦袋，「你給我認真點，不然我收拾你。」

「怎麼收拾？」

「打屁股。」

蘇錦黎立即點了點頭。

「不給吃的。」安子晏補充。

蘇錦黎這才慌了。

這場戲，蘇錦黎是跪坐在地上，所以安子晏直接蹲下來跟蘇錦黎講戲，告訴蘇錦黎該如何演，之後再跟蘇錦黎搭戲。

看過蘇錦黎的表現後，就再次給蘇錦黎意見。

安子晏跟沈城最大的不同之處是安子晏不會生氣，也不會不耐煩。

沈城看到蘇錦黎演技很差，先是震驚，接著氣得不行，雖然給蘇錦黎講戲，卻會不耐煩。

沈城的性格就是這樣，問題問多了就會煩，恐怕沈城最大的容忍度就是對蘇錦黎。

同樣，安子晏最大的容忍度也是對蘇錦黎，如果安子含這麼教不透，安子晏沒多久就會上腳踹了，這就是媳婦跟弟弟的差別。

安子晏認真教完，就讓蘇錦黎去跟剛剛拍完個人鏡頭的胡騰搭戲。

這回，要比之前順利很多，蘇錦黎的表現也是可圈可點。

安子晏看著蘇錦黎，竟然有種看著兒子般的欣慰感。

午休時間，安子晏丟掉蘇錦黎，去找胡騰了。

胡騰早就料到安子晏會來，也不驚訝，問：「要一起吃嗎？」

「來跟你聊聊天，等一下我就走了，還得教我們家新人演戲呢，不能耽誤你的進度啊，你說是不是？」安子晏坐在胡騰對面，大大咧咧地說。

胡騰看了安子晏一眼，知道安子晏的話裡意有所指，問：「聊什麼？」

「啊……跟你道個歉，我們家新人確實不成氣候，耽誤你的事了。」

「嗯，無所謂。」

「我們家新人一直在跟你道歉，我倒是沒看出來怎麼就無所謂了。」

胡騰聽完，忍不住笑，回答安子晏：「你護犢子的模樣倒是一點都沒變。」

安子晏指著自己的臉，問：「你就不能給我點面子？直接在我家新人面前落臉子，讓他之後越來越緊張，心裡委屈難過了怎麼辦？」

「不然怎麼辦？我還得因為你的面子去伺候他？」

「你帶帶他不行嗎？」

「我很忙。」

安子晏點了點頭，「行，不要求你別的了，看在電影上映後，你們倆會炒CP的份上，能不能……幫個忙？」

「這……」胡騰可不會輕易幫忙。

「我留組好好帶我的新人，不給你添麻煩，盡可能快速完成任務，順便讓我媽給你買點禮物，行不行？」

「我又沒說不幫。」胡騰最在意的還是進度。

安子晏點了點頭，從口袋裡掏了半天，掏出一張皺巴巴的紙條，遞給胡騰，「來，文案。」

胡騰伸手接過來，忍不住數落：「你這破字。」

「能看懂就行唄。」

「我用得著你給我簽名？」

「等你窮困潦倒了，可以拿去倒賣。」

胡騰嫌棄地看了一會，將紙條扔到垃圾袋裡，「我不用。」

「對對對，你有文化，幫我想個更好的。」安子晏說完，就眼巴巴地等著。

胡騰還準備繼續吃飯，結果安子晏這架式，顯然是他不發，安子晏就不走。

一起吃飯還好，但是他吃著，安子晏看著，這就說不過去了。

他只能拿出手機，想了想後編輯了微博消息。

胡騰：至今仍被蘇錦黎的唱腔震撼著。【視頻】

視頻是從馮強的朋友圈裡存的，是蘇錦黎唱戲時姜町欣賞的神色。還有王總沉醉得下意識跟著搖頭晃腦的樣子，以及樓下仰著脖子，認認真真聽戲的幾個人。

發完微博後，胡騰放下手機。

安子晏拿出手機看了一眼，忍不住撇嘴：「加一句我們家新人很努力會死啊？」

「能。」

「你小子除了個子高，還有哪裡拿得出手？」

「你呢？你不也是？」

「老子有錢啊。」

胡騰不說話了，甚至不想理安子晏，跟這種人聊久了，容易氣得腦袋缺氧。

「幫我們家新人，你會有好運的。」安子晏說完就走了。

安子晏自然知道這件事情不是胡騰做的，胡騰不是這種人，安子晏瞭解，這只會是劇組的工作人員。

讓蘇錦黎被黑得這麼嚴重，這個工作人員會倒楣透頂，還會被安子晏親自收拾一頓。

胡騰忍不住冷哼，繼續吃飯。

胡騰發了一條微博，顯然是在幫蘇錦黎說話，說明蘇錦黎是靠實力被姜町導演看上的。

蘇錦黎在小視頻裡的短暫唱腔，的確得到一致好評。

甚至有懂得古文化的人評價說，蘇錦黎的唱腔才是早期的唱腔，沒有任何問題。

緊接著傳出消息安子晏推了自己的劇，住組培養蘇錦黎的消息。

一群洗白蘇錦黎的帳號就此出現，統一的口風都是蘇錦黎的演技的確還不到家，所以一直在努力。世家傳奇也願意承擔一切損失，並且影帝親自上陣，教蘇錦黎演戲，絕對不會讓蘇錦黎影響了電影的品質。

一瞬間，扭轉乾坤。

臥梅又聞花：#蘇錦黎演技#說到底，是對蘇錦黎的期望太高了，哥哥是史上最年輕的影帝，我們就以為他的演技也會不錯，可是蘇錦黎的歌聲天賦是其他人沒有的。做不好就努力，態度一直很好，比那些摳圖、找替身的演員強很多。

白可達居：#蘇錦黎演技#光看扮相就足以選擇蘇錦黎了，放眼整個娛樂圈，怕是再難找出這種驚豔的扮相。再加上這次的戲腔，足夠姜町選擇蘇錦黎。我們相信姜町導演還有安子晏可以力挽狂瀾吧。

傢&梅：#蘇錦黎演技#看了NG片段就否定蘇錦黎這個人，你們都開天眼了吧？哪齣戲拍攝的時候不會NG？蘇錦黎是一個新人，拍大導演的戲緊張，外加精益求精，NG幾次就要被黑，真是人紅是非多。

翩躚：小錦鯉居然還會唱戲？你是傑克蘇本人嗎？褒義的。#蘇錦黎演技#

蘇錦黎拍戲的時候，安子晏會在旁邊跟副導演坐在一塊，拍得不滿意後還會主動要求蘇錦黎重來，似乎也是品質至上。

時不時看看檔案，出去打個電話，忙公司的工作。

在蘇錦黎去卸妝時，安子晏則翹著二郎腿看手機。

沒一會，蘇錦黎走過來問安子晏：「安大哥，我們一會還要對戲嗎？」

「嗯，對明天的戲。」安子晏答應了胡騰，自然會說到做到。

「喔，好。」蘇錦黎立即點頭答應了，接著問：「你真的會一直待在劇組裡啊，我是不是耽誤你工作了？」

「沒，正好也能看看你們團體之後準備出道的章程，馬上就要開始運作了。」安子晏繼續刷微博，回答得漫不經心，他在看蘇錦黎的洗白情況。

蘇錦黎坐在安子晏的身邊，左右看了看，確定周圍沒有其他人了，才對安子晏低聲說：「安大哥，我們談戀愛吧。」

安子晏的手機直接從手裡滑了出去。

【第五章】

江湖救急的情誼

安子晏趕緊撈回手機，以此掩飾自己的失態，詫異地看向蘇錦黎。

蘇錦黎則是期待地看著安子晏，等待安子晏的答覆。

「不在乎你哥了？」安子晏問他。

「我跟他說完了。」

「他同意了？」

「沒有。」

「那你就跟我提這個？」

「我決定先不管他了。」

安子晏看著蘇錦黎的樣子有點想笑，不過還是忍住了，讓蘇錦黎看不出任何破綻。

接著重新拿起手機，繼續刷微博，「等你順利拍完戲再說吧，我說過了，我這次來是教你演戲的，不是來搞其他事情的。」

蘇錦黎似乎沒想到安子晏會拒絕，不由得有點失落：「對不起……」

「你現在先一心一意把戲演好，不然我真的沒辦法跟一個演技很差的人在一起。」

「嗯，好的。」蘇錦黎垂著眼角點了點頭。

安子晏偷偷看了蘇錦黎一眼，看到他難過得都要哭了，又放下手機，「你不是說過，你不會放棄的嗎？只是讓你先把戲演好了，很難嗎？」

「不是……就是……現在就想跟你談戀愛，能拉把手，還能抱抱。」

「……」安子晏直揉眉頭，真完蛋，要心軟了。

他追蘇錦黎追了幾個月，但蘇錦黎追他估計只需要幾天，或者幾分鐘，誰叫他喜歡蘇錦黎呢。

現在蘇錦黎一開口，反而讓安子晏為難起來，明明之前拒絕別人都拒絕得不留情面。

「總之，你現在第一件事是演好戲。」安子晏繼續堅持。

「一個成功的男人，就是要愛情跟事業豐收，為什麼我不能同時擁有？」

「呃……」

「而且你就在我面前，我忍不住了怎麼辦？」

「怎麼個忍不住法？」安子晏問蘇錦黎，難不成還能來輕薄他？沒想到蘇錦黎是這樣的魚。

「會忍不住越來越喜歡你的！」蘇錦黎回答得特別認真，這句話對安子晏簡直就是一記暴擊。

「你現在能體會我前段時間的感覺了？」

「所以你也很喜歡我對嗎？」

安子晏想了想後，點了點頭。

「兩情相悅為什麼不在一起呢？」

「怕耽誤你演戲。」安子晏依舊在堅持這件事情，他怕蘇錦黎因為談戀愛分神，不能演好這部戲，天知道他有多重視這部戲。

這是蘇錦黎的第一部戲，一開始就是大製作，知名導演，如果蘇錦黎不能表現好，會因此耽誤之後的發展，不然安子晏也不會推掉自己的戲，過來帶蘇錦黎。

如果一來就跟蘇錦黎戀愛了，他真不知道自己來這一趟的目的是什麼。

總之，目前看來，這部戲更加重要，戀愛不急於一時。

蘇錦黎只能點了點頭，然後委屈巴巴地看著安子晏，「那我的主要注意力都放在演戲上，然後私底下抽空追你行嗎？」

抽空追他……嗯，行吧。

「行。」

安子晏帶著蘇錦黎到現場去對戲，安子晏還會講解蘇錦黎拍攝的時候需要注意什麼。

依舊是蘇錦黎演完，安子晏提出意見。

他們拍到一點才收場，安子晏跟蘇錦黎則是對戲到兩點半，才一同回酒店。

安子晏的房間就在蘇錦黎的隔壁，也是為了平時教蘇錦黎方便一點，故意調換的房間。

蘇錦黎在走廊裡晃來晃去，看著安子晏。

安子晏打開房門，問蘇錦黎：「還有事嗎？」

「想……再跟你一起待一會兒。」

安子晏立即拒絕了，「不行，這裡人多口雜，我來得匆忙沒有應對，如果你進了我的房間，說不定會傳出什麼不好的傳聞。還沒在一起呢，就引來一堆麻煩。」

蘇錦黎想了想後問：「我用別的方式進去呢？」

「嗯？」

蘇錦黎沒回答，直接小跑回了自己的房間。

安子晏目送蘇錦黎進入房間，才回到自己的房間。

打開燈，剛剛脫掉外套，就看到牆壁突然一陣晃動，然後蘇錦黎穿過牆壁進來了。

安子晏看得目瞪口呆，緊接著快速去拉窗簾。

「你……你怎麼進來的？穿牆嗎？」安子晏問。

「對啊，太遠了傳送不了，但是隔壁房間我還是能隨便進出的。」蘇錦黎回答，還一副等待誇獎的樣子。

——看！我多厲害。

「這個……技能倒是很……優秀。」安子晏回答完就忍不住輕咳了一聲，甚至一下子就想到很多東西。

蘇錦黎笑嘻嘻地走到安子晏身前，仰頭看著他，特別乖巧地說：「我這些天拍戲累了。」

「不再跟我裝沒事了？」

「之前你不在，我怕你擔心，現在你來了就不用偽裝了。」

安子晏忍不住抬手，用食指按了按蘇錦黎的額頭，問：「怎麼，我在這裡你就不怕我擔心了嗎？小沒良心。」

「不是啊！」蘇錦黎嘿嘿一笑，然後期待地看著安子晏，「好累啊，可以讓我吸點陽氣嗎？」

安子晏立即懂了，故意抬起手來，問：「我們得坐著吸一晚上？」

蘇錦黎看著安子晏的手指，伸手握住了，按著放下，同時踮起腳尖主動湊上去，吻住安子晏的嘴唇。

因為不擅長這個，蘇錦黎做得小心翼翼，先是碰一碰嘴唇，然後看看安子晏，見安子晏沒反對，才再次湊過去，深深親吻。

安子晏不再保持紳士，單手按住蘇錦黎的後腦杓，另外一隻手環著蘇錦黎的腰。

蘇錦黎則是雙手抱著安子晏的脖子，繼續親吻。

接吻的時候總是會吸走安子晏的陽氣，安子晏並不在意，反正他還能自身生產，只要蘇錦黎需要就好。

蘇錦黎是妖精，平時休息能夠恢復身體的狀態，也可以走捷徑，就是吸陽氣。

安子晏就像一個大大的陽氣體，可以補充蘇錦黎的所需。

良久，安子晏主動退開一些，停止這個親吻，同時揉蘇錦黎的太陽穴，問：「頭會痛嗎？」

「其實有一點。」蘇錦黎回答。

「那別再繼續了。」

「可是我不多吸一點，你在劇組裡招蜂引蝶怎麼辦？」

安子晏被逗笑了，拉著蘇錦黎到沙發上坐下，自己坐在茶几上，繼續幫蘇錦黎揉頭，同時回答：「你就算不吸，我也吸引人啊，畢竟我長得這麼帥。」

「其實吧……」

「嗯？」

「我覺得，一般人看不到你有多帥，只能看到胸口，我的身高跟你正合適。」

安子晏點了點頭，「嗯，你說得有道理。」

「安大哥，你累了吧？我給你唱催眠曲吧！」

「呃……我還沒洗澡。」

「我幫你洗啊？」

「不用不用……」進展這麼快的話，安子晏自己都受不了。

蘇錦黎失落地「喔」了一聲，「那你去洗吧，我在這裡等你。」

「嗯，好。」

「我可以偷看嗎？」

「不可以。」

「喔。」蘇錦黎點了點頭，這些大人都不許偷看，安子含就隨便看，還招呼他一起洗，真是不一樣啊。

安子晏進入浴室，拉開褲子看了一眼，然後長長地吁出一口氣。

蘇錦黎真的是不得了……不得了，後生可畏。

他在浴室裡洗完澡，又照著鏡子整理好髮型後，走出來看到蘇錦黎坐在床上，靠著床頭看劇本呢。

他走過來，問：「怎麼？打算住在我這裡？」

「給你唱催眠曲啊，肯定要在床上唱啊，來，到我懷裡來。」蘇錦黎回答完放下劇本，對著安子晏張開手臂。

安子晏看著這一幕，突然覺得有點恍惚。

他做夢都不敢有這樣的畫面，然而這樣的畫面卻真實發生了。

安子晏吞了一口唾沫，才上了床，趴在被子裡，蘇錦黎則是抱著他的頭，真的開始給他唱催眠曲。

蘇錦黎的聲音很好聽，尤其是在他的耳邊，單獨唱歌給他聽，這絕對是諸多人夢寐以求的事情。

安子晏靠在蘇錦黎的懷裡，蘇錦黎的身體半依偎著，一邊輕按安子晏頭頂的穴位，幫助安子晏睡眠，一邊唱歌給他聽。

這個擁抱十分舒服，簡直是天堂級別的。

等蘇錦黎覺得安子晏睡著了，才鬆開他，讓安子晏躺在被子裡繼續睡覺。

他趴在旁邊，撐著下巴一直看著安子晏。

喜歡上安子晏後，真是怎麼看安子晏怎麼覺得帥，濾鏡絕對比海還厚。

他小心翼翼地湊過去，在安子晏的額頭輕輕親了一下，然後覺得不夠似的，又親了一下。

他因為之前吸了很多陽氣，所以現在特別精神，想多看安子晏一會再離開。

結果看著看著，自己也跟著睡著了。

安子晏其實沒睡多久，催眠曲跟按摩真的很有用，他很快入睡，但是他是非自然醒來的，身體突然被踹了出去，頭撞到床頭櫃，接著身體掉下床去。

安子晏迷茫地跪在地板上緩了緩神，然後看著在床上睡成一個「方」字，保持著出腳未收招狀

態的蘇錦黎，真的是哭笑不得。

他揉了揉腦袋，不大確定自己有沒有撞成腦震盪。

他這麼大的體格，也能被踹到平移，看來蘇錦黎身手的確了得。

——別計較、別計較，是你自己看上的人。

——別生氣、別生氣，以後給他接武俠片。

蘇錦黎早上醒來，就看到安子晏坐在沙發上，雙眼充血地看著他，額頭還有一塊明顯的撞痕瘀青。

他被嚇了一跳，趕緊爬起來問：「安大哥，你怎麼了？半夜遇襲了？」

「喔，沒什麼，頭撞到櫃子後，掉下床了。」安子晏雲淡風輕地回答。

「你睡覺怎麼那麼不老實啊？」

「我……不老實？」安子晏再也無法淡定了，指著自己的鼻子問蘇錦黎。

「我睡覺就不會這樣……」蘇錦黎回答完就心虛了，輕咳了一聲，又問：「我造成的嗎？」

「嗯。」

蘇錦黎下了床，朝安子晏走過去，「我會治療法術，你看著……」

他說著，就開始對著安子晏的額頭使用法術，然後忍不住問：「欸？怎麼嚴重了？」

安子晏也覺得越來越疼，趕緊推開蘇錦黎，再照照鏡子就更加崩潰了，哀怨道：「果然是越來越嚴重了。」

「怎麼回事啊，我法術用反了？」

「行了，你回房間吧，你得去化妝，我補個覺。」

蘇錦黎點了點頭，往自己的房間走，結果撞在牆壁上。

他愣了一下，又試了一遍，發現又撞在牆壁上。

安子晏走過來揉了揉蘇錦黎的額頭，說道：「就算傷到我了，也不用這麼罰自己吧，我還怪心疼的。」

「不是，我回不去了。」蘇錦黎可憐巴巴地回答。

「呃……」安子晏也有點慌，如果被人發現蘇錦黎一大早從他的房間裡出去，也會是大事。這個時間已經是劇組開始工作的時間，外面肯定已經有人在走動了。

「怎麼會回不去？」安子晏問他。

「昨天吸太多陽氣，我體內的陰陽二氣又有點混亂了。我身體底子差，太單薄了，估計剛才治不好你的傷，也是因為我沒控制好陰陽二氣。」

「那該怎麼辦？你吐出來點？」

「我變成一條魚，你把我送出去吧。」

安子晏想了想，忍不住蹙眉，煩惱道：「你就算變成魚，也有一個孩子那麼大，我得用行李箱拖你出去。」

「哎呀，談戀愛真麻煩……」

安子晏聽到這句話就有點怕，生怕蘇錦黎怕麻煩，就不談戀愛了。

「沒事，我想想辦法。」

安子晏敲了敲自己的額頭，卻也不知道該怎麼辦才好，最後還是只能拿出行李箱，「我叫丟丟過來，讓他把這個箱子送去你的房間，然後你能自己從箱子裡出來嗎？」

「你給我留點縫，我就可以一點點從裡面拉開了。」

「好。」

蘇錦黎變成了一條魚，安子晏就將蘇錦黎捧進行李箱裡，衣服也工工整整地疊好，放進箱子裡，發訊息把丟丟叫來。

等丟丟離開，安子晏還是不放心，在走廊裡轉悠了一會，丟丟出來了，還在發訊息問蘇錦黎去哪裡了。

緊接著就看到蘇錦黎一邊整理衣服，一邊跑出來。

出來後看到他行了個禮，就快速跑去化妝室。丟丟看得目瞪口呆，十分詫異，卻也沒說什麼。

安子晏看著蘇錦黎跑開，怎麼想怎麼覺得有意思，忍不住笑。

江平秋來給他送資料以及早餐的時候，看到安子晏額頭的傷，又看到安子晏居然在笑，忍不住擔憂：「安少，你這是怎麼了？」

「昨天抹黑走進屋裡時撞到了。」

「過幾天有活動要參加，這傷能好嗎？」

「到時用妝遮擋吧。」

江平秋看了半晌，還是決定：「我給您處理一下傷口，先消腫，您在這個時候順便看看組團的事情。」

安子晏同意了，回到房間裡拿出一堆檔案，都是張古詞最近弄的策劃案。別看張古詞這個活接得不情不願，現在做得倒是滿不錯的。

他當初重金挖過張古詞，張古詞沒來，現在看來，真是他的損失了。

蘇錦黎沒想到，他演技不好的事情傳出去後，又有人來劇組探班了。

尤拉本來已安排出國度假，前幾天看到新聞，全網抨擊蘇錦黎的演技，就有點坐不住，立即買了機票回來。

剛下飛機，就聽說安子晏來劇組親自指導蘇錦黎演戲。

不過她既然為了這件事專程回國，自然沒有不來的道理，也跟著來了劇組，看看情況再說。

尤拉來劇組前只跟導演打了招呼，屬於私下探班，畢竟她之前的緋聞餘波未過，還是別給劇組添麻煩為好。

所以她抵達劇組時，蘇錦黎正在化妝，其他工作人員都不知情。

「我看到你的演技了，的確有點……嘖嘖。」尤拉不是會拐彎抹角的性子，直接了當地跟蘇錦黎說道。

「嗯，好多人都批評過，說得我都要沒信心了。」

「你有沒有夢到過橘璃兒？」

「啊？」

「我曾經因為鑽研一個角色太過用心，曾經夢到過那個角色。夢裡，我就是那個角色，設身處地地想著她的事情，漸漸就能融入其中。都說日有所思夜有所夢，你白天總在想這個角色，晚上說不定會夢到，夢裡是入戲的最佳時機。」

「我最近拍戲太累了，根本沒做夢。」蘇錦黎遺憾地搖了搖頭。

「這可能是我獨特的代入方式吧，我這個人比較多夢，醒了還不會忘記，甚至會去想夢裡的內容，深思熟慮。」

「這樣很累吧？」

「確實有點累，不過也挺好的，算是因禍得福。」尤拉說完笑了笑，「我有獨特入戲技巧。」

看樣子，尤拉最近的心情比前陣子好多了。尤拉又勾了勾手指，「劇本給我看看。」

「劇本不能外漏。」

「我不看怎麼教你啊，而且我跟導演打過招呼了，姜町還取笑說你演戲排場大，請這麼多人來教你。」

蘇錦黎想了想，還是把劇本遞給尤拉了。

「喲！」尤拉只看了一會就感嘆了一句。

「怎麼了？」

「暗線啊，你這部戲裡，重頭戲恐怕就是你跟胡騰的副線了。」

「對啊，他們都說我們倆的戲很重要。」

「非常重要的安排。」尤拉又看了一會，忍不住問：「橘璃兒長年模仿女子，走路行為必有女態，你有注意到這點嗎？」

「有注意……」不過，蘇錦黎的表現還是很陽剛味。

「我找副導演看看你之前拍的戲。」尤拉放下劇本就直接離開了，也是一個風風火火的人。

說來也是，尤拉說自殺就自殺，說不自殺，又自己原地復活了，也是厲害。

尤拉去了一陣子，就又回來，臉色頗為凝重。

蘇錦黎看到尤拉的臉色，就知道他的表現不大好。

等了一陣子，安子晏也來了之後，尤拉才對安子晏說：「我看了蘇錦黎之前拍的，我建議蘇錦黎在全部殺青後，有幾段他一個人再過來補拍。」

安子晏聽到尤拉這麼說，先是看了看蘇錦黎，接著看向在化妝間裡等候的丟丟。

丟丟立即打開本子看蘇錦黎的排程，回答：「電影拍攝完畢後有幾場演出，還有一檔真人秀的嘉賓。」

「推了吧，戲都演不好，這些也沒辦法接了。既然做了藝人，就要有藝人的工作態度，每一項工作都要做好。」安子晏回答。

丟丟立即去聯繫侯勇了，這種事情得侯勇出面。

安子晏這些話也是說給蘇錦黎聽的，讓蘇錦黎心裡有個數。果然，蘇錦黎似乎又內疚了幾分。

安子晏心疼，卻也不能太過維護。

他沉默了一會，問尤拉：「妳覺得蘇錦黎這演技，還有救嗎？」

「有救。」

「怎麼救？」

「少給他接點戲。」

安子晏的臉色又難看了幾分。

尤拉也不在意，她人緣已經夠臭了，什麼話都敢說：「他不擅長的事情，你硬給他接，只會敗壞粉絲對他的好感度。他擅長歌舞，就讓他參加節目演出，出專輯、開演唱會。大家喜歡他的性格，讓他做一個真人秀節目的常駐嘉賓也可以。但是他不擅長演戲，你偏偏給他接，他演著累，粉絲看了也會對他失望。」

「妳說的這些我都明白。」

「我知道，你是他的老闆，利益至上，但是你也得把眼光放長遠點吧？的確演戲賺錢，但是他的粉絲緣若被一點點敗光，最後吃虧的是誰？現在娛樂圈這些演技不夠，還硬要上戲的人，哪個沒被罵過？」尤拉依舊在勸。

「道理我都懂，最開始我也只是覺得蘇錦黎是因為沒接觸過演戲，學了說不定會好，可是現在看來，他的確不大適合演戲。」

尤拉也知道點到為止，點了點頭就不再多說了，而是問了其他的事：「聽說你們要弄個團體組合？現在網路上都炸了。」

消息是這兩天被洩露出去的，一下子就成了關注熱點，幾前天粉絲們還在罵這是惡意炒作，胡亂傳的，等了一天多沒等到澄清消息，就有點慌了，開始議論紛紛。

「今天就會正式發出公告，等蘇錦黎陪胡騰趕完戲，就去拍攝宣傳海報。」安子晏回答。

「還真要組團啊？按照蘇錦黎的人氣沒必要吧？」

「也是不得已而為之。」

尤拉不懂其中的緣故，也知道不能多問，只問可以問的事情：「團名叫什麼？」

「江湖救急。」

尤拉聽完一頭的問號，總覺得這個名字簡直是在搞笑。

「我怎麼覺得，這個團體叫『人與自然』更貼切？」尤拉問。

「我們想搞一個復古一點的組合。」

「復古？首先你弟弟就很違和了，你們這個團名出來以後不就像《武林外傳》似的？」

安子晏不說話了。

安子晏今天比較忙，因為他們註冊的官方帳號終於認證完成，所有工作一切準備就緒，準備要發正式的公告。

安子晏聯繫了經紀人，要他們將幾名成員的微博都準備好，到時候同時轉發。

這些工作還是有技術含量的，因為他們只要發布消息，就要在第一時間進行控場。幾家公司的公關同時準備了大批的假粉帳號，初期就要營造一個平和、熱鬧的氣氛。

之後，就要靠他們自己的能耐，將這個組合團體推起來，吸引真的粉絲。

所以前幾天，尤其重要。

安子晏今天特別忙碌，所以是請尤拉盯著蘇錦黎拍戲。

尤拉跟安子晏的風格不大一樣，她的口頭表達能力不行，不會像安子晏那樣舉奇奇怪怪的例子，就直接表現給蘇錦黎看。

有幾次尤拉乾脆撲過去，直接跟胡騰搭戲，瞬間入戲，又瞬間抽離跟蘇錦黎講解，弄得胡騰都有點無奈。

拍完上午的戲，他們幾個人聚在一起吃飯。

安子晏還在刷平板電腦，隨時盯著情況，蘇錦黎跟尤拉坐在一起吃，還在聊著演戲的事情。

「尤拉姐，妳身體挺瘦的，怎麼手這麼胖？」蘇錦黎伸手捏了捏尤拉的手掌心。

尤拉個子高，身材也好，不知怎的，偏偏手掌很厚，手指肚的地方也有點粗，看起來肉乎乎的。

安子晏抬眼看了一眼，突然伸手拽走蘇錦黎的手，「跟小女生拉拉扯扯的，像什麼樣子？」

蘇錦黎收回手，委屈巴巴地看了安子晏一眼，他可是一點非分之想都沒有。

不過小女生這個稱呼取悅了尤拉，忍不住誇讚安子晏：「小女生這個稱呼我很喜歡，你很識時務嘛！」

「我家裡我媽比較在意，畢竟當了大半輩子大美女，冷不丁地被叫阿姨就跟刺激到她逆鱗似的，尤其誇張。」安子晏一提起自己的母親，就忍不住揉眉頭，他們家裡的幾位真是沒有一個讓人省心的。

「我有點怕她……」蘇錦黎弱弱地說。

安子晏立刻安慰道：「別怕，我們家人都有點順我者昌逆我者亡的架式，尤其護短，你是我旗下藝人，她肯定護著你。」

蘇錦黎還是擔心，問：「萬一以後我欺負你了，緹娜姐收拾我怎麼辦？」

「你叫我媽什麼？」

「緹娜姐。」

安子晏看著蘇錦黎陷入了沉默，甚至不知道自己現在該安慰蘇錦黎，還是該在意稱呼。

在安子晏糾結的工夫，副導演走過來，把尤拉叫去談事情。

尤拉想不明白副導演找她有什麼事，不過還是跟著去了。

等聊了一會，尤拉就樂了，副導演想找她演戲。

剛才尤拉教蘇錦黎演戲，親自上陣，頓時讓副導演眼前一亮。

尤拉入戲很快，尤其是演技著實不錯，劇本沒看多久，竟然已把角色吃得很透，演繹出了橘璃兒的感覺。

副導演這次是跟著姜町來學習的，之後他要自己當導演，拍攝一部電影。

電影是軍事題材，主要講述一場戰略行動，守護邊境安全的內容。

女主角是戰地記者，剛好是尤拉這樣的年紀。最開始副導演沒想找尤拉這麼漂亮的女演員，但是看到尤拉現場的演出後，還是決定用她了。

他們這次要拍攝的地點在邊境的高地，風吹日曬，條件惡劣。他們這個劇本已經給了很多個女藝人，不是了無音訊，就是直接被拒絕。

實在是太過於吃苦，又沒有很好的造型，最重要的是，片酬也不高，這個題材也不一定能賣座。

尤拉聽了之後倒是很心動，立即點頭同意了，「我很感興趣。」

「這個……妳有沒有時間試鏡？其實……投資商跟製片人那邊，我還沒打過招呼，不過我覺得妳沒問題。」

這種事情尤拉都懂，一個劇組裡其實也不是導演一家獨大。

最開始就是製片人雇了這些人，演員有行程問題，請假也不是跟導演請，是跟統籌交涉。

一部劇是一個團隊製作，各司其職，導演發出邀請也不是一定會錄用。

「好，沒問題，我最近工作少，時間充裕。」尤拉回答得還挺大氣的，絲毫不在意。

副導演對尤拉的印象越發好了，又跟尤拉聊了幾句。

尤拉回來的時候，蘇錦黎還在跟安子晏聊天呢，她過來一聽就笑了半天。

「This food no good。」蘇錦黎指著菜說，聽得安子晏哭笑不得。

「這英語誰教你的？」尤拉問。

「緹娜姐。」蘇錦黎回答。

「喔……安子晏媽媽？」

「嗯。」

「學得不錯，你形容一下我。」尤拉努力忍住笑，給了一個十分「寬宏大量」的誇獎。

「Sister very good !」蘇錦黎回答。

「哈哈哈！」尤拉心情好，大笑著坐在蘇錦黎對面，感嘆道：「小錦鯉，我怎麼每次碰到你都有好事發生？」

「怎麼了？」

「剛才副導演叫我過去是邀請我去試鏡，還是女主角！我第一次見到你的時候窮困潦倒，一個工作都沒有呢，結果突然演了大製作的女配角。這回又來了一個女主角，都是在碰到你後很快就發生的好事。」

「我說了，妳心腸好，會有好報的。」

「你是不是得給我來個錦鯉大仙的祝福？快快快，吾王賜神力！」

蘇錦黎也不猶豫，伸出手給了尤拉一個祝福，揉了揉尤拉的頭。

安子晏一直在一邊看著，也不知是不是跟蘇錦黎有曖昧後，他越發嚴重了，竟然看到蘇錦黎揉別人的頭，心裡都有點酸澀。

「行啦！」尤拉興奮地抬起手來，「來，直男擊掌來一個。」

蘇錦黎又配合地跟尤拉擊掌。

幾個人鬧了一會，副導演又來了，拿劇本給尤拉看。

尤拉趕緊過去跟副導演聊這部戲，只留下蘇錦黎跟安子晏。

「你的這個祝福限制次數嗎？可以無限制送？會損耗你的法力嗎？」安子晏突然想到這個問題。

「喔，沒事，我七日之內可以送出三個祝福，這是我們錦鯉精僅有的玄學技巧，其他妖精是不會的，主要是家族長者曾是觀世音池中的錦鯉，學了些獨有的法門傳承下來。」

「還是……挺厲害的……」原來真的有觀世音？

「對，這些都是信則靈不信則……則不靈，我是沒有消耗的。」

安子晏點了點頭，問：「能送一個祝福給我嗎？」

「不要，你太浪費祝福了。」

「你不是喜歡我嗎？」

「我是鐵面無私。」

「嘿！」安子晏立即擼起袖子，氣勢洶洶地過來，嚇得蘇錦黎趕緊躲，結果安子晏只是捏了捏他的臉，「捏你小臉。」

蘇錦黎突然想起自己對安子晏說「吸你陽氣」時的語氣，安子晏竟然學得很像。

蘇錦黎「嘿嘿」直笑，左右看了看後，還是抬手給安子晏一個祝福，「我最疼你了，怎麼會不給你？」

安子晏也不是多想要，就是想蘇錦黎摸摸他的頭，於是滿足地放下平板電腦吃飯。

蘇錦黎則是坐在他身邊看劇本，時不時問問安子晏該如何演，等尤拉回來後，就拽著蘇錦黎去親自示範如何演繹了。

沒一會，有人猶猶豫豫地來找安子晏。

安子晏不認識這個工作人員，只是抬頭看了他一眼，問：「有事嗎？」

「我……我是那個燈光師。」男人吞吞吐吐地說道。

「喔。」安子晏在事發後不久，就調查出之前的視頻是誰發出去的，真想調查，一個人的小號而已，從蛛絲馬跡查找總可以找到的。

這個視頻肯定是劇組的工作人員拍攝的。

果不其然，最後查到了劇組的燈光師。

這位燈光師因為每天陪蘇錦黎加班到深夜，心生怨懟，就發了這條微博。本來以為也就是黑黑蘇錦黎，沒成想，引來了那麼大的風波。

安子晏調查到他之後，就毫不留情地把燈光師辭退了，此時他卻來找安子晏。

「我是來跟您道歉的，我真的知道錯了，我也沒想到會造成這麼大的影響。您大人有大量，就原諒我吧，我……我不能沒有工作啊。」

「可是，我不想原諒。」安子晏拒絕得直截了當。

「我……我不求您讓我留在這個劇組裡，只希望您別斷了我的後路，我還要養家糊口。」

「你也只是在娛樂圈裡混不下去而已，以後去婚紗店做個燈光師也不錯。」

燈光師握緊了拳頭，似乎覺得受到了羞辱。

安子晏也有點不高興，不知道身邊的人怎麼能讓他過來，於是再次開口：「你用不用我把公關的費用算到你的頭上？你知不知道我最恨有人對我身邊的人下手，我對你已經算是心慈手軟了。」

燈光師也知道，公關是巨額的費用，立即閉了嘴，心中悔恨，卻也不能再說什麼，只能離開。

即將會推出組合團體的消息一公開，網路上就炸了鍋。

跟他們最初預測的差不多，大家都覺得這個決定很奇怪，甚至有些莫名其妙。

粉絲們今天也是忙壞了。

先去五名成員的微博裡留言，還有幾個成員的粉絲互懟。

接著再去沈城跟安子晏的微博看看，問問他們覺得組這個團體好嗎？不覺得會耽誤自己的弟弟嗎？

最後再去《全民偶像》節目組的官博以及幾家娛樂公司的微博罵一圈。

罵完一圈之後，再看看熱門話題，熱搜排行，再去圍觀一波。

圍觀完，又可以再轉一波，因為肯定有新的罵戰了。

今天掐架的陣營也非常有趣：安子晏跟沈城的粉絲慣掐，一如既往地對罵；然後安子含跟烏羽不和的消息也傳開了，兩家的粉絲開始互掐；蘇錦黎的粉絲比較多，所以群毆另外四名團員，說他們是拖油瓶，引來另外四人的粉絲回掐，蘇錦黎的粉絲對上四家的粉絲竟然完全不慫。

墨言：#江湖救急#完全不明白為什麼要組團，非常尬啊有沒有？現在男團女團什麼的還少嗎？有幾個存活過十年？喔，對，他們只會存在一年多，真夠扯的。我是小錦鯉的親媽粉，現在只是心疼兒子，他絕對會被拖累。

宅唯：突然就來了一個非常奇怪的組合，#江湖救急#？認真的？這幾個人的風格格格不入，最開始還在吹他們的友誼，現在組成團體後不知道感情還能存活多久。

Jyokau：看到#江湖救急#這個組合，就有一個想法：難不成組團比個人圈錢？不應該啊！

惠靈敏：派我們安子含去扶貧嗎？團名已說明一切#江湖救急#

焦糖：除了公布團名，其他什麼消息都沒有，這麼急著推出到底是為什麼？我突然聯想到烏羽之前的遭遇，難不成……是在幫烏羽？

庫伊特：以前就聽說過也有選秀選手比賽結束後，突然被組成團體，沒多久就散了，散了後四名成員從來沒聯繫過。難得有聯繫還是在撕，呵呵。#江湖救急#我看堅持不了多久。

蘇錦黎拍完戲後，親自送胡騰離開劇組，安子晏則是跟胡騰溝通，讓胡騰找時間，再來拍攝一次剩下的鏡頭，損失由安子晏承擔。

胡騰有點無奈，卻沒再說什麼，直接離開了。

等胡騰離開，蘇錦黎才鬆了一口氣，回到自己的休息室拿出手機看。

現在的情況就算是控場過，依舊有點失控的徵兆，蘇錦黎翻了一會，就看向安子晏：「需要我再發一條微博嗎？」

安子晏揉了揉眉頭，「你想發什麼？」

蘇錦黎想了想後，編輯了微博給安子晏看。

安子晏伸手接過來，忍不住笑，接著點了點頭，「也行。」

蘇錦黎立即點擊發送。

「安大哥，對不起，我總在給你添麻煩。」蘇錦黎突然特別憂鬱地對安子晏說。

安子晏看著蘇錦黎，溫柔地問：「怎麼了？」

「比賽的時候就是，嗓子出問題給你們添麻煩；下雨那天也是。還有，演技不好害得你到處搭人情，幫我圓場，還推了自己的戲。幫烏羽組團也是我求你的……」蘇錦黎越說越內疚。

安子晏看著蘇錦黎，忍不住笑了起來，之前的愁雲慘霧都消散不少。

「我啊，跟你哥半斤八兩，都是那種不大好相處的性格，卻在鏡頭前裝從容優雅。我自己也承認，我之前沒幹過多少好事，也不知道我以後能收斂多少。不過對你，我一直都是心甘情願，沒有人能逼迫我做什麼事情，我全看自己的內心。」

蘇錦黎聽完，點了點頭。

「成立組合團體我會獲得利益，所以值得付出努力。求過我的人不僅僅是你，還有安子含，所以你也不用有太大的心理負擔。」安子晏繼續勸說。

「嗯，好。」蘇錦黎回答完，拿起手機繼續刷微博。

蘇錦黎發的微博是一張五個人的合影，加上一句話。

蘇錦黎：報告媽媽們，我終於找到不會分開的好朋友了。【圖片.jpg】

下面立刻引起一片評論。

桎梏鳶尾：怎麼辦，我明明已經戰鬥了一天，結果看到你這樣說的瞬間消氣了。兒子沒事，媽媽在呢，你找到朋友了，媽媽替你覺得開心。

安歌：小錦鯉，只要你覺得好就好，無論你是個人還是組團，我們都支持你。

花大人：看到這條微博居然瞬間淚目了，想到小錦鯉以前的遭遇，太心疼了。

兜淩：要跟朋友好好相處哦，麻麻愛你。

蘇錦黎的粉絲就這樣被安撫下來，沒過多久漸漸開始幫著控場。現在的情況就是有水軍，還有蘇錦黎的媽媽粉們一同幫忙，讓輿論被控制了一些。

沒一會，安子含也轉發了微博。

安子含：阿姨們請放心，我會照顧好妳們的兒子的。//蘇錦黎：報告媽媽們，我終於找到不會分開的好朋友了。【圖片.jpg】

自然又引發一波評論。

北城笙簫簫：怎麼話到你這裡就變味了呢？

紅燒肉下稀飯：別再教我兒子搓大腿根！

半圓之月：看節目的時候就能看出你跟他關係最好，希望你們的情誼保持下去。

臥梅又聞花：所以加入這個團體組合，你是自願的嗎？

安子含回覆臥梅又聞花：放心吧，能脅迫妳老公的人還沒出生呢。

臥梅又聞花回覆安子含：被翻牌了！老公我愛你啊（其實三分鐘前，我還是路人粉）！

過了一會，安子晏也回覆了安子含。

安子晏：別調戲粉絲，不娶何撩？

安子含回覆安子晏：蘇錦黎是復古人設，我是負心人設，是不是絕配？

安子晏回覆安子含：配不配我不知道，我只知道你欠打了。

當天晚上，其他三個人也轉發了微博。

烏羽：想一起吃火鍋了//@常思音：最近我都很少吃魚了。//@範千霆：右邊兩位帶我飛！//@安子含：阿姨們請放心，我會照顧好妳們的兒子的。//蘇錦黎：報告媽媽們，我終於找到不會分開的好朋友了。【圖片.jpg】

這一回，場面終於控制許多，已經沒有白天的煙硝味。

成員們看起來關係都不錯，粉絲們在這裡吵什麼呢？

不過一些鍵盤俠還是有的，他們無時無刻不在黑人，這些就是無法控制的了。

與此同時，微信群裡也在討論。

安子含：說起來我也想吃火鍋了。

蘇錦黎：我這邊終於趕戲結束了，之後就是跟李天王配戲，完全需要配合他們，用到我了我就過去，用不到我就歇著。去統籌那裡看過，我空出幾天時間可以去跟你們拍宣傳照，以及參加江湖救急的活動。

範千霆：每次聽到李天王，就覺得是托塔李天王。

常思音：我也是233333。

烏羽：那集合後一起吃火鍋吧，為了感謝你們，我請客。

範千霆：有錢了？

烏羽：嗯，他們把錢打給我了。

安子含：嘖，看到你就沒胃口。

烏羽：我怎麼覺得你胃口挺好的，什麼都吃？

安子含：你他媽的！

烏羽：我有爹生沒爹養，性格比較差。

蘇錦黎：怎麼突然就吵起來了？

安子含：我跟烏羽不和，我們的粉絲都因為這個吵起來了，沒看到啊？

蘇錦黎：可是烏羽出事的時候，你是最著急的啊。

之後，烏羽跟安子含都沒再回消息，同時陷入了沉默。蘇錦黎以為他們在忙，也沒執著，問了其他人的工作情況。

範千霆：安大哥給我安排的單曲，我最近已經在錄製了。

蘇錦黎：哇！那很好啊！

範千霆：我聽安大哥說，我們這個團的第一支曲子也在創作當中了。

蘇錦黎：他也跟我說了，我們還接了廣告代言。

常思音：抱大腿的感覺真好，我是團體裡個人工作最少的，我現在在公司接受演技培訓呢，過陣子要拍偶像劇。

安子含：老子都要忙死了。

烏羽：呵。

兩個人出來曇花一現後，又同時陷入沉默，讓人懷疑他們倆是不是私聊對罵去了。

蘇錦黎：安大哥要教我演戲了，我去忙了。

範千霆：這絕對是親兒子級的待遇。

常思音：確認過眼神，是被老天爺選中的人。

蘇錦黎：我惹出來的損失以後從我的收入裡扣，我估計短時間內都不會有收入了，最近真賠了不少。

範千霆：別人有你這個人氣都賺錢，怎麼就你賠錢？

蘇錦黎：我也不想啊，需要借錢。

範千霆：突然想退群。

常思音：其實我想買房……

蘇錦黎：哈哈哈，沒事，有我哥在呢，我真的要去練習了。

常思音：去吧。

範千霆：麼麼噠！

推一個團體組合有各種準備工作，十分複雜，需要一個團隊去運作。

安子晏看著團綜提案，就覺得心裡有萬馬奔騰。

團綜個屁！他們最開始沒打算組團，工作都是按照個人接的，最近才統計了所有成員的時間表，按照成員的行程通告來看，他們五個人根本沒有幾天能碰到一起。

安子晏坐在沙發上，煩躁地甩著手裡的資料夾，看向不遠處正在忙碌的蘇錦黎。

現在是凌晨一點，胡騰離開後，他們已經不用連夜加班加點。不過為了不耽誤拍攝進度，尤拉還是會熬夜給蘇錦黎講解如何演戲，進行臨時特訓。

他突然想到了什麼，把丟丟叫過來：「你來錄個花絮，學過錄影吧？」

「錄蘇老大的拍戲日常嗎？」丟丟立即點了點頭，很快就同意了。

做助理有的時候需要拍攝這些日常，放到網路上給粉絲看，就是個人的工作、生活日常，讓公司團隊裡的人稍微做點後製就可以了，也是經營人氣的一種方式。

丟丟作為專門培養出來的助理，自然會這些。

「我去準備一下內容，你去準備好攝像機。」

「好。」丟丟立即回房間拿設備，他們來劇組時這些東西還是準備了的。

蘇錦黎跟尤拉中間休息的時候，蘇錦黎坐在椅子上喝水，尤拉蹲在旁邊看劇本，嘴裡還在念念有詞，是在讀臺詞醞釀感情。

蘇錦黎也鬧不明白尤拉看劇本為什麼要蹲著，可能是這樣比較有靈感？

這個時候丟丟拿著安子晏安排的東西過來，對蘇錦黎說：「蘇老大，我們要拍團綜了。」

「啊？」蘇錦黎十分詫異，這個時候拍?他拿出手機看了一眼時間，已經非常晚了。

「你們這個團綜也太隨意了吧？」尤拉也忍不住感嘆了一句。

「我們這個團體也挺隨意的。」蘇錦黎扁了扁嘴，然後點了點頭，「好，拍吧，我要整理一下造型嗎？」

「現在挺好的。」現在蘇錦黎還是戲裡的裝扮，還沒卸妝。

尤拉講戲，喜歡在原場地，還穿著戲裡的服裝，這樣也可以督促到細節。

丟丟拿出攝像機，另外一邊，江平秋也過來幫忙，拍攝另外一個角度。

兩個人都不是專業的，不過作為花絮使用也就無所謂了。

丟丟對蘇錦黎說：「現在你撥通其中一位成員的視頻聊天。」

「喔。」蘇錦黎想了想後，撥了安子含的視頻聊天。

等了一會後，安子含就接通了，「還沒睡啊？」

「你做什麼呢？」蘇錦黎問安子含，看到安子含那邊黑漆漆的，估計是沒開燈，什麼都看不到。

丟丟把攝像機對準手機螢幕，也沒拍到什麼東西。

「我睡覺啊，這個時間我還能去拯救世界？」安子含回答，然後就發現了不對勁，「丟丟在你旁邊幹什麼呢？」

「我們拍團綜呢。」

「什麼鬼？這麼就拍了？」安子含立即拔高了音量。

「對啊，開始了。」

「你等會，我穿衣服。」

「你裸睡的嗎？」

安子含那邊的聲音有點含糊了，估計是一邊穿衣服一邊在喊：「以前在寢室那麼多人，當然穿衣服睡，我私底下穿什麼啊！」

等了一會安子含那邊才好，重新拿起手機，並且開了燈。

安子含此時是素顏，打開燈還在擺弄自己的頭髮，整理髮型。他的五官本來就很精緻，因為是混血，五官輪廓分明且深邃，在手機裡依舊承受得住考驗。

「就這麼搞團綜，之後呢？」安子含問。

蘇錦黎抬頭看了看，對安子含說：「他們讓我告訴你，你會是組合裡的舞蹈擔當。」

「喔……」好尬啊，蘇錦黎可別當主持人，一定會冷場。

「還需要你按照現在的心情，唱一首歌，清唱就可以。」蘇錦黎繼續讀安子晏寫的東西。

「還唱歌？」安子含那邊又移動了一個位置，想了想後開始唱：「反反覆覆孤枕難眠，告訴我你一樣不成眠，告訴我你也盼我出現。」

「這是什麼歌？」

「《孤枕難眠》。」

「請用五個詞形容你哥哥。」

「還五個……啊，個子高，鼻孔大，長得帥，腳也大還有……脾氣差。」

「重複一遍。」

「鼻孔大和……什麼來著？」安子含執著於安子晏的鼻孔，也不知道是為什麼。

「安大哥在我身邊。」蘇錦黎小聲提醒。

「他只要不在我身邊，我就不怕他。」

掛斷了安子含的視頻，蘇錦黎又打給下一個人——烏羽。

烏羽那邊第一個反應是給掛斷了，接著發了一段語音：「我睡了，什麼事？」

「想你了。」蘇錦黎只能這樣回答，畢竟他們要求突然襲擊。

烏羽：「……」

蘇錦黎：「就看一下。」

烏羽：「什麼情況？」

過了一會，烏羽發來視頻要求，蘇錦黎很快點了同意。

接通後，就看到烏羽躲在被子裡，盯著視頻看，一臉疲憊。

蘇錦黎這回才能說實話：「我們在錄團綜，在搞突襲。」

視頻那邊的烏羽吁出一口氣，放鬆下來，「你嚇我一跳。」

「我現在要宣布，你會是組合的主唱。」蘇錦黎對著手機說。

「喔，你呢？」烏羽跟蘇錦黎都可以擔任主唱。

「我是C位。」

「常思音是隊長，範千霆是說唱擔當，安子含呢？」

「他是舞蹈擔當。」

烏羽隨便應了一聲後問：「這樣就完事了嗎？」

「需要你按照此刻的心情，唱一首歌。」

「一個人失眠，全世界失眠，無辜的街燈守候明天……」

「喔，《全世界失眠》？」

「嗯。」

「用五個詞形容安子含。」

「討厭、煩人、咋咋呼呼、絮絮叨叨、沒完沒了。」

「他會生氣的，而且你們粉絲不和睦，你別這樣說。」蘇錦黎趕緊提醒。

「那改一下，傻、白、甜、呆、萌。」說完還對著手機螢幕比量了一個大拇指。

「可以可以，好多了。」蘇錦黎鬆了一口氣，偷偷看了一眼攝像機，怕他們什麼都播出去，這段足夠安子含粉絲跟烏羽粉絲大戰三天三夜。

之後打給常思音，常思音性格好，被吵醒了也沒生氣，配合地錄製完就掛斷了電話。

最後是範千霆，無論如何打都沒打通，估計是沒開微信待機。

蘇錦黎躊躇了一會，還是給範千霆打了一個電話，結果電話也沒人理，蘇錦黎這才放棄：「範千霆如果累了，睡眠品質特別好，早上經常叫不醒他。」

等拍攝完成，蘇錦黎才問坐在不遠處的安子晏：「這種花絮能有人喜歡看嗎？」

「綜藝節目的幾大殺手鐗你記住了：女嘉賓突擊素顏，男嘉賓突擊換衣，有美女嘉賓必有泳池或者帶水的環節，有人氣小鮮肉跟男神級藝人，必有撩妹環節。百看不厭的爛梗就是，夜裡突襲睡覺的樣子，用奇奇怪怪的方式叫醒，我們現在用的就是這一種。」

「不大懂。」蘇錦黎搖了搖頭。

尤拉卻被安子晏的總結逗得不行。

「你不用懂，早點睡覺去吧。」安子晏擺了擺手，讓蘇錦黎去睡覺。

蘇錦黎乖巧地跟他們道別，回了房間，剛走到牆壁邊就收到安子晏發來的訊息：今天晚上別過來了，明天得出門。

他嘆了一口氣，就回去收拾收拾睡覺了。

第二天，是團體成立後第一次正式以男團的形式參加工作。

蘇錦黎他們是分開抵達的，剛剛到達現場，就碰到人山人海的場面，混亂得分不清哪些是粉絲，哪些是記者。

顯然，這裡的工作沒安排好，才導致了混亂。

安子晏坐在車裡對跟江平秋發訊息，讓他們趕緊安排，安防需要再提高一個檔次，場面明顯比他們預想的大。

這個橫空出世的團體，受關注程度可以說是史無前例。一出道便有這麼大的陣仗、這麼高的關注度，在近幾年裡都是十分少見的。

下車後，蘇錦黎就聽到震耳欲聾的尖叫聲，他左右看了看，對粉絲們打招呼，還會鞠躬感謝。

不過場面混亂，蘇錦黎多待都會造成混亂，只能快速進入會場。

進去後，就有工作人員來迎接他們，有人走在蘇錦黎的身邊，給他遞來一份資料夾：「這是今天拍攝的宣傳視頻的臺詞，臺詞不多只有幾句話，還有拍攝內容。」

「喔，好的，他們幾個都到了嗎？」

「還差烏羽，應該會在半個小時後到達。」

他們今天要拍攝團綜的片頭，還有團體的宣傳照。

因為人員還沒到齊，所以先拍攝個人的部分。

蘇錦黎的臺詞很簡單，他是C位，也是最搶眼的存在。

每個人的情景都是按照個性、經歷制定的。蘇錦黎的定位就是曾經孤獨，無依無靠，後來遇到了其他成員，一同走向輝煌。

臺詞是獨白，後期配音便可以，內容是：「我喜歡光，賜予我一道光，我便有一道影，是不是有影子陪著我，我就不再孤單了？」

拍攝的內容也大多是在耍帥，他們讓蘇錦黎在布置完的場地內站好，接著突然打一道光給他，他似乎措手不及，抬手擋住自己的眼睛。

這個鏡頭要拍攝得很有藝術效果，單單手的影子位置，蘇錦黎臉的角度，攝影師就調整了半天。

接著，蘇錦黎在燈光下跳舞、跳躍、行走，影子也是其中的重點之一。

因為要忙於工作，其他人來了之後都來不及打招呼，就化妝進入工作狀態。

安子含的拍攝內容就非常有難度了。

他的臺詞是：「我喜歡寒冷，讓我置身於冰雪之中，我是不是就能夠冷靜下來？」

他的拍攝內容，前半段是在假雪的場地裡裝作寒冷，後半段則要墜入有冰塊的水中。拍攝的道具是一個透明的巨大魚缸，裡面放滿了水跟冰塊。

從側面可以拍攝，裡面也有一名工作人員，穿著厚厚的衣服在裡面潛水拍攝。

烏羽來到現場的時候，就看到安子含仰面倒進冰水中，安子含在冰水中游了一段後出來，導演問道：「能再拍一次嗎？表情不大到位，在水裡能睜開眼睛嗎？」

安子含凍得瑟瑟發抖，說話都不利索了：「還用……把衣服晾乾嗎？」

「上面那段可以用你倒在海綿上的畫面來挑選，你墜入水裡的畫面我們單獨拍，你重新來一次，條件惡劣，我們爭取一次到位。」

安子含點了點頭，從冰水裡出來，想要重新倒下去，卻因為凍得僵硬，身體打滑掉了下去，這次肯定又白白泡到冰水裡了。

【第六章】冰與火之歌

安子含狼狽地從水裡爬出來，立即有工作人員過來幫他披上毯子。

他從小嬌生慣養，沒吃過什麼苦，多少有點受不了了。身體難受，卻沒發作，只是裹著毯子在一邊坐了一會，有氣無力地跟身邊的工作人員說：「我歇會，緩緩再拍。」

工作人員也沒催促，而是在安子含身邊說著該如何拍攝，這樣也能減少拍攝時間跟次數。

烏羽看著他們，腳步有點停頓。

他進門的時候也有工作人員過來交代他的工作，不過他剛才分神了，沒聽進去。回過神來才道歉：「抱歉，能重複一遍嗎？」

「喔，可以，我們先去化妝，你化妝的時候我再跟你仔細說。」

他們是第一次集體活動，幾個人的行程又很滿，所以他們的工作必須快速集中完成。

烏羽配合地到一邊化妝，因為現場條件有限，沒有專門的化妝間，都是用隔板隔出來的小空間。

他坐下後沒多久，就又聽到一次進水的聲音，下意識地回頭看，卻被化妝師轉過頭來。

在他化妝的期間，又聽到兩次進入水中的聲音，才算是結束。

再過一會，安子含就到他的隔壁間換衣服，整理造型了。

安子含坐下之後依舊覺得冷，明明渾身衣服都換過，身上披著毯子，還是感到難受。

安子晏剛才也在看他們拍攝，看到弟弟這麼難受，很快走來遞給他一杯溫水，關心地詢問他：「感覺怎麼樣？」

「操！渾身肉疼，明明我該覺得冷，但是碰到一些東西就覺得燙。這個什麼狗屁劇情，你們怎麼想的？」安子含罵罵咧咧地喝了一口溫水，又「嘖嘖」了兩聲。

「我知道你今天辛苦了。」

「光今天嗎？老子幾天幾乎沒合眼，剛準備睡覺就叫醒我了，說拍什麼團綜，搞什麼啊，我現在總覺得我心跳加速，說不定哪天就猝死了。」

「我不一直是這樣，你最開始也知道，為什麼還要進入娛樂圈？」

「我哪裡知道會這麼累啊？我就是覺得出名了，跟我那些哥們吹牛時非常厲害，但是現在我忙到沒時間去跟他們吹牛，憋得我夠嗆。」

「一會你再去補幾個鏡頭。」安子晏似乎覺得安子含說得越來越扯，生怕工作人員沒安排好，傳出安子含素質低的消息。

「我緩緩，現在根本不想動彈。」安子含立即拒絕了。

之前周圍是其他的工作人員，他什麼都沒說，碰到自己親哥才抱怨了一句。

安子晏看安子含確實難受，想了想後回答：「我安排一下，你先休息，等會先跟著拍合照，單獨的鏡頭最後拍。」

蘇錦黎拍攝完自己的鏡頭，走過來問安子含：「你冷不冷啊？」

「冷，要抱抱。」安子含看到蘇錦黎就覺得心情好多了。

「滾蛋。」安子晏卻立即制止了。

「嘿！我又沒抱你媳婦，你管什麼？」安子含不服，反問。

安子晏跟蘇錦黎都不說話了，蘇錦黎也沒動。

「要不我給你暖暖手吧。」蘇錦黎走過去，握住安子含的手。

安子含立即把手抽開，「你可靠邊吧，你手涼得跟屍體似的。」

蘇錦黎一般沒有什麼體溫，所以特別怕冷，冬天都會十分難熬，此時真幫不上安子含什麼。

結果推搡的時候，安子含碰倒了水，濺在蘇錦黎的身上。

他活得也糙，直接用自己的毯子給蘇錦黎擦，結果突然看到蘇錦黎的胸口出現一片金色的東西。

「你……胸口什麼東西？化妝化的？」安子含指著那些奇怪的鱗片問蘇錦黎。

蘇錦黎趕緊躲開了，同時用法術控制住，收回鱗片，磕磕巴巴地回答：「沒……沒有啊。」

安子晏也瞬間緊張起來，在這種情況下掉馬絕對要命，安子含可不是能冷靜對待的性格。

安子含又看了看，發現真的沒有了，不由得一愣，忍不住嘟囔：「難不成是我眼花了。」

「有沒有頭暈的感覺？」安子晏伸手將蘇錦黎拉到自己的身後，試圖誤導安子含。

安子含傻乎乎地搖頭，然後奇怪地看著安子晏，「哥，我是不是太累了，眼睛都花了？」

「可能是。」安子晏落井下石地回答，忽悠自己弟弟毫不留情。

「哥！我想退出娛樂圈了，太累了，我受不了了，我萬一哪天猝死了，爸媽可怎麼辦啊？」安子含誇張地抱住安子晏哭訴。

「沒事，你放心去吧，有我呢。」安子晏拍了拍安子含的頭。

安子含立即鬆開安子晏，就當剛才什麼都沒說。

安子晏沒多留，對安子含說：「我帶蘇錦黎去整理一下弄濕的衣服，等會回來看你，需要吩咐江平秋給你買點什麼嗎？」

「不用，我也有自己的助理。」

「行。」

蘇錦黎立即乖巧地跟著安子晏走，小心翼翼地維持著形象，生怕再露餡。

關上簾子的時候，看到安子含揉了揉眼睛，似乎沒當回事，而是在懷疑自己的眼睛。

幸好發現的人是安子含，不然其他人真沒這麼好忽悠過去。

等安子晏他們走了，安子含一個人坐在小隔間裡休息，手裡拿著手機一個勁地看微博。

這個時候有人推開簾子走進來，他還以為是工作人員，也沒在意。

那人走進來，用手背碰了碰他的臉頰試探體溫，接著用手蓋住他的耳朵。

他抬頭看了看，發現是烏羽拿著資料夾站在他身邊，一邊看上面的內容，一邊用手碰他。

「有事？」安子含躲開烏羽的手問他。

「我手不涼。」

「我管你手涼不涼呢？」

「你怎麼那麼笨，一組鏡頭拍那麼多遍？」

「你厲害，你跳裡面試試，你是不是還能吐個墨汁？」

「我的鏡頭好像也挺特殊的，還有爆破鏡頭。」烏羽說著，指著其中一段給安子含看。

安子含看完就覺得奇怪，「咱倆的是不是反過來了，冰與火的組合？」

「我看了一下，蘇錦黎是躲在黑暗裡的主題，常思音是常年明媚，身邊很多朋友卻沒有知心朋友的主題，他們倆是對應的。」

「範千霆呢？」

「把我們所有人召集在一起的角色。」

「為什麼我覺得範千霆反而像C位？」安子含聽完忍不住問。

「可能是因為範千霆的個人特色不大明顯吧。」

「……」安子含想了想後，點點頭。

之後，他們就沒話說了。

他們倆相處，除了吵架真沒有其他的話題可聊。

去問對方忙不忙，最近心情怎麼樣？安子含光想想就覺得心裡膈應。

好在烏羽很快就去拍攝他的鏡頭，安子含也鬆了一口氣。

當天的工作，就是拍攝團體的宣傳視頻以及合照。

其中就屬安子含跟烏羽拍攝的內容最有難度，一個是跳進冰水裡，一個是淡然地站在爆破的場地前。

唯一的要求就是要帥。

拍攝完畢後，幾個人聚在一起，安子晏帶著他們去一間小會議室進行開會。

這個會議非常燒腦，因為時間比較趕，很多事情都只交代一遍，沒有疑問就進行下一個內容。

蘇錦黎即使認認真真地記筆記，也跟不上其他人的速度，整個人都蒙了。

丟丟就坐在他身邊，小聲跟他說：「老大，沒事，我錄音了。」

「喔喔，好樣的。」蘇錦黎偷偷對丟丟比大拇指。

安子晏瞥了蘇錦黎一眼，終於放慢自己的語速，繼續說接下來的內容。

他們這個團體的成立，最開始真的像在玩似的，但是真的組建起來後，就不能簡簡單單應付過去，既然要組團，就要做一線團體，不然安子晏都會覺得丟人。

安子晏首先說了對團體的定位，之後告訴他們首支單曲的製作團隊，還安排了MV的拍攝時間，內容介紹會在會議後發給他們每個人。

然後安排了成員下一次聚集的時間，以及目前接到的團體工作。

還有一段應該是屬於培訓內容，比如被採訪了關於這個團體的問題時他們應該怎麼回答，一起討論有沒有更好的答案。

會議結束時都已經凌晨一點鐘了，這一天就飛一樣地過去，根本沒時間吃火鍋。

「蘇錦黎你是不是又瘦了？」安子含喝了一口水問他。

蘇錦黎趴在桌子上，長長地哀嚎了一聲：「我的天啊！」

「沒注意啊，我已經非常瘦了。」

安子含直接伸手掀起蘇錦黎的衣服看蘇錦黎的肚子，「嘖嘖嘖，腹肌都沒了，沒健身？」

「使使勁還是有的。」蘇錦黎立即秒變肌肉出來。

安子晏伸手把蘇錦黎的衣服拽下來，問他們幾個：「你們有什麼安排？明天就趕回去？」

安子含要去拍攝廣告，以及木子桃給他接的劇本。

常思音則是在接受演技培訓，也即將開拍偶像劇。

範千霆最近只剩一個廣告，還有就是製作個人單曲，同時還會跟著參與製作他們這個團體的單曲。

烏羽是他們裡面最忙的，因為比別人少忙碌了兩個月，現在真的是連軸跑。

「飛！」安子含哀嚎了一聲：「下一次見面，是九天後的粉絲見面會？」

「嗯，烏羽還會缺席。」蘇錦黎回答完嘟了嘟嘴，烏羽是真的抽不出時間來。

「對，烏羽大忙人，下次見面二十幾天以後。」安子含感嘆完就收拾東西了。

安子晏拿起自己的資料夾，對蘇錦黎說：「你跟我過來，我有事跟你說。」

「什麼事啊？」

「我今天才給你爭取到的資源。」

蘇錦黎跟著安子晏離開會議室，弱弱地問：「不會又接了一部戲吧？」他已經有心理陰影了。

「知道你不適合演戲，不會硬給你接戲的，這回是一個表演的機會，不過同樣是工作任務很累，酬勞不高的工作。」安子晏說完，笑著揉了揉蘇錦黎的頭安慰。

最近蘇錦黎被搞得完全失去信心，他也跟著內疚。

沒瞭解過蘇錦黎的演技，就給蘇錦黎接了這麼一部大戲，也是真的難為蘇錦黎了。

「就是唱歌、跳舞之類的嗎？」蘇錦黎問。

「對，獨唱，你在比賽裡自己填詞的那首歌。現在這首歌很紅，還有濃重的中國風，所以他們很喜歡，選中了這首歌，也就是選中了你。」

「喔喔，那很好啊！」

「不過這個節目需要很多次彩排，我會給你安排好檔期。」

蘇錦黎再次點頭，問：「什麼節目啊？」

「春晚。」

「喔，什麼時候啊？」蘇錦黎根本不知道春晚是什麼。

安子晏沒等到想像中的興奮模樣，不由得有點失落，醞釀了一會才說：「目前他們給我的消息是，會給你的節目安排在零點以後。不過春晚每次彩排都在變，你彩排的時候好好表現，爭取挪到零點之前。」

「嗯，好的，不能團體一起去嗎？」

「我爭取過，不過我們的團體剛剛有一個雛形，一首歌都還沒有推出，又接近年底了，他們是不會用的。」

「喔，這樣啊……」蘇錦黎點了點頭，然後看著安子晏，等著安子晏繼續安排工作。

安子晏也在看著蘇錦黎，然後他們倆就陷入了尷尬。

安子晏沒有其他要說的事情，看著看著，兩個人開始對視傻笑，沒有緣由。

烏羽獨自一個人留在會議室裡，整理今天的會議內容。

他不著急去酒店，只想趕緊整理完，之後才能一心一意地工作。

突然有人推門進來，急匆匆地走進來，看到烏羽後腳步一頓，然後放慢腳步。

安子含走到自己的座位邊蹲下，找了一會終於找到一枚耳釘，拿起來隨便用手擦了擦，就戴在耳朵上。

烏羽抬頭看著他問：「不用消毒嗎？」

「你們都過得那麼精緻嗎？」

安子含已經戴完了，打算離開，走到門口又停下來，回頭問烏羽：「你不打算走了？」

「馬上了。」

「還挺刻苦。」

「嗯。」

安子含又沒什麼可以說的了，站在門口想了想，又說：「我新戲的女主角賊漂亮。」

「喔。」

「有吻戲，羨慕不羨慕？」

烏羽合上本子看向安子含，沒說話。

安子含這次真的沒什麼可說的，擺了擺手，「那就二十三天後見吧。」

「算得這麼清楚？」烏羽問他。

「剛才開會時不是說了嗎？」安子含回答得理直氣壯。

烏羽拿著筆記本走到安子含身邊，伸出手來，一副要壁咚的架式，弄得安子含一愣。

然後，就看到烏羽把燈給關了。

安子含忍不住翻了一個白眼，轉過身準備開門離開，卻被烏羽拽住手臂。

他遲疑了一下，轉過身來看向烏羽，就突然被按在門上，迎面而來一個吻。

他被吻得一怔，卻很快反應過來，就跟上次一樣，沒遲疑、沒彆扭，直接抱住烏羽，主動回應。

黑暗中是對方的輪廓，伸手就能碰觸到對方的身體。

他抱著烏羽，加深了這個吻，有些急切、有些凶蠻，狂野至極。

兩個雄性動物，都是血氣方剛的年紀，火星撞地球般地碰撞。

烏羽手裡的本子突然落到地面，發出「嘭」的一聲響，然而烏羽沒理，反而用腳踢開了。

安子含不是一個會照顧人的性格，卻下意識地身體微微下滑，靠著門板，膝蓋微微曲著，他比烏羽高，不想傷烏羽的自尊心，明明他之前說烏羽是矮子、說烏羽小巧玲瓏。

終於停止了這個吻，兩個人都有點喘。

安子含立即一隻手揪住烏羽的衣領問：「你他媽是不是喜歡我？」

烏羽沉默了一會，「嗯」了一聲。

如果烏羽反駁，或者不說話，安子含都能繼續說下去，罵罵咧咧也不會覺得尷尬，反正他臉皮厚。但是烏羽承認了，反而讓安子含一瞬間愣了下來，難得地沉默。

他感覺，心臟簡直在撞擊自己的耳膜，不然心跳聲怎麼會這麼震耳欲聾？他臉有點熱，幸好關了燈，讓他能夠隱藏。

可是……他好想看此時烏羽是什麼表情。

「喔……」半天後，安子含才應了一句。

烏羽伸手抱住安子含沒鬆開，衣服發出窸窸窣窣的聲音，最後安靜下來問：「真有吻戲？」

「沒有。」安子含如實回答。

「你故意氣我的？」

「也不算，我這人酷愛吹牛。」

烏羽低低地笑了一聲，然後鬆開安子含，「那就二十三天後見吧。」

說完，彎腰去撿自己的筆記本，結果被安子含撞了一下，「你這裡沒反應嗎？」

烏羽被撞得差點跌倒，翻了一個白眼後問：「我幫你處理完再走？」

「我就問你有沒有。」安子含可不打算在這個地方亂搞。

「還好。」

「我是不是憋太久了？」

「在暗示我？」

「我就是想告訴你，我傢伙事兒好使。」

烏羽冷哼了一聲，打開門直接走了出去。

安子含看得直愣，趕緊追出去，結果發現外面還有在整理東西的工作人員，立即用外套擋住，慢悠悠地走。

接著他去了趟洗手間，站在裡面緩緩神，讓自己冷靜下來，同時給烏羽發訊息：現在是什麼情況啊？

烏羽很快回覆了：我還以為你早把我拉黑了。

安子含：咱倆這算什麼啊？

烏羽：你覺得呢？

安子含：炮友？

烏羽：我跟你的作風不大一樣。

安子含：別告訴我這算是談戀愛了。

烏羽：嗯，敢劈腿幹死你。

安子含看得嚥了一口唾沫，突然慌張起來。

正兒八經地談戀愛啊？這……他們剛出道不久，就搞了個大事件？跟烏羽談戀愛，不得跟找個親爹似的？他們倆這戀愛怎麼談？不得談著談著就吵起來，吵完了還打起來？

而且，烏羽一個渾身肌肉的大老爺們，他平時摸什麼啊？小羽羽？他哀嚎了一聲，想不通該怎麼辦。

「子含，你便祕了嗎？」蘇錦黎的聲音從外面傳過來。

「啊？你還沒走啊？」

「你不是說要找個東西，讓我等你一起走嗎？」

「喔……」安子含給忘記了。

安子含從廁所裡走出來，還特意沖了馬桶，接著去洗手。

蘇錦黎在走廊裡蹦蹦跳跳的，沒有老實的時候，安子含忍不住問他：「你高興什麼呢？」

「我的戲還有十天就拍完了，想想就興奮。」

「嗯嗯，厲害。」

「安大哥讓我去參加春晚。」蘇錦黎說。

「邀請你了？」安子含的身體一晃，趕緊問。

「安大哥說幫我爭取到了。」

「我哥牛逼啊……你如果上了，那真的檔次都上來了，充滿正能量金光閃閃的大好青年！」

「這麼厲害？」

「肯定的！」

蘇錦黎這才意識到這次資源的厲害程度，然後點了點頭，「我會感謝安大哥的。」

「這個只謝他沒用，你自己若是不合格，也不會邀請你。」安子含倒是十分承認蘇錦黎的厲害。

「嗯。」

安子含走出去，神神祕祕地問蘇錦黎：「你會在這個節骨眼談戀愛嗎？」

蘇錦黎嚇了一跳，以為安子含知道了他跟安子晏的事情，問：「怎麼了？」

「就是隨便問問。」

蘇錦黎點了點頭，「會，萬一現在不談，錯過了怎麼辦？喜歡一個特別優秀的人，身邊處處隱藏著會搶走他的人，萬一……萬一他不會等我呢？」

「也是……」安子含點頭。

「尤其是想到他有可能會跟別人在一起，就會覺得不甘心。一個成功的男人，就要愛情跟事業雙豐收。」

「嗯，你說得對。」

兩個人走出去，就看到安子晏還在跟工作人員溝通，也沒走，他們倆立即走過去。

安子含在這個工夫打開微信看，發現烏羽又發來新的訊息。

烏羽：我看了一下我們倆的行程表，四天後會在H市碰到，我們訂一家酒店吧。

安子含看著手機，心想，這貨真夠可以的，這都開始走交往後的感覺了？直接老夫老夫？

這個時候，烏羽再次發來了一條：我想見你。

安子含看著這條，輕咳了一聲，特別不矜持地回覆：行。

回覆完，就暗罵自己簡直太……算了算了，就這樣吧。

安子含走出工作室，突然開口對安子晏說：「哥，跟你說件事。」

「嗯，你說吧。」

「我談戀愛了，你做好公關，之後就靠你了。」安子含說完，拍了拍安子晏的肩膀。

安子晏一愣，就看到安子含已經走了。

「不是……和誰啊？」安子晏都崩潰了，拽住安子含的手臂問。

「等我試試看。」

「試試？」

「就是試試床上合不合適，合適了再告訴你，不合適就分了。」

「你他媽……」

「我媽也是你媽。」

蘇錦黎一直在旁邊，湊過來問安子含：「誰啊？」

「不告訴你。」

「那我戀愛了也不告訴你！」

「你戀愛？你是看上一條刀魚，還是一條鱷魚？還是說，魚愛上貓愛得瘋狂？就你這樣的，你對象分分鐘跟你分手百八十回，留著你都是她腦殘。」

安．腦殘．子晏站在安子含身邊，眼神「慈愛」地看著他。

安子含特別皮，到最後都沒說在跟誰談戀愛，把安子晏氣得不行。

他們三個人坐同一輛車走的，車上安子含一直在跟蘇錦黎科普什麼是春晚，安子晏都插不上話，最後也沒成功問出答案。

下了車，安子晏又拽住安子含，問他：「你跟誰戀愛了？」

「這次是正經人。」

「對方是圈外人，還是藝人？」這個是重點。

「藝人。」

這就很麻煩了……

「最近認識的？」安子晏繼續追問。

「認識一陣子了。」

蘇錦黎一直在旁邊像幽靈般地徘徊，似乎對這件事情也很感興趣，突然幽幽地說：「子含，你可不能渣人家小姑娘。」

「嗯，我努力。」安子含點了點頭，這回交往的對象，渣了真的會有風險。

光看安子含這種滿不在乎的態度，安子晏就覺得十分頭疼。

蘇錦黎抬起拳頭給安子含的胸口一拳，不算是打人，只是一種警告，「不然我揍你。」

「是是是，我怕你。」安子含回答完就轉身進了酒店，「我得睡覺了，睏死了。」

三個人並排往裡面走，走到半路，蘇錦黎突然蹙眉，總覺得周圍有種陰森的氣息，讓他有些不安。

他左右看了看，然後朝一直與他們同行的浩哥走過去。

「浩哥，這裡你是不是逛過一圈了……」蘇錦黎想問浩哥，這裡有沒有什麼問題，話還沒說完，就被浩哥突然拽了一下。

與此同時，浩哥一隻手擋在蘇錦黎太陽穴的位置，擋住一支飛鏢一樣的東西，飛鏢直接插進浩哥的手背。

浩哥悶哼一聲，第一個反應就是拽著蘇錦黎扔進隱蔽的地方，也就是旁邊的一個拐角處，躲避飛鏢射來的方向，自己則是擋在前面，看了看手背上的東西，「嘖」了一聲。

已經是深夜，本來應該沒有多少人，卻因為蘇錦黎他們在這裡，有一些粉絲在大廳裡打地鋪，看到這一幕開始發出尖叫，這件事恐怕無法低調了。

安子晏還在跟安子含說話，不清楚具體發生了什麼事情，聽到尖叫聲下意識尋找蘇錦黎，就看到不遠處的地上有血，心裡一慌，也跟著左右看，查看情況。

他並沒有衝動地跑過去，而是將安子含護在身後，盡可能不去添亂。

酒店裡的保安立即開始行動，還有人報了警。

這種情況下，歹徒會在第一時間趁亂逃跑。

「浩哥……」蘇錦黎詫異地抬頭看向浩哥，看到浩哥受傷，立即慌了神。

浩哥依舊警惕地看著周圍，目光看向不遠處的樓梯間，小聲對蘇錦黎說：「如果是我，會用改造手槍攻擊，如果不成功，也會往這個方向躲，其他地方還會有埋伏。」

「啊？」蘇錦黎整個人都蒙了，下意識地抓住浩哥的衣服，開始運轉自己周身的靈力，進入警戒狀態。

如果他現在是魚，估計鱗片都要立起來了。

「你惹了什麼人，居然請雇傭兵來襲擊你？國內環境不適合他們，他們居然來了，這麼大的手筆……也是發狠了。」

「啊？」雇傭兵是什麼？

「還沒完呢。」浩哥回答。

浩哥摸了摸自己的口袋，從裡面拔出一把瑞士軍刀，朝樓梯間走去，進去後快速戒備，卻沒有發現任何人。

安子晏跑過來，扶著蘇錦黎的肩膀來回看，確定蘇錦黎沒事，才對浩哥說：「不用找了，這只是一個警告。」

浩哥這才收起刀，走回來問：「怎麼回事？」

安子晏招呼他們幾個迅速進入電梯，這裡不方便說話，上樓去他們的房間裡仔細聊。

蘇錦黎一直握著浩哥的手，將身體裡薄弱的靈力往浩哥的手裡傳送，減輕浩哥的痛苦，「我會醫術，一會我會給你進行包紮，你忍著點，現在條件有限，工具很少，所以……還是會……」

「沒事。」浩哥忍著疼回答。

等安靜下來，安子晏才粗略地說了自己的想法，因為著急，語速極快：「最近時老對蘇錦黎很照顧，估計已經引起一些人的注意，過來對蘇錦黎發出警告。」

安子晏回答的同時已經握緊拳頭，接著看向浩哥，說道：「我聯繫了私人醫生，他很快會過來幫你處理傷口，十五分鐘內一定會到，所以委屈你了，不能去醫院。」

「嗯，沒事。」浩哥回答。

「我操！什麼情況啊？剛才如果不是司機大哥擋一下，他們是不是會扎蘇錦黎的太陽穴啊？」

安子含在旁邊問：「這是什麼警告啊，這是殺人！」

「不，目標是臉。」浩哥回答：「是我拽了他一下，才讓蘇錦黎換了位置，正常的目標是蘇錦黎的臉。」

「日狗了！太毒辣了吧？」安子含大罵了一句。

「你是什麼人？我為什麼查不到你以前的經歷？」安子晏則是問浩哥。

浩哥還覺得疼呢，只是隨意地回答：「我現在是個好人。」

「以前呢？」

「以前我也玩過這種改造手槍，拆解零件沒有任何問題，就像木頭組裝零件一樣，安檢都能過，組裝後才有巨大的威力。這種飛鏢很常見，酒吧就有，所以一般也不會起疑。」

安子晏看了浩哥半晌，再回憶剛才浩哥保護蘇錦黎的樣子，決定相信浩哥。

接著他忍不住笑，「我們用私人司機的價格，養了一尊大佛啊。」

「我本來挺喜歡現在的日子的，安穩。」

「以後也會安穩，我會讓時老跟蘇錦黎斷了聯繫。他們的紛爭，別引到我的人身上。」

蘇錦黎終於回過神來，慌張地問道：「怎麼回事？為什麼我會被襲擊？為什麼警告我？關時老什麼事？」

安子晏沒回答，帶他們去客房，關上門後才說道：「時老一直傳說要收養子，一些不知真相的人會去。但是我們這些知道一些底細的人都知道，時老是在用養子釣魚，釣出想要謀害他的人。」

蘇錦黎聽完點了點頭，內心其實不大懂，不過大概還是能夠猜到是怎麼回事。

與此同時，他還在幫浩哥處理傷口，拔出飛鏢的同時快速輸送靈力，人也跟著有點恍惚了。

安子晏幫忙找來毛巾。

「時老身邊的人，知曉時老的財富，外加時老已經年邁，所以身邊的人越發猖獗。本來時老已經放棄收養子的計劃，結果突然暗中關注你，幫了你一次，還幫你賠償劇組的損失。這種暗中的保護，反而引起他們的懷疑，所以過來警告你一下。」安子晏回答的時候，眉頭蹙得緊緊的，接著拿

出手機似乎是在發訊息。

自從聽說時老幫了蘇錦黎兩次後，他就一直覺得不妙。

「這他媽關蘇錦黎什麼事啊？求時老是想幫烏羽，時老幫蘇錦黎也是因為欠人情，這群人有病吧？」安子含氣得渾身發抖，繼續問：「這事不可能就這樣算了吧？」

「不可能，就算時老不管，我也要管，我還從沒被人欺負到頭上來。」安子晏也正是氣不順的時候，發出去的訊息也帶著怒氣。

安子晏：抓到人先揍到只剩一口氣再說。

江平秋：好。

安子晏隨行一直都有保鏢，出事後，安子晏身邊的保鏢全部出動，已經去抓人了。

「最近時老控股的公司，全部股票大漲……」安子晏說話的同時，看向蘇錦黎，懷疑是跟蘇錦黎接觸造成的，「資產怕是又要翻倍了。」

蘇錦黎忍不住抱怨：「我根本不知道養子的事情！我也不會做什麼養子啊！」

「時老原本有一個很優秀的兒子，但是年紀輕輕就沒了。」安子晏說完，越發心煩，「為什麼要盯上你呢？你明明很少跟時老來往。」

蘇錦黎搖了搖頭，這次跟被周文淵投毒一樣，都是無妄之災，莫名其妙的。

也難怪爺爺給他算命，說他凶多吉少，真的是已經面臨幾次生死關頭了。

他註定會碰到幾次劫難，這只是其中一次，他們會經歷諸多劫難才能成妖，誰讓這是逆天而行？幸好上次第一時間遇到了哥哥，這次身邊有浩哥保護，這些都是他的貴人。

「時老的兒子我見過，那時候我還不大，玩的時候誤打誤撞碰到他們爺倆，時老兒子陪時老下棋，時老一個勁讓他兒子吃核桃，他兒子不吃，我就看到這麼一段。」安子含回憶道。

「時老也總讓我吃核桃，我也不愛吃……」蘇錦黎回答。

「這算是線索嗎？」安子含立即問安子晏。

「這……就這樣？」安子晏都無語了。

這個時候，蘇錦黎的手機突然響了起來，他拿出手機看了一眼，是陌生的號碼，之前受傷流的血蹭了整個螢幕，遲疑了一下，他還是接通了。

「喂，你好，你是哪位？」蘇錦黎問。

「時東言。」

「呃……時老先生嗎？」

「對。」

屋子裡立即安靜下來。

「我已經知道發生的事情了，抱歉，你的保鏢我會給予他賠償金，我也對你正式道歉。」時老的語氣有點滄桑，似乎時老也對這件事情感到非常失望。

私人醫生已經趕到了，蘇錦黎抬頭就看到醫生進來幫浩哥處理傷口，他遲疑了一會，才對時老說：「您身邊有危險，知道您給我吃過核桃，還知道您故意護著我的人，恐怕不大對勁。」

「嗯，我會處理。」

「您要注意好自己的安全啊！」

時老停頓了片刻後，才應了一聲：「嗯，好。」

浩哥的傷口其實不深，加上蘇錦黎一直在調用靈力幫浩哥治療，私人醫生包紮後，傷勢基本上已控制住了。

那群人是過來警告蘇錦黎的，距離也比較遠，能夠達到準確率已經不錯了，威力則是不夠。

蘇錦黎本來還擔心浩哥，結果浩哥包紮完傷口，止痛藥都不願意吃就直接回房間睡覺，臨走的時候還說了一句：「只是小傷而已。」

蘇錦黎還想跟安子晏、安子含聊聊自己忐忑的心情，結果安子晏暴躁地在屋子裡走來走去，一直在發訊息，周身陽氣大盛，讓蘇錦黎下意識地躲得遠遠的。

再一扭頭，安子含裹著被子已經睡著了。

他左看看，右看看，最後也跟安子晏道別，回自己的房間裡睡覺去了。

第二天醒來，發現一切如常，原本這件事情註定會被曝光，現場的人有些多，還引起一陣騷亂，酒店方面也報警了。

蘇錦黎被襲擊的消息會再次上熱門，或者出現其他的消息，然而並沒有。

安子晏進入娛樂圈多年，都無法做到像時老這樣乾淨俐落、滴水不漏，簡直是一點風吹草動都沒有，在網路故意搜索也都找不到半點消息。

有的，只是江湖救急成員們的第一次合體的新聞。

安子晏早上給蘇錦黎送來早餐，同時對他說：「你先回劇組，尤拉還在那裡，她會帶你幾天。這幾天我要去參加新戲宣傳活動，還有自己的工作要處理。」

「嗯嗯，好的！」蘇錦黎立即點頭同意，他不會成為安子晏的負擔，安子晏這麼幫他，他已經非常感激了。

「昨天的那波人沒捉到，不過我的保鏢有跟他們交手，對方並沒有全身而退。」安子晏提起昨天晚上的那群人。

安子晏並沒有說得太具體，怕血腥的畫面會嚇到蘇錦黎。

蘇錦黎點了點頭，「他們傷到浩哥了，的確該受到懲罰。」

如果傷到蘇錦黎自己，他或許不會太過於計較，但是傷到的是蘇錦黎在意的人，他也不會心慈手軟，做壞事就要懲罰。

安子晏坐在蘇錦黎的身邊一起吃早飯，蘇錦黎問他：「你一會就走嗎？」

「嗯。」

蘇錦黎點了點頭，然後湊到安子晏身邊，小聲說：「安大哥。」

「這也用說悄悄話？」安子晏忍不住問。

「我喜歡你。」蘇錦黎又悄悄地說了一句。

安子晏的身體一頓，沒動。

蘇錦黎就靠近他，又小聲說了幾句：「超級喜歡你。」

「嗯。」安子晏回答的聲音都在發顫，這簡直就是一種感官上的刺激。好聽到讓人起雞皮疙瘩的聲音，在耳邊特別溫柔地說一句「超級喜歡你」，尤其他也喜歡這個人，這感覺簡直太要命了。

「越來越喜歡了。」蘇錦黎再次補充。

「嗯。」

「這幾天我會想你的。」這句話就好像在撒嬌，帶點不捨。

「嗯。」

蘇錦黎又看了看安子晏，抬手揉了揉他的頭，安子晏已經清楚知道蘇錦黎在做什麼了。他扭頭看了看蘇錦黎，兩個人對視了一會，安子晏才到蘇錦黎的身邊小聲說：「以後別叫安大哥，叫老公。」

這就是在宣布正式開始談戀愛，第一件事——改稱呼。

蘇錦黎抿著嘴唇聽完，忍不住笑，賊兮兮地左右看了看周圍，接著搖了搖頭，「不要。」

「為什麼？」

「因為會顯得我像個小媳婦，我是男孩子。」蘇錦黎皺了皺眉，實力嫌棄。

「我也叫你老公行不行？私底下的。」

「喔，那還行。」

兩個人還沒甜蜜一會，浩哥他們就來了，準備開始今天的行程。

蘇錦黎立即起身問浩哥：「浩哥，你手沒事吧？」

「沒事，小傷而已。」浩哥無所謂地搖了搖頭。

波波不知道發生了什麼事情，立即到蘇錦黎的身邊，給蘇錦黎整理造型，其實蘇錦黎的飯還沒吃完，就要開始今天的工作了。

安子晏看著蘇錦黎離開，見蘇錦黎走一步三回頭，忍不住撇了撇嘴角。

他的初戀就這麼波瀾不驚地開始了。

跟天王級的演員搭戲，蘇錦黎還是有些緊張的。

好在李喬清為人和善，經歷這麼多年的大風大浪，心態上比蘇錦黎他們強，耐心也比胡騰好許多。

見蘇錦黎不能入戲，會引導他，吃飯的時候都會跟蘇錦黎一塊吃，給蘇錦黎講戲。

看得出來，李喬清對蘇錦黎的印象不錯，外加性格好，人很紳士，也願意多點撥他幾句，蘇錦黎都認認真真地聽了。

有前幾天的鋪墊，這回蘇錦黎已經不會像最開始那樣不停NG了，已經能控制在正常範圍內。

有些則是表現得不錯，還想再精益求精一下，或者是其他地方穿幫了，不得不重來。

幾天的拍攝過去後，蘇錦黎終於輕鬆了一些，進度已經完成大半，他這部戲終於要殺青了。

不過，他要在胡騰下次來劇組的時候搭戲，在這部戲全部拍攝完畢後，要再來補幾個鏡頭。

安子晏再次來到劇組時，正好是胡騰再次回來進行拍攝的那天。

這一天的戲是重頭戲，世子爺跟橘璃兒生離死別，橘璃兒內心難過，卻不得不聽話，要同時表現出分離時的不捨，還有內心的堅強。

分開後聽到有人說世子爺的壞話，橘璃兒想要反駁卻無人相信，還有之後被人欺壓的戲。

安子晏知道這場戲的難度，所以到了劇組，就將蘇錦黎帶到單獨的房間裡。

蘇錦黎規規矩矩地站在房間裡看著他，這是他們正式交往後第一次單獨見面。

「這幾天有沒有想我？」安子晏進來之後，先是問了這樣一句話。

「想。」蘇錦黎回答得毫不猶豫。

「如果你將會一年都見不到我，我還不願意接你的電話，你會是什麼心情？」

蘇錦黎聽了之後想了想，回答：「會很想你吧。」

「如果我出了意外，成了植物人或者死了，死後卻還被一群人罵我、誣陷我，你想替我洗脫這些罵名，卻沒有人相信你說的話，你會不會很難過？」

「會，還會很生氣。」蘇錦黎光想想就覺得那種感覺真的很痛苦。

「橘璃兒就是這樣的情感。」

蘇錦黎點了點頭，盡可能地代入情緒。

安子晏讓蘇錦黎在他面前演幾次，都不大滿意。

安子晏拿出手機，找到一段視頻給蘇錦黎看。

蘇錦黎看著手機，說道：「是尤拉姐。」

「這是她剛剛離婚被假新聞攻擊的日子，她明明什麼都沒有做，出門也是偷偷摸摸的，然而還是被記者找到了。一群記者圍著她讓她哪裡都去不了，跟她問一些惡意的問題，她當時就是這樣，一肚子的委屈說不出，想幫自己辯解，卻沒有人信她的話。」

蘇錦黎看著視頻裡尤拉狼狽的樣子，被問問題，似乎是刺痛了她，她努力跟那些人解釋卻沒有人相信，依舊在用她出軌的假消息炮轟她，讓她哭到崩潰，狼狽不堪。

他看得微微蹙眉，竟然覺得特別心疼，「太過分了。」

「她沒有演，因為這是她的真實經歷。然而你需要演繹出來，讓別人看到螢幕中的橘璃兒也會覺得心疼。」

蘇錦黎點了點頭。

「我前幾天做了一個夢，夢到我們倆的關係被人發現了。」安子晏又說起其他的事。

「啊？」

「嗯，夢裡他們發現我是GAY，卻沒發現你，我努力想要保護你，讓你不被輿論波及，只能自己一個人頂著所有抨擊，然後跟你撇清關係。如果你真的經歷了我夢裡的事情，你會怎麼做？」

「和你在一起，有什麼事情我們倆一起，總比一個人強吧？」

安子晏卻搖了搖頭，「可是我不想你出事。」

「我們不是戀人嗎？」

「對，因為我們相愛，所以我不能讓你受到傷害，甚至可能為了保護你，跟你分手。」

蘇錦黎立即搖了搖頭，「不至於的。」

「至於！」安子晏回答得特別認真：「就像電影裡的世子爺一樣，分手後所有人都罵我，只有你知道怎麼回事，想要辯解卻無人相信。最深愛的人被全世界唾罵，只有你知道他的委屈，你知道他是在忍辱負重，然而，你無能為力，你恨天恨地甚至恨那些傷害世子爺的人，可是你能力卑微什麼都做不了。」

蘇錦黎沉默下來，點了點頭，「我大致能理解了。」

安子晏看了一眼手錶，說道：「好了，你去拍戲吧，我只是幫你代入一下劇情。」

蘇錦黎點了點頭，撲到安子晏身上抱了一下，接著快速離開房間。

安子晏出去後，先是看了公司發來的文件，到達拍攝現場的時候，蘇錦黎跟胡騰已經拍攝一陣子了。

現場很安靜，所有工作人員都在工作，這段劇情拍攝得很順利。

蘇錦黎此時正被隱藏在一個牛車後面，用草掩蓋的小箱子裡，前面就是世子爺越來越遠的身影。

他看著世子爺，眼淚簌簌落下，卻沒有哭出一點聲音來。

唯一一次沒忍住，吸了一口氣，又快速捂住嘴，身體轉了一個姿勢不再看了。

然而那種不捨的感情，從眼神就能看到。

不經意間，還帶了些長年扮女子的姿態。

這段戲拍完，現場甚至有工作人員給了蘇錦黎掌聲，是對蘇錦黎演技神一樣的成長速度的讚賞。

姜町雙手環胸看完這段戲，接著問安子晏：「真的不準備再給他接戲了？他其實有靈性，只是沒開竅，多積累積累，演技是可以說得過去的。」

「不，以後只接他喜歡的。」

「你倒是慣著手底下的藝人。」

——嗯，自己的媳婦，當然得慣著。

然而此時安子晏卻格外開心，蘇錦黎被認可，他居然比自己被認可更高興。

蘇錦黎拍完這場戲後，有點吃不下飯。

安子晏就坐在他身邊，整理自己的資料夾，同樣沒時間吃飯，在安子晏這裡這是常態，不過對於吃貨來說，居然吃不下飯就非常神奇了。

「怎麼了？」安子晏還是注意到蘇錦黎的不對勁，主動詢問。

蘇錦黎悶悶不樂道：「我在想，如果我真的碰到了這種情況該怎麼辦？那麼難過，卻無可奈何的感覺真的是太差了。」

「戲裡不是有主角為世子爺沉冤得雪了嗎？」安子晏回答。

「可是如果我們遇到了呢？」

安子晏扭頭看向蘇錦黎，見蘇錦黎問得特別認真，懷疑蘇錦黎是真的入戲了，到現在還沒走出來，依舊沉浸在那種感覺裡。

蘇錦黎現在還無法從戲中抽離，內心中依舊是整個世界都在欺辱他的不忿之中。

這個時候胡騰過來了，手裡拎著一個袋子，從裡面拿出幾份小菜的打包盒，「我的助理去買的，都是附近的名菜，合計給你們送一份。」

安子晏突然指著蘇錦黎對胡騰說：「這小子入戲了。」

「嗯，剛才那場拍得不錯。」

「不是，他出不來了。」

胡騰動作頓了頓，看向蘇錦黎。

蘇錦黎立即調整了一個姿勢否認：「我就是非常生氣，氣得我肚子裡還在翻江倒海地難受，有點吃不下。」

安子晏點了點頭，對胡騰說：「那別理他了，我們自己吃。」

接著，安子晏真的跟胡騰就自顧自地吃了起來。

蘇錦黎看著他們倆，忍不住問：「你們難道都不覺得世道不公嗎？」

胡騰被問完，「噗哧」一聲笑出來，差點噴飯。

安子晏點了點頭，「是啊。」

「悠悠眾口，卻只看表面，根本不知道真相就胡亂傳言，不覺得很過分嗎？」

「是啊。」安子晏再次回答。

蘇錦黎看著他們倆，就覺得跟他們簡直沒有共同語言，嘆了一口氣，繼續自怨自憐。

安子晏吃了幾口後，給蘇錦黎挾了一塊肉，「乖，別想了，你不是橘璃兒，你現在是蘇錦黎，你沒有遇到任何不公平，身邊都是愛護你的人，還有一群喜歡你的粉絲。」

「我知道啊！」

「戲裡你喜歡他，你現在喜歡他嗎？」安子晏指著胡騰問。

胡騰被弄得莫名其妙。

蘇錦黎搖了搖頭，「胡大哥是朋友啊。」

「對啊，所以你不用想太多，演員要懂得戲裡跟現實是兩個世界，不然真的入戲太深，容易人格分裂，讓自己都不像自己了。這也是我不喜歡讓我手底下藝人走人設的原因，很累。」

「可是……」

安子晏推了推蘇錦黎的額頭，「吃飯吧，別想那些，真有一天你被全世界否認，我就想盡辦法在全世界面前給你洗白。」

蘇錦黎點了點頭，拿起筷子吃飯，同時感嘆：「真好吃。」

胡騰坐在他們的對面看著，忍不住揚眉說道：「我是跟你對戲的人，所以能夠感受到你的進步，確實很厲害。我最開始的確是有點著急，對你的要求太高，覺得有點愧疚。」

「別啊胡大哥，該不好意思的人是我！」蘇錦黎趕緊搖頭。

「嗯，尤拉呢，怎麼沒看到她？」胡騰到現在還對這個上來就跟他搭戲，一點不含糊的女人印象深刻。

「副導演希望她演下部戲的女主角，今天安大哥過來，尤拉姐就去試鏡了。」蘇錦黎回答。

胡騰點了點頭，「喔，我覺得她演技不錯，當初放棄事業可惜了。」

安子晏也是這麼想的，「對，這種為婚姻捨棄事業的想法真的不靠譜，就算是女人，也是自己賺錢最有安全感。不過現在尤拉似乎已經進步不少，她剛離婚那陣子，真的是無腦得到處衝撞。」

「我聽說過。」

他們吃飯的工夫，李喬清也過來跟他們打招呼。

胡騰跟李喬清全程沒有對手戲，所以見面次數不多，這次李喬清是專門過來跟胡騰打招呼的。

蘇錦黎抬頭看了看李喬清，拿出手機給安子晏發訊息：李哥最近有霉運，他對我一直很照顧，我要不要幫忙？

安子晏：你去摸摸頭？

蘇錦黎：上次摸前輩的頭就覺得有點不妥，李哥更不是那種會開玩笑的人，好難啊。

安子晏：那怎麼辦？握手能行嗎？

蘇錦黎：行是行，但是功效沒有摸頭好，你聽過鴻運當頭吧？你有聽說過鴻運在手的嗎？

安子晏：那你試試看吧。

蘇錦黎想了想後看向李喬清，覺得突然握手也有點唐突，思來想去，還是對李喬清說：「李哥，給你一樣東西。」

李喬清笑呵呵地問：「給我什麼？」同時伸出手來。

蘇錦黎握住李喬清的手，「給你好運。」

李喬清愣了一下，緊接著就開始大笑，又跟他們聊了幾句就離開了。

拍完今天下午的戲，尤拉就回來了，當時蘇錦黎還在拍戲，間隙就看到尤拉興致勃勃地找安子晏聊天，就知道事情肯定成了，他之前送給尤拉的祝福已經散了。

等蘇錦黎過去後，果不其然聽到尤拉拿到了女主角的消息。

跟胡騰的戲，在兩天內就拍攝完成了，這次出奇地順利，讓胡騰終於鬆了一口氣。

蘇錦黎是跟胡騰同時殺青的，所以他們兩個人的殺青宴是在同一天，大家一起慶祝。

蘇錦黎特別開心，同意了所有人的合影要求，打算去休息的時候，看到胡騰在跟尤拉聊天。

「愣什麼神呢？」安子晏過來問蘇錦黎。

蘇錦黎睜大眼睛看向安子晏，拽著安子晏到一邊，「我跟你講一個大祕密！」

「戲都拍完了，不怕別的了，我們回房間吧。」

蘇錦黎突然就明白安子晏的意思，點了點頭，跟著安子晏走了。

回去後兩個人非常默契，回了各自的房間，緊接著蘇錦黎穿牆到安子晏的房裡，立即拉著安子晏興奮地說：「我剛才發現了一個天大的事情！」

安子晏原本想抱抱蘇錦黎，見蘇錦黎根本沒有這個意思，立即點了點頭，「你說。」

蘇錦黎坐在沙發上，盤著腿興奮地說道：「我原本以為我送尤拉姐的祝福，是用在她試鏡上，後來我發現我錯了，她是靠實力選上的。」

「就這個？」安子晏奇怪地問。

「還有呢！我的祝福變成粉紅色的了！所以……變成桃花運了。」

「你還有這個功能？」

「如果劍走偏鋒，我還能當送子觀音呢！」蘇錦黎拍了拍自己的胸脯說道。

「所以尤拉有桃花運了，誰啊？」

「胡大哥啊！」

安子晏愣了一下，想了想也覺得有可能：「他們倆的身高合適，生了孩子不是籃球隊的，就是排球隊的。」

「胡大哥人怎麼樣啊？」蘇錦黎對胡騰不是很瞭解，畢竟他們也才合作過幾天而已。

胡騰初期對他很不耐煩，他也就不去招惹胡騰了，瞭解很少。

「我跟他合作過一次，人倒是還行，但是自身帶著一種生人勿近的氣場，朋友不多，人緣一般，爬到現在的位置全靠演技。戀愛方面……聽說過有前女友，不過不知道是誰。」

蘇錦黎陷入憂愁之中。

「尤拉經歷過一次失敗的婚姻，肯定不傻，她自己心裡都有數，你就不用管了。」安子晏拍了拍蘇錦黎的頭，讓他別多想了，想了也沒用。

蘇錦黎點了點頭，突然撲到安子晏的懷裡，「安大哥，我想你了。」

安子晏被撲得身體一晃，調整一個姿勢，坐在沙發上靠著扶手，將蘇錦黎抱進懷裡親了一下他的額頭，「不是說了嗎，叫老公。」

「我有點不好意思。」

「有什麼不好意思的，我現在是你男朋友。」

蘇錦黎趴在安子晏的胸口，想了想後才叫了一聲：「老公。」

「嗯，寶寶真乖。」

蘇錦黎立即察覺到了不對勁：「你為什麼不叫我老公？」

「不覺得叫寶寶更親切嗎？」

「那我也叫你寶寶。」

「我喜歡你叫我老公。」

蘇錦黎終於意識到安子晏在騙自己，不高興地扁了扁嘴，輕哼了一聲。

安子晏依舊得逞地笑，又換了一個姿勢，將蘇錦黎壓在沙發上，匍匐在他身上親吻。

蘇錦黎根本無法拒絕，抱著安子晏的肩膀主動回應。

親吻剛進行了一會，蘇錦黎的手機就響了，他趕緊推開安子晏拿出手機，看到來電話的人是沈城，立即接聽電話。

「喂，哥！」蘇錦黎努力淡定地說話。

「嗯，你今天戲殺青是吧？」

「對的，不過之後還會過來補鏡頭。」

「現在慶功宴結束了嗎？」

「結束了，我在酒店裡了。」

「自己一個人？」

蘇錦黎看了看安子晏，想了想後還是回答：「嗯，我一個人。」

「行，我知道了。」沈城說完就掛斷了電話。

蘇錦黎看著手機螢幕，立即意識到不對，沈城會順著他的氣息快速找到他，這架式明顯是要過來。

他剛推開安子晏起身，打算回自己的房間，就看到沈城迎面走進安子晏的房間。

沈城進來後，看了看蘇錦黎凌亂的頭髮，再看看躺在沙發上的安子晏，抿著嘴唇沒說話。

【第七章】

兄弟出遊

沈城看了看蘇錦黎，又看向安子晏，面對這種尷尬的處境依舊淡定從容，問蘇錦黎：「是我走錯房間了，還是你走錯房間了？」

蘇錦黎支支吾吾地半天說不出話來，慌得不行。

安子晏坐在沙發上還算淡定，問沈城：「大舅哥抽菸嗎？」

沈城聽到這句話，居然還笑得出來，接著搖頭，「不，我不抽菸、不喝酒。」

「好習慣啊，你接戲的時候都不應酬的？」

「我跟你不同。」

「也對，你是神仙下凡，我手段骯髒。」

「你的房間在哪裡？」沈城環視了一下房間，看到裡面的東西就知道這個房間不是蘇錦黎的。

「在隔壁。」蘇錦黎指了指自己房間的方向。

「好，跟我過來。」沈城拉著蘇錦黎就要過去。

安子晏有點擔心，怕沈城會凶蘇錦黎，立即起身問：「要不要在我這裡聊？」

沈城回頭看向安子晏，冷笑了一聲，「我們兄弟倆或許還能和平的談談，但是我看到你就淡定不下來。」

安子晏想想也是，這才點頭同意了，看著沈城帶著蘇錦黎離開還有點不爽。

他之後有其他工作要開始忙了，難得跟蘇錦黎見一次面，才開場就被打斷，沈城是踩著點打電話的嗎？

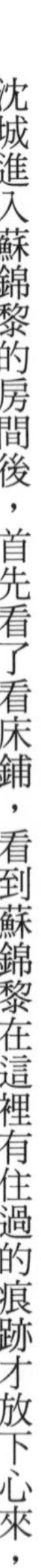

沈城進入蘇錦黎的房間後，首先看了看床鋪，看到蘇錦黎在這裡有住過的痕跡才放下心來，坐

到旁邊的沙發上，問蘇錦黎：「已經在一起了？」

「嗯，是的。」蘇錦黎回答得戰戰兢兢。

「什麼時候的事情？」

「大概……幾天前。」

沈城低頭沉默了一會，沒再言語。

蘇錦黎緊張地看著沈城，看不出沈城現在是什麼樣的心情，這才是他最害怕的地方。

「知道怎麼防止偷拍嗎？」沈城突然開口說了這樣一句話。

「啊？」這個話題的跨度有點大，讓蘇錦黎緩不過神。

「你可以利用自己的優勢，讓狗仔隊拍不到你私底下的相片。」

「為什麼突然說這個？」蘇錦黎有點不解。

沈城看著自己的傻弟弟有點無奈，最後只能直白地解釋：「你們倆交往後，肯定會經常在一起，如果被狗仔隊拍到就是一個大事件，我可不想你的名聲毀於一旦。所以要預防好偷拍，我不想看到你們倆的新聞。」

「所以……你是接受我們了嗎？」

「不然怎麼辦？我真的跟你斷絕關係？或者揍你一頓，聽說過打糕沒聽說過打魚。」

真正接受安子晏，是發現安子晏對蘇錦黎是真心的吧。如果不是真的喜歡，他這麼百般刁難，安子晏早就放棄了，甚至還會回頭陰沈城一局。

蘇錦黎立即興奮起來，撲到沈城身上想要親沈城一口，結果被沈城非常嫌棄地推開，「滾遠點，你們倆剛才是不是接吻了，這噁心的陽氣味道……」

「哥，你怎麼這麼好呢！」蘇錦黎興奮地問，根本不在意沈城的拒絕。

「拍戲前還跟我吵吵嚷嚷的，也不知道是被誰帶壞了。」沈城依舊是嫌棄的模樣，卻拽著蘇錦黎坐在自己的身邊。

「我錯了……」蘇錦黎主動認錯。

沈城盯著蘇錦黎坐著的樣子，接著查看蘇錦黎體內的陰陽二氣，發現這兩個人算是收斂，還沒到那一步，也就沒有再發作，而是說起如何防止偷拍。

「這招我還是從陸聞西他們那裡學來的，你身上陰氣重，就可以在不想被拍到的時候釋放身上的陰氣，這樣凡間的攝像機就拍不到你的清晰影像。如果你的陰氣釋放到一定境界，凡間的人看不到你，達成隱身的效果。」

蘇錦黎驚訝地睜大眼睛，問：「真的？」

他突然想起自己看到兩道空心的陽氣氣場，估計陸聞西跟許塵第一次來找他的時候，就是這麼做的吧。

「是的，人間是陽氣，陰間則是陰氣，周身的陰氣包圍，就會將你轉化為陰間的事物，他們看不到你，聽不到你的聲音。不過缺點就是……你會看到魂魄，也就是陰間的景象。」

蘇錦黎立即起身，開始試著做。

他身上的陰氣本來就重，此時故意釋放，沒一會就達到隱身的效果，緊接著就看到自己的床鋪上坐著三個鬼，居然在玩鬥地主！

蘇錦黎嚇得失態，大叫了一聲：「我……我靠！」

然後趕緊撲向沈城，發現身體居然穿過沈城了。

「怎麼回事？」蘇錦黎問。

沈城揮了揮手讓蘇錦黎退後。

接著他也調用陰陽二氣，跟著隱身，對那幾個魂魄說：「滾出去。」

幾個魂魄也很委屈，他們玩得好好的，非得讓他們換地方。

可是沈城氣場強大他們惹不起，就只能指了指門口，「幫我們開個門。」

蘇錦黎立即去開門，就發現他可以碰到門，等魂魄們出去後關上門，回頭問沈城：「這是怎麼回事？」

「身為魂魄，無法移動陽間的東西，卻會被陽間的東西困住。而你是介於陰陽二界的人，可以碰到陽間的死物，但是碰不到活物。」

「好複雜啊，我怎麼覺得這個是BUG？」蘇錦黎最近的單詞學得還是可以的。

「對人類來說，我們的存在就是個BUG。」

蘇錦黎看著床單上的血跡，總覺得自己恐怕都待不下去了，「原來我的房間這麼熱鬧？」

「是的。」

「我這樣就可以隱身去任何地方了嗎？做很多事情！」蘇錦黎突然覺得自己簡直是有了超能力。

「理論上是這樣的，但是你的陰陽二氣控制得太差，就怕你突然出現在一個陌生的地方，豈不是很奇怪？」

蘇錦黎還是有點興奮，笑咪咪地說：「我以後就可以隱身去老公的房間了。」

「……」沈城立即閉了嘴，臉色陰沉下來。

蘇錦黎突然意識到自己說錯話了，也趕緊閉嘴。

「明天就回家，我的戲也拍完了，等你有工作之後再離開。」沈城對蘇錦黎吩咐道。

「嗯，好的……」

「你……」

「怎麼？」

「你……你居然……」是零號！

沈城氣得沒再說出話來，本來還想過來問問劇組的事情，再問問上次時老那邊是怎麼回事，結果竟然什麼都沒問就離開了。

蘇錦黎站在房間裡遲疑了一會，脫離陰氣的狀態，看著乾乾淨淨的房間還是覺得不妥，叫來丟丟換了所有的被褥，才安心躺在床上跟安子晏發訊息。

第二天，蘇錦黎就回到沈城的家裡，安子晏也去忙自己的工作了。

蘇錦黎回到家裡後的工作不多，最近就是去公司跟範千霆一起碰一碰江湖救急的新單曲，幫忙參謀，進行修改跟錄製。

忙完後無論多晚，蘇錦黎都得回沈城那裡去。

最近沈城也開始漸漸減少工作，因為他在努力接手公司的工作，劇本也只接精品，所以有時間陪蘇錦黎。

可是沈城在家，真的是悶壞了蘇錦黎，什麼地方都不許去，讓他覺得特別無聊。

「哥……我好想出去玩啊！」蘇錦黎趴在沙發上耍無賴，因為個子高，腿都伸了出去。

「怎麼，想去找你男朋友？」沈城還在拼他的樂高。

「沒有，我就是好想出去玩，去遊樂場，到處走走看看，不然做人有什麼樂趣啊！」

沈城放下樂高，想了想後對蘇錦黎說：「那你跟我上樓吧。」

「到樓上看風景？」

「到樓上換衣服。」

蘇錦黎一聽就興奮了，屁顛屁顛地跟著沈城上樓，結果看到沈城拿出來的衣服，就有點……不知所措了。

為什麼……拿出……女裝！為什麼要在他的身上比量？

「哥，你的這些女裝是怎麼回事啊？」蘇錦黎指著衣櫃問。

「平時喬裝出去怕被發現，我就穿這些出去。」沈城說著，拿起一件白色的泡泡袖襯衫穿在身上，找了找後，配上一條黑色的包臀裙子，居然非常合身！

蘇錦黎罰站似地站在旁邊，看到沈城包住自己的頭髮，接著戴上一頂假髮。

沈城照著鏡子，還在用法術調整自己的面部，雖然調整不算太大，只是柔化了面部曲線，也是翻天覆地的變化，看起來活脫脫就是一個女孩子，還是個大美女！

注意到蘇錦黎整個魚都傻了，沈城扭過頭看向蘇錦黎，問：「怎麼了？」

「哥……你怎麼穿……裙子啊？」

「方便出去的時候不會被發現身分。」

「你別嚇我啊……我們認識這麼多年，你突然變成姊姊，我受不了這個刺激。」

沈城無奈地嘆了一口氣，從桌子上拿出化妝品，對蘇錦黎說：「衣服而已，至於這樣嗎？」

蘇錦黎指著沈城的腿間問：「這裡呢？」

「這裡還是你哥。」

幸好沈城只是稍微改變自己的面部輪廓，而不是把肖唧唧也變沒了。

蘇錦黎看著沈城化妝，前五分鐘是震驚、糾結，後五分鐘則努力淡定、調整心情，十分鐘後蘇錦黎已經接受了，興奮地問沈城：「哥，我們去哪裡玩啊？」

沈城也沒想到究竟去哪裡好，他平時很少出去玩，沒有這方面的經驗。

他照著鏡子一邊化妝，一邊想了想後說：「先帶你去遊樂園，再去吃好吃的，最後去K歌，怎麼樣？」

「可以、可以、可以！」蘇錦黎興奮得原地轉圈，「我要坐雲霄飛車！」

沈城聽完就忍不住蹙眉，接著繼續化妝，「我不能陪你坐，到時候我看著你玩。」

「為什麼啊？」蘇錦黎不解地問：「我自己玩多沒意思啊。」

「假髮會飛出去，我可以陪你坐摩天輪。」

「喔……」

沈城雖然是男人，但是長年做藝人，又經常扮女裝，化妝的技術很不錯。

等他化完妝，轉過來看著蘇錦黎，蘇錦黎都忍不住感嘆：「哥，要不是知道你是我哥，我都想跟你要電話號碼了。」

「你不是有男朋友了嗎？」沈城忍不住揚眉，看不出來自己弟弟也有點花？

「不是追，就是……想和長得好看的人做朋友，實在不行就介紹給烏羽他們。」蘇錦黎說得特別坦誠。

沈城翻了一個白眼，他對烏羽他們可一點都不感興趣，拽著蘇錦黎到自己面前，「我該怎麼幫你喬裝打扮呢？」

「我不行啊，我要玩雲霄飛車，不能穿裙子、戴假髮。」蘇錦黎趕緊擺了擺手。

沈城捏著蘇錦黎的臉擺弄了幾下，接著拍了拍蘇錦黎的頭，「矮點。」

「喔。」蘇錦黎的身高瞬間矮了五公分。

「再矮點。」

蘇錦黎又縮短了五公分，身高變成一百七十四公分。

蘇錦黎走到鏡子前看了看，發現自己變回大致十四歲時的模樣，還有些稚嫩，一看就是個學生。最主要的是，沈城會用法術，稍微改變蘇錦黎的臉部輪廓，效果堪比微整容，足夠讓他的粉絲認不出來。

「我的法力只能讓你維持十二個小時，我們不能玩到時間過了。」沈城說完帶著蘇錦黎下樓，找能讓蘇錦黎穿著依舊合適的衣服。

「嗯，好！」蘇錦黎美滋滋地跟在沈城身後念叨：「雲霄飛車、雲霄飛車、雲霄飛車。」

沈城回頭看了他一眼，忍不住笑了起來，笑容寵溺。

本來就是傾城美人的樣子，笑起來更是不得了，讓蘇錦黎都心跳加速了兩拍。

到達遊樂場後，蘇錦黎就覺得沈城簡直是個戰士。

穿著女裝、戴著假髮仍可雲淡風輕，他覺得沈城是長年演戲磨煉出來的，但是居然還能穿著高跟鞋，走路帶風，這就是本事了。

沈城個子本來就高，穿上高跟鞋站在人群裡更是扎眼，絕對是模特兒一般的存在，比一般的男人都高半個頭，甚至矮點的人才到沈城的肩膀。

站在買票的地方，蘇錦黎就感受到男人們的注視，忍不住側移了一步。

沈城看都不看蘇錦黎，直接說了一句：「兒子，過來點。」

是女人的聲音，改變聲音對於他們來說簡直太簡單了。

之前還在看沈城的人都有點震驚，還有人議論紛紛。

「兒子……」蘇錦黎嘟囔了一句，不過還是站在沈城的身邊。

沈城拽著蘇錦黎的袖子口，對他單獨說：「跟在我身邊，這裡人多，你別走丟了。」

「我又不是小孩子了。」蘇錦黎小聲嘟囔了一句。

「主要是我第一次帶你出來玩，我比較緊張。」

蘇錦黎看了看沈城，就忍不住樂。

沈城之前也經常帶蘇錦黎出去見見世面，但是那個時候他們都沒化為人形，所以都是遮遮掩掩，各種躲藏。

現在，他們倆還是第一次變為人形在人世間玩，沈城反倒比蘇錦黎還緊張。

「穿高跟鞋腳會疼嗎？」蘇錦黎問沈城。

「還可以吧，只是這身衣服只能搭配高跟鞋，不然不好看。」

「舒服重要還是好看重要？」

「好看。」

蘇錦黎點了點頭，表示自己明白了。

沈．美得不要不要的．城排隊給蘇錦黎買了票之後，蘇錦黎就興致勃勃地去坐雲霄飛車。

沈城晃悠了一會，到下一個設施前排隊，等蘇錦黎過來後就又可接著再玩一個遊樂設施。兩個人就這樣玩了幾個小時，才一起去坐摩天輪。

上去後，沈城脫掉高跟鞋揉了揉腳，問蘇錦黎：「你跟時老是怎麼回事？」

蘇錦黎將自己下山後遇到時老，音樂節再遇時老這一系列事情，全部詳細地跟沈城說了。

沈城聽了之後點了點頭，「其實我不大想讓你跟他有來往。」

「嗯，安大哥也是這個意思，時老也來電話給我道歉了。」

沈城嫌棄的「嘖」了一聲：「誰用得著他道歉？給你的保鏢……二十萬？」

蘇錦黎點了點頭。

「真噁心，真討厭這樣的人。」

「哥，你討厭的人真多啊……」

沈城瞪了蘇錦黎一眼，蘇錦黎立即閉了嘴。

沈城重新穿上鞋子，才繼續說：「我知道安子晏組你們這個團體的意思，想把你留在世家傳奇。不過我想了想，覺得你這幾年留在世家傳奇也無所謂。」

「你許我簽約世家傳奇？」

「對，長時間在一起容易分手，在一個公司工作更是分手的最佳方法。」

「……」

沈城見蘇錦黎的表情，就忍不住笑，戲弄了一通後才跟他解釋：「我最近跟耿聞鬥得厲害，如果你來波若鳳梨會被波及。你最近幾年非常關鍵，也會非常忙，所以我不能影響到你。有安子晏在你身邊，以他護短的毛病一定會好好照顧你，你的資源也會很靠譜。」

蘇錦黎點了點頭，問：「你那邊需要我幫忙嗎？」

「不用，一個凡人還鬥不過我，我只是不想做得太露骨而已，不然早就趕走他了。」

沈城不僅僅看誰都覺得很煩，還看誰都覺得是凡夫俗子，誰也看不上，此時他穿著女裝不僅人漂亮，更是有一種盛氣凌人、女王一般的氣場。

「我跟耿聞鬥，時老也很關鍵。之前耿聞有心將他的私生子送去當時老的養子，我就暗中幫助烏羽參加選秀比賽，還特意將耿聞的意思告訴烏羽，讓耿聞再也沒辦法送烏羽過去。」沈城說了之前的事情。

「我記得！我就是那天發現你給烏羽的祝福。」

「我之前就想要跟時老結交，但是這位老爺子性格乖張，我幫助過許多富商，他們也願意幫我引薦，但是完全無用，沒想到你居然救過他。」

「你想跟他結交？」蘇錦黎驚訝地問。

「對，如果有時老幫忙的話，我根本不用鬥來鬥去，直接就能接手公司了。」

「那……」

「不用你，我不想你跟他有任何牽扯，這個人就是一坨屎，碰到他就會渾身惡臭。但是其他人覺得他是香餑餑，搶得厲害，有人靠近還要除掉。我只要你安安全全的，其他的不用你管。」

蘇錦黎點了點頭，問他：「你那邊會有危險嗎？」

「會有什麼危險？真把我氣急了，我會讓他們化成一陣灰，消失在這個世界。」

蘇錦黎被沈城那毀天滅地的氣勢嚇了一跳：「哥，你可別幹傷天害理的事情啊。」

「我心裡有數。」

他們兩個人在遊樂園裡玩了一整天，晚上結伴去吃飯。

沈城帶蘇錦黎吃特色菜，吃完沈城又帶著蘇錦黎去唱歌。

蘇錦黎徹底興奮了，非要唱歌給沈城聽，點了一排的歌曲，興致盎然地給沈城唱了兩個小時都沒覺得累。

沈城不愛唱歌，就一直坐著聽，偶爾吃點東西，看著蘇錦黎跟著笑。

蘇錦黎中間去洗手間，走到廁所門口發覺衣服有點緊，走進去照鏡子就看到自己恢復原樣了，又成了十八歲的蘇錦黎。

他看著鏡子有點慌，趕緊給沈城發訊息請他救命。

沈城很快到了洗手間門口，注意到蘇錦黎已經引起騷亂，還有女生站在男廁所門口等待，他只能打電話讓蘇錦黎出來，帶著蘇錦黎往回走。

兩個人剛走了一段，沈城提醒：「釋放陰氣，這樣我們就不會被拍到了。」

蘇錦黎立即點了點頭，釋放陰氣後，會讓其他人想拍他都拍不清楚。

走到一半，突然碰到一個走路搖搖晃晃的女人，似乎喝了很多酒，走路的時候需要扶著牆。

蘇錦黎看到她時腳步一頓，因為來的人是韓瑤。

韓瑤能嗅到蘇錦黎跟沈城身上的味道，抬頭看向他們，然後冷笑了一聲，繼續朝洗手間的方向走。

沈城看著韓瑤離開，腳步停頓一下，還是拽著蘇錦黎走往他們的包廂，「你先回去等一會，安排你的司機跟助理過來。」

「喔，好。」

等蘇錦黎進了房間，卻看到沈城又折返回去。

他想了想，還是決定進去等待，畢竟沈城跟韓瑤是前男友跟前女友的關係。

不過……沈城穿女裝去找韓瑤，是要去跟前女友比美嗎？

沈城進入洗手間，就看到吐得一塌糊塗的韓瑤，嫌棄得直蹙眉。

遲疑了半晌後他並沒有離開，站得遠遠地對著鏡子補口紅。

韓瑤用水沖乾淨污穢後，看向沈城。

她能看出沈城是錦鯉精，卻看不出來這個人是沈城，外加喝醉了腦袋短路，也沒多想，只是冷哼了一聲：「妳是那個小豬蹄子的女朋友？」

沈城扭頭看向韓瑤，沒說話。

「我跟妳講，他的哥哥……是渣男，他也……也好不到哪裡去，都是大豬蹄子！妳跟他在一起，肯定會被……拋棄的。」韓瑤醉醺醺地走到沈城面前，說得咬牙切齒。

顯然，韓瑤到現在都帶著恨意。

沈城看了看韓瑤，扯著嘴角露出嘲諷的表情，用女聲回答：「我們不一樣。」

「是，我們不一樣……小豬蹄子還能陪你約會，大豬蹄子連約會都不肯！」

「工作比較忙吧。」

「對！他只有事業，分手了……連他媽……的……分手啪都不給，老娘……活了幾千年了，都沒雙修過……」

「……」

「大豬蹄子沒比我好到哪裡去……千年雛……哈哈哈，你們倆那個過沒？」

「妳喝醉了。」沈城冷淡地後退一步，很嫌棄她身上的酒臭味。

「那群老鬼……就知道灌我，灌醉我……他們又能怎麼樣？想我吸乾他們嗎？」韓瑤說著走回鏡子前，看著鏡子裡的自己，從包包裡取出化妝品補妝。

補完妝韓瑤又晃了晃，才準備離開。

結果走了幾步又突然折返回來問沈城：「妳口紅什麼色號的？」

「記不住了。」

「算了。」

沈城目送韓瑤離開，想了想後還是跟在韓瑤身後，一起去了她所在的包廂。

韓瑤在談資源的事情，應酬就是這樣，喝酒基本上是常事，作為經紀人，這點能力都沒有是不行的，韓瑤還是業界比較有名的美女，靠著這點，也搶到不少資源。

他們兩個人一起進去，引得原本在裡面的人詫異。

「你是……」其中一個人問沈城。

「她的……閨蜜，等著送她回家。」沈城回答。

對於美女他們都很寬容，所以並未多問，光坐在旁邊都養眼。

韓瑤也醉得有點迷糊，靠著沙發看了沈城一眼，接著笑了起來，也沒戳破。

靜坐了一會，突然又打了雞血似的，坐起身來跟製片人以及投資商介紹自己手底下的藝人。

沈城看到，韓瑤最近帶的藝人也在包廂裡，可能是出於對藝人的保護，這位女藝人倒是沒怎麼喝酒，只是坐在一邊跟著聊聊天。

沈城看了一會，發現韓瑤雖然醉酒，卻還有自我保護意識，有人靠近她或者不規矩都會直接擋開，緊接著就動一下，好似去取東西的樣子躲開，再接著繼續談。

他看了一會覺得沒意思，抬起手腕看了看手錶，拿起手機就看到啾啾發來的訊息。

啾啾：老大，蘇錦黎去KTV的事情居然傳出來，好像引起騷亂了。

啾啾：現在蘇錦黎人氣高，有人把消息發到追星APP上，本市的粉絲正在趕過來。

沈城又看了一眼韓瑤，權衡之下還是決定離開，打算帶蘇錦黎在包廂裡直接跑路，讓那些過來的人撲個空。

他剛準備起身，韓瑤就突然撲到他的身上哭，「你們都該知道我的不容易，帶藝人……真的很難，動不動就被安子晏……搶資源……上次王總你就辜負我的好意了，這次你……可不能了啊！我心裡特別委屈。」

韓瑤哭訴完，這些人就開始勸說，做著擔保。

沈城無奈地嘆了一口氣。

韓瑤哭訴了一會，突然捏了捏沈城的肩膀，接著扯著沈城的衣服，看了看沈城的後脖頸，看完之後就鬆開沈城。

沈城早就不耐煩了，說了一句：「我先走了。」

「嗯。」韓瑤回答了一聲。

沈城走出房間，朝他們原來的包廂走過去，剛到附近，就發現有粉絲在徘徊，不過丟丟就站在門口守著，估計浩哥他們也來了。

他走到門口就被丟丟攔住，「不好意思，還請不要打擾私人生活。」

「我是他女朋友。」沈城微笑著回答。

「我們老大女朋友成千上萬。」

沈城低頭給蘇錦黎發訊息，沒一會蘇錦黎從裡面打開門，拽著沈城進去，「你去哪裡了，我等你半天。」

丟丟看著他們倆進去後就把門關上，嚇得一愣，趕緊給江平秋彙報情況。

他們兩個人進去之後，蘇錦黎就開始收拾東西，對沈城說：「我們趕緊走吧，我聽說不少人都來圍堵我了。」

「我想帶著你空間轉移回去，但是你的司機跟助理怎麼辦？」

「已經鬧大了，如果現在空間轉移，會讓人起疑。」

「那怎麼辦？你先走，我留在這裡等人少的時候，空間轉移出去？如果我們倆一起，肯定會引起緋聞，到時候對你不大好。」沈城坐在沙發上，有點不知道該怎麼辦。

跟丟丟開玩笑是一回事，但是真傳出緋聞就又是另外一回事了。

蘇錦黎也慌了神，坐在沙發上一陣煩惱，低頭跟丟丟發訊息，詢問浩哥那邊把車開到哪裡了。

「哥，那我先走了啊，你一會見機行事！」

「好，我心裡有數。」沈城說完突然想到了什麼，扯著自己的衣服給蘇錦黎看，「我後脖頸有什麼嗎？」

「有一顆痣，紅色的，不大。」

「喔……」沈城沒注意過，平時拍攝廣告，造型師也經常會用粉蓋上，他自己還是第一次知道。

「我先走了啊。」蘇錦黎說完起身往外走了，丟丟立即護著蘇錦黎離開，浩哥也準備好了，接到蘇錦黎就會開車離開。

沈城坐在包廂裡看了看手錶，等待時間一分一秒地過去，人散了之後他就空間移動離開。

這時卻有人推開門，直接走進來，甚至還有點喘。

沈城看到來的人是安子晏，微微蹙眉，說道：「你走錯房間了吧？」

安子晏往後退了一步，看了看房間的號碼，接著走進來說道：「怎麼，我聽說你是蘇錦黎的女朋友？」

沈城聽完就想笑，不過惡趣味使然，他還是點了點頭，回道：「對啊，我們倆之前在約會，剛剛才分開。」

安子晏看著坐在沙發上淡定的漂亮女人，內心有點不爽。

他之前看到蘇錦黎發的訊息立刻往這邊趕，想找機會跟蘇錦黎一起唱歌，他們在一起後還沒怎麼約過會。

可是，扭頭就又收到訊息，蘇錦黎居然跟女朋友在一起。

女朋友？那他是什麼？

他趕過來後，只看到了沈城一個人，氣得坐在沙發另外一端，盯著沈城沒吱聲。

沈城不願意跟安子晏待在一塊，起身就要離開。

安子晏看著沈城站起來後的身高，不由得一愣，想了想後跟著站起來問道：「你是沈城？」

沈城腳步一頓，回過頭來看向安子晏，但安子晏已經確定他的身分了，忍不住笑道：「牛逼啊你！雌雄難辨的。」

「你認錯人了。」

「不會認錯的，看到我就煩的眼神，只有你才會這樣，別人都愛死我了。」

「你不過是因為身上陽氣重的原因，產生的氣場會吸引人，自身並沒有多優秀。」沈城無情地揭穿了安子晏。

「不過蘇錦黎幫我吸吸陽氣，就讓我好了很多。」

「你……」沈城剛要說什麼，門就又被推開了，有人走進來興奮地說：「哪裡呢？哪裡呢？」

安子含進來看到沈城愣了一下，然後站住腳感嘆：「我去，蘇錦黎牛逼啊，初戀就是一個大美女，這個身高我喜歡。」

安子含的身後還跟著一齊來看熱鬧的範千霆。

沈城被這兄弟倆氣到了，抬手就拿起包掄了安子晏一下，然後特別氣憤地罵了一句：「臭流氓！」罵完扭頭就走。

沈城是誰啊，史上最年輕的影帝，裝成被人耍流氓的樣子一點也不含糊，之後也不解釋扭頭就

走，顯然氣得不輕。

安子晏被包砸得一愣，緊接著就被安子含推了一下，「哥，你不地道啊，我哥們的女朋友你也調戲？」

說完，還追出去對著沈城的背影喊：「弟妹消消氣，我哥平時不這樣。」

範千霆也跟著喊：「我是蘇錦黎他哥們，求眼熟。」

等沈城走遠了，他們倆才退回來。

「瞎喊什麼呢，別引起新聞！」安子晏立即罵了一句。

「那群人都跟著蘇錦黎跑了，我們一路過來，整層樓一個人都沒有，你沒發現啊？蘇錦黎就跟清道夫一樣，他出現過的地方乾乾淨淨，片甲不留。」安子含回答得理直氣壯。

範千霆也跟著感嘆：「真漂亮，就是身高讓人倍感壓力，估計有一百八十五公分了？」

安子含很有經驗，「跟我媽差不多高，我媽穿高跟鞋後就是這個效果。」

安子含回答完，就到安子晏身前，「怎麼，看到美女開竅了？不過奪人所好不好吧？我家小魚兒弟弟第一次談戀愛，你就準備插一腳？想當小三？」

他是蘇錦黎的老公，結果被罵成小三？該死！

「你給我滾蛋！」

沈城走出房間沒多遠，就看到韓瑤在走廊裡來回看，看到他之後立即走過來，顯然是在刻意尋找他，口中說著：「我知道你是誰！」

韓瑤的酒似乎都醒了幾分，至少說話利索了。

沈城撇了撇嘴角，就算離開包廂心裡還憋著氣，想給安子晏再添點麻煩，於是他指著房間門說：「安子晏在裡面呢。」

說完快速進入沒有監控的樓梯間，韓瑤剛過去，沈城已經不見了蹤影。

沈城跟他們其他的妖精不一樣，他是有後臺的妖精，可以無視規則，直接瞬間移動到另外一個地方。

誰讓這裡管事的人是許塵他們呢？真出事了，也有許塵這個年輕有為的人幫忙罩著，所以肆意妄為。

但是她就不行了，她跟陸聞西、許塵關係一般，只能就此作罷，扭頭朝安子晏待的包廂走過去。進去之後劈頭蓋臉地罵了起來：「安子晏你是不是一直都意識不到自己的過分，你能不能別只找我一個擼羊毛？都要擼禿了！」

安子晏看到韓瑤就有點無奈，點了點頭，「嗯，上次都跟妳道歉了。」

「我今天去爭取資源的時候又聽說，你也盯著呢？」

「哪個？」

「王總投資的新電影。」

安子晏覺得很納悶，忍不住問：「妳帶的是女藝人吧？」

「對！」

「可我搶的是男主角啊。」

「啊？」韓瑤愣了一下，才明白過來，王總說安子晏也在爭取這部戲的主角，卻沒說是男主角，還是女主角。

韓瑤心裡先入為主，下意識以為是女主角，覺得安子晏又在搶她的角色。

韓瑤知道自己是怪罪錯了，遲疑了一下擺了擺手，「是我誤會了，抱歉。」

雖然看出來韓瑤的道歉不情不願，安子晏也沒計較：「沒事，別再暗地裡搞小動作了就行。」韓瑤就裝成什麼都不知道似的，快速轉移話題：「順便問一句，你想安排誰來演？」

「烏羽。」

韓瑤聽到這個名字，立即一慌，忍不住問：「你不知道我帶的小姑娘是他前女友啊？」

「還有這種事？」安子晏不大關注烏羽，畢竟是半路接手的藝人，甚至不知道烏羽還有前女友的事情。他真的很忙，接手之後因為要處理江湖救急的事，更是忙到沒空看新聞，真的出事了才去瞭解情況。

尤其最近還順便談戀愛了，更是讓他分神。

安子含聽完則是急了，問：「怎麼回事？」

「我不知情，我問問烏羽願不願意演，不願意就給別人。不過不是分了嗎？分手了無所謂吧？好的資源不多，王總我瞭解，只投資精品，一般都不會太差。」安子晏回答。

「你永遠都是這樣，只在乎你的藝人，我的藝人在不在意你就不問問？」

「她不願意可以不演啊。」安子晏才沒空理別的公司藝人是什麼心情呢，他沒那個閒工夫。

韓瑤有點醉，頭特別痛，不準備繼續跟安子晏聊了：「我先走了，等我醒酒了再聯繫你。我跟我的女藝人溝通，你也問問烏羽的意思。」

韓瑤走了之後，安子含整個人都進入狂躁的狀態：「烏羽殭屍臉，不適合演戲！」

「我有了蘇錦黎的經驗，所以之前問過烏羽的意思，他說願意演戲，也曾經接受過演技培訓，被培訓過兩年，怎麼就不適合了？」

「跟前女友搭戲算怎麼回事啊？」

「說不定還能做話題炒作一下，未播先紅。再說了，我都說了可以問問烏羽自己的意思，你急什麼？」

「你問他？他之前資源被控制，現在你讓他代言衛生棉都能接，這麼饑渴的人，碰上好的資源肯定要，他怎麼可能拒絕？」安子含乾脆嚷嚷起來：「推了推了，給範千霆。」

「關我什麼事啊？我演技不行，我只喜歡唱歌。」範千霆立即拒絕了。

「你這個沒出息的傢伙。」安子含恨鐵不成鋼，伸手推了範千霆一把。

安子晏心思全在蘇錦黎那邊，拿出手機給蘇錦黎發訊息，同時問：「你跟烏羽怎麼回事？前幾天還在傳你們倆打起來了。」

「我們倆那叫嬉戲打鬧。」安子含提起來就忍不住翻白眼。

「你別惹他，我總覺得你打不過他。」

「我們倆沒打架。」安子含再次強調。

「唉，什麼時候能長大點。」

安子含真的有苦說不出，他前幾天跟烏羽住在同一家酒店裡，為的就是能夠見一面。兩個人會合後，安子含在微信裡調戲了烏羽幾天，早就心癢難耐，走在烏羽身邊就捏了一下烏羽的屁股。

烏羽怕被拍到，所以將安子含推開。

安子含沒皮沒臉的，不肯罷手，追著烏羽繼續撩，烏羽嚴詞拒絕，到了房間裡才跟安子含親熱了一會。

不過兩個人依舊小心，只在一起待了不到兩個小時，安子含就離開了。

結果第二天就傳出小視頻，畫面看起來就是他們兩個人在打架推擠似的，兩個人不和的消息一下子炸了，兩家粉絲掐得那叫一個不亦樂乎。

安子晏放下手機對他們倆說：「我讓江平秋給這個房間續時間了，你們倆玩吧，我還有事要處理，先走了。」

「哥，你把那個電影給烏羽推了。」安子含追在安子晏身後說道。

安子晏沒回答，直接走了。

安子含氣得不行，拿出手機給烏羽發訊息，直接罵了一句：臭不要臉！

烏羽：？

安子含：辣雞渣男。

烏羽：？

安子含：去你媽的。

烏羽：別的可以忍，但是別罵這些。

安子含又來脾氣了，快速打字罵：你個傻叉！下次老子一定幹死你！

烏羽：我去工作了。

安子含：真去了？

烏羽沒回，安子含更生氣了，抬頭對範千霆喊：「給我點首歌，《分手快樂》！」

「你這氣勢，適合唱《好漢歌》。」範千霆大手一揮，給安子含點了《好漢歌》，安子含也拿著麥克風唱了。

沈城回到家裡，洗漱完畢換了睡衣，剛準備看看之後要拍的劇本，門鈴就響了。

他走下樓，看到蘇錦黎已經打開門，似乎正在推人離開。

他雙手環胸地看著，冷冷地說了一句：「怎麼，夜襲啊？」

安子晏站在門口義正辭嚴地回答：「我是來安排工作的。」

「貴公司可真忙，凌晨一點鐘來安排工作，多等一天工作就沒了？」

「說不定真的就沒了呢。」安子晏死豬不怕開水燙地走進來，手裡還真的拿了工作的資料夾。

蘇錦黎慌慌張張地跟在安子晏身後，拽著他的袖子說：「哥，我帶他上樓去說。」

「哪有在臥室接待客人的，在客廳裡談吧，我也看看你接下來有些什麼工作，最近侯勇都不跟我彙報工作了。」沈城坐在沙發上，示意他們也坐過來。

安子晏來的時候已做好心理準備，沈城肯定不會讓他們進展順利。

可是熱戀當中，幾天看不到蘇錦黎他簡直難受死了，所以也跟著坐到沙發，看著資料夾，給蘇錦黎安排之後幾個月的工作。

首先是江湖救急的宣傳活動、粉絲見面會、巡迴演唱會，還有錄製最新單曲、參加團綜。

蘇錦黎的個人行程則是春晚、廣告拍攝、真人秀的固定嘉賓。

安子晏一直在幫蘇錦黎聯繫真人秀節目，今天第一次正式通知蘇錦黎成為真人秀的常駐嘉賓。因為參加節目的藝人檔期問題，會導致每期都有可能少一兩名常駐嘉賓，只能請其他嘉賓參加那一期，補齊人數。

蘇錦黎跟安子含都在常駐嘉賓的名單裡，烏羽、範千霆、常思音則是在替補名單裡。這是因為安子晏最初聯繫的時候還沒成團，這幾個人還是不確定因素，來不及加到常駐嘉賓的名單裡。

另外一位常駐嘉賓是顧桔，也屬於安子晏的特殊照顧。

節目名稱是《前輩，請賜教》，節目中會由前輩帶領一群小鮮肉，學習一些各行業的知識。

安子晏直接透露：「我會是前輩之一，還有胡騰也會參加，我會帶領你們演戲，胡騰則是模特兒，還有一位功夫巨星加盟，教你們演動作戲。另外一位還沒確定，應該是一位歌手。我們想聯繫陸聞西，但是陸聞西比較忙。」

蘇錦黎聽完點了點頭，有安子晏跟其他團員在，讓他安心許多。

「好無聊啊！」安排完工作，安子晏靠著沙發感嘆了一句。

沈城捏著鼻梁，疲憊地看了一眼時間，已經凌晨兩點了，這個時候還能狂歡不成？

蘇錦黎問：「我唱歌給你們聽啊？」居然當真了。

安子晏拿出手機，打開錄影功能，對他們倆說：「我們深夜作個妖，上個頭條吧。」

「好無聊啊，我們上個頭條吧」這句話，就跟「天涼了，讓時老破產吧」一樣欠揍。

沈城根本不想配合安子晏錄影，正要拒絕，安子晏嘴欠地再次問：「沈城，你去換女裝吧，這樣坐在一起就像一家三口似的。」

「滾出去。」沈城只說了這句話。

蘇錦黎也點點頭，說：「安大哥，你先走吧，保命要緊。」

安子晏不聽，還在唱《吉祥三寶》。

真．找死。

沈城想動手收拾安子晏，但是看到蘇錦黎惶恐的眼神就放棄了。

他不想讓蘇錦黎夾在中間為難，倒是安子晏沒繼續糾纏，只是得逞地笑了笑。畢竟看到沈城穿女裝，他不懟兩句就會覺得渾身難受，之前能忍那麼久已經非常不錯了。

兩個人互相較勁這麼多年，突然就和睦相處是不可能的。

安子晏最後仍拿出手機，叫兩個人來拍攝小視頻，手機橫著，一起看著螢幕。

螢幕裡會出現小表情，三個人需要去學那個表情，看誰學得更像，APP會給他們三個進行評分。

三個人拍攝了一會，蘇錦黎就笑場了，「咯咯」笑得像隻老母雞。

沈城配合了一會，就起身上樓，不再陪著他們玩了。

「你哥放心我留在這裡了？」安子晏用下巴指了指沈城離開的方向。

「我哥特別臭美，這麼晚睡覺不符合他的養生觀念，能堅持到現在都是硬撐，現在估計撐不下

去了。」

安子晏整理好小視頻，就發布了微博。

安子晏：我們三個誰的演技好？是時候展現真正的技術了。【視頻】

蘇錦黎拿著手機，第一時間給安子晏發表評論。

蘇錦黎：上次的瘋狂自拍，這次的表情比拚，我都甘拜下風。

評論完，蘇錦黎抬頭看向安子晏問：「安大哥，你要回家嗎？」

「不留我住一晚？」安子晏揚眉問道。

「哥哥家裡沒有客房的。」

「你的房間呢？」

「我的房間只有沙發了。」

安子晏就想跟蘇錦黎待同一間屋裡，笑咪咪地對蘇錦黎說：「走，帶我參觀你的房間。」

「喔……好。」蘇錦黎也沒多想，帶著安子晏上二樓。

安子晏跟沈城長年水火不容，自然不知道對方的喜好，看到沈城的裝修，忍不住「嘖嘖」了兩聲：「太素了。」

「安大哥，你家裡都金碧輝煌的吧？」蘇錦黎想像中安子晏家裡是各種閃瞎眼的裝潢。

「不，我家裡不是正常人能待的地方，我媽的審美觀奇葩，跟安子含有異曲同工之妙。」安子晏說到這裡突然想起來，問蘇錦黎：「你怎麼又開始叫安大哥了？」

「上次在我哥哥面前叫你老公，他差點殺了我。」

「我都說了私底下叫。」

「喔……」蘇錦黎打開房間門，讓安子晏進來。

安子晏進門後就關上房門，並且反鎖了。

「其實你反鎖沒有用，我哥想去哪裡就去哪裡。」蘇錦黎看著門說。

安子晏想起沈城就覺得頭疼，走進去看了看，終於看到臥室的床，當即腳步一頓。

「這個欄杆讓人浮想聯翩啊。」安子晏指著欄杆說道。

「我睡覺……不老實……」蘇錦黎終於承認了這一點。

「這樣的設計我不大喜歡，真要睡在裡面，我被你揍了都不一定能第一時間逃跑。」

蘇錦黎委屈巴巴地看著安子晏。

安子晏拉著蘇錦黎到自己的懷裡，終於覺得滿足了，已經好多天沒抱到自己的戀人，真是一種煎熬。

抱著蘇錦黎，安子晏立刻變得溫柔，說話的聲音都帶著蠱惑性：「你有女裝癖嗎？」

「我沒有。」

「嗯，不要有，我不喜歡。」

「為什麼啊？」

「我若喜歡這個，幹什麼不喜歡女生，喜歡看男生穿女裝，不覺得很奇怪嗎？」

「我哥哥只是為了出去不被人發現。」蘇錦黎替沈城解釋。

「他什麼樣都無所謂，我只在乎你。」

只有兩個人的空間，讓他們終於卸下防備，放肆地擁抱。

蘇錦黎靠在安子晏的懷裡，在他耳邊嘟囔：「我都想你了……」

「我也是。」

兩個人抱在一起，親吻了一會後，蘇錦黎的手機就響了。

安子晏抱著蘇錦黎不鬆手，「咱們能不理嗎？」

「是微信提示音，我看看。」

安子晏不情不願地鬆開蘇錦黎，蘇錦黎拿起手機看到沈城發來的消息：你們還想在我的房子裡雙修不成？

安子晏在他旁邊看，問他：「怎麼，這個都能感覺到？」

「對啊，我哥哥能夠感受到周圍的陰陽二氣情況，咱倆……他立刻能發現異常。」

「搬出去！團體的宿舍都準備好了。」安子晏真的要受不了了。

「可是……我還是得經常回來，我哥哥單身，總是一個人會孤單的。」

安子晏很不高興，坐在沙發上取出手機看評論。

木木不識：意外覺得安子晏跟沈城CP感好強，對蘇錦黎那麼好，是因為都是自家弟弟嗎？

玉龍雪山：哥哥×哥哥，弟弟×弟弟是王道，不服來辯。

Jessymimi：深夜福利嗎？這是世紀同框啊！

獨孤絲言：小魚兒果然是天使，笑得好好看，別人笑成這樣絕對會是老巫婆的聲音，偏偏小魚兒的笑聲依舊好聽。

安子晏看得特別不爽，使勁往下翻，好不容易看到一條滿意的，結果這條底下的評論吵了起來。

胖紙：我恐怕是邪教，總覺得安子晏對蘇錦黎特別好，為了蘇錦黎，連多年的勁敵都接受了，還推了劇本親自指導蘇錦黎演戲。而且從鏡頭裡可以看出來，安子晏的眼神時時刻刻在觀察蘇錦黎的狀態。

減肥中的靈靈回覆胖紙：別開玩笑了好嗎？安子晏跟蘇錦黎毫無CP感，他們倆在一起，都像臭流氓拐走了小天使！

安子晏看這條回覆氣得咬牙切齒，拿著手機罵：「我就拐了怎麼著吧！」

蘇錦黎在安子晏的臉頰上親了一下，「沒事，我喜歡你。」

安子晏瞬間被治癒了，攬著蘇錦黎的脖子，在蘇錦黎的唇瓣上親了親，接著收拾東西說道：

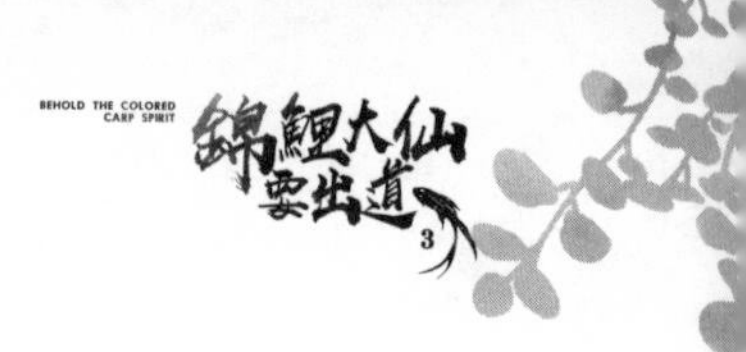

「我回家了，你也早點休息。」

「好，我送你。」

蘇錦黎去江湖救急的團體宿舍的路上，看到群組裡在討論宿舍的事。

安子含：居然只有三個房間，我從來不知道我哥哥居然是這麼小氣的人。

範千霆：我聽說了，時間太倉促了，想裝修新房子時間不夠，距離公司近、位置合適的就這麼一個地方，助理的房子都在隔壁。

蘇錦黎：寢室怎麼分才好啊？

安子含：我跟你一間。

範千霆：那我跟常思音一間，正好烏羽比較獨。

蘇錦黎：其實我覺得，還是烏羽、常思音、範千霆分別自己一間房吧，我跟子含住在宿舍的時間少，沒必要讓一間房間總空著。

範千霆：居然敢跟蘇錦黎住同一間房？我們的宿舍都是雙人床。

蘇錦黎：我……

安子含：說得對啊，跟蘇錦黎住同一間房簡直要命！

蘇錦黎：沒那麼嚴重吧。

常思音：我不跟蘇錦黎住同一間房。

安子含：加一。

烏羽：加一。

範千霆：加一。

蘇錦黎：難不成我自己占一間房，長年空著？

常思音：要不這樣吧，就當你跟我住一間，你如果回寢室住，我就跟範千霆住。

安子含：等等！不對勁啊！

蘇錦黎：怎麼了？

安子含：這樣一來……我不是跟烏羽住一間了？

蘇錦黎：你很少回寢室住吧？

安子含：但是我喜歡人多啊！

烏羽：怎麼就不行了？

範千霆：據我觀察，烏羽睡覺還挺老實的，也不打呼。安子含雖然性格不怎麼樣，但是睡覺方面屬於正常。

常思音：對比太強烈，就顯得我們都很正常。

安子含：對，那位太嚇人。

蘇錦黎：我想退群。

安子含：哈哈哈哈哈。

範千霆：【你們怎麼可以這麼對魚魚.jpg】

丟丟提醒蘇錦黎到地方了，他立即拖著自己的行李箱下車。

帶來的東西大多是生活用品及換洗衣物，他大部分時間住在沈城那邊，只有在公司忙到太晚了，才會回寢室住，所以帶的東西並不多。

走進寢室，就發現地方還滿大的，裝修也很精緻，安子晏找的宿舍挺良心的，他拖著行李箱走進去。

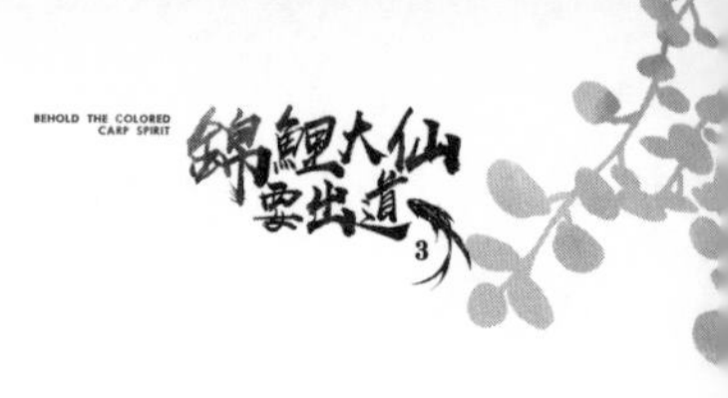

常思音已經來這邊收拾過一遍，見蘇錦黎過來就拉著他進房間，又幫忙收拾一遍。

等了一會，範千霆跟安子含結伴過來，常思音又幫他們兩個人收拾了一遍。

「烏羽早就來過了？」安子含站在房間門口問。

「他的東西是助理送過來的，現在還沒回這邊。」常思音回答。

「他怎麼那麼忙？」

「畢竟他遲了幾個月，而且什麼工作都不挑，有工作就接，太拚了。」

安子含提起這個就不爽：「的確，連跟前女友搭戲都能接。」

蘇錦黎站在安子含房間的門口，遲疑了一會，對安子含說：「我想跟你說一件事……」

他總覺得，他跟安子晏戀愛的事情應該告訴安子含，畢竟安子含是他最好的哥們，安子晏又是安子含的哥哥，應該讓他知情。

安子含坐在床上，看著房間裡的東西，翻來翻去，翻出一個盒子，毫不猶豫地打開，裡面放了一個DIY的相冊，打開全是烏羽跟他前女友的合照。

看上面的字體，應該是女孩子的字，都是在記錄他們戀愛的點點滴滴。

安子含翻看了一會，扭頭問蘇錦黎：「什麼事？」

「戀愛方面的。」蘇錦黎回答。

安子含下意識想到自己戀愛的事情，想了想後回答：「喔，分了，今天分的。」

「啊？」蘇錦黎一愣。

安子含取出手機發了一條消息給烏羽：分手吧。

居然還留著這些東西，還接跟前女友搭戲的劇本，難道是要留著明年給草原澆水，他順便養羊養牛，現吃現殺嗎？

【第八章】幸福「魚」生

蘇錦黎愕然發現，劇情發展得好像不大對，剛要解釋，安子含就接到一通電話。

安子含接通電話後全程罵罵咧咧的，抬頭看了蘇錦黎一眼，似乎是有點尷尬，將他推出去後還關了門。

蘇錦黎站在門口愣了會神，有點擔心安子含衝動之下又做了什麼不好的事情，弄出什麼新聞影響名聲，想勸說幾句。

那邊安子含已經掛斷電話走出來，看到蘇錦黎後說道：「你什麼時候去工作？」

「我一會去公司裡錄歌，正好宿舍在公司旁邊，我就過來看看，送完東西就走。」

「嗯，我也去，一起吧。」

蘇錦黎立即跟在安子含身邊，問道：「你們真分手了啊？」

「嗯，分手了，他都沒挽留我幾句。」安子含扯著嘴角冷笑了兩聲，沒再說什麼，跟其他人打過招呼後就去公司錄歌了。

蘇錦黎見安子含心情不大好，便沒再說什麼。

他們錄歌的期間，江平秋來了錄音室，似乎心情非常好。

安子含的狀態不好，就看著蘇錦黎錄歌，走出來問江平秋：「江哥，你怎麼突然過來了？不是陪我哥出國了嗎？」

「安少又爭取了一個特別好的資源，安排我帶你們過去。」

「帶我們過去？這麼匆忙？」

「對，安少這次出國就是幫你們爭取資源，只差臨門一腳了，準備帶你們五個直接過去。」

「我們五個？烏羽不是有工作嗎？」

「推了，已經在過來的路上了。」

安子含安靜了一會，看到蘇錦黎也出來了，詢問幾句後，江平秋才願意告訴他們是什麼資源。

「是《ACME》雜誌的封面人物，還有一篇專題採訪。」江平秋說的時候還帶著喜色，這是整個國內娛樂圈都爭搶不來的資源，但是安子晏拿到了。

這本雜誌是世界一百強雜誌的前二十名，已經有四十八年的歷史了。

然而這本雜誌到如今，只拍攝過三名國內藝人做封面人物及專訪。

安子晏是其中之一，在那之後也一直跟雜誌社的編輯保持聯繫。

像蘇錦黎他們這樣的男團，在整個娛樂圈遍地都是，甚至成立十年都不一定能夠被這樣的雜誌選為封面人物。

然而蘇錦黎的江湖救急才剛剛成立，就成為封面人物，還是以團體的形式上封面，可見這次的破例程度。

安子晏親自到國外洽談，並且做了一些犧牲，才拿到這次機會。

雜誌上市後，江湖救急的檔次都會提升一些。

「原來我哥……這麼狠嗎？」安子含都震驚了。

蘇錦黎看了看他們，納悶地問：「這個單字是什麼意思？」

「你不用懂，反正就是我哥又拿下一個全世界藝人都嚮往的資源，懂了沒？」

「嗯，懂了。」就是他老公非常厲害的意思。

烏羽在收拾東西的時候，動作稍微停頓了一下，緊接著繼續收拾。

沈城坐在他的斜後方，注意到他的遲疑，問他：「怎麼，反悔了？」

「我只是沒想到這麼快就開始有工作。」烏羽冷淡地回答。

「不覺得時機很好嗎？運作好了你還能趁機再火一把，到時候蘇錦黎的人氣都不一定贏你。」

「用這種方法火起來，讓人不齒。」

「現在還有幾個人在意過程？關注度就是第一。」沈城換了一個姿勢，繼續修整自己的指甲。

「你已經跟安子晏說過了？」烏羽又重新跟沈城確認了一遍。

「嗯，他心裡有數。而且你覺得，他是靠什麼拿下這個資源的？他的面子大也就是在國內，在國外的話，他只不過是一個十八線。」

「他用我的料，換來這次的拍攝機會？」

「你的，還有蘇錦黎的，這都是不錯的八卦新聞，雖然說人家不一定能看得上，但是你們幾個人的帶貨能力不錯。他們這個雜誌看起來十分風光，但是最近銷量卻在暗中下降，畢竟電子媒體對紙本出版的衝擊不小，需要找一個時機扭轉一下乾坤。」

上一次安子含跟常思音搭檔拍的雜誌，都在粉絲們的哄搶下緊急加印。

他們看中了國內的粉絲市場，選擇國內的人氣偶像也不稀奇。

不過，放眼整個娛樂圈，能上這個雜誌封面的人依舊屈指可數，他們上去估計會成為頭條。再加上採訪內容的爆料，會讓江湖救急出道的第一次合體雜誌，變得特別有話題性。

「不會有其他的影像嗎？」烏羽猶豫了片刻又問。

「你以前不是這樣的啊，你想出來的時候，可是天不怕地不怕。」

「我以前就一個人，母親去世，女朋友跟我分手了，當然什麼都不怕。現在……我怕影響到蘇錦黎他們。」

以前烏羽的確不在乎，大不了就撕破臉，他不好，別人也都別想好過。

但是現在不一樣了，有了歸屬的團體，團員都很照顧他，是幫助過他的兄弟，他不想連累到這些人。這些人是他遇到困境後的盔甲，也是要上陣殺敵時的軟肋。

還有……安子含。

「你可以放心，江湖救急是安子晏花了大力氣扶起來的，所以肯定會護著。蘇錦黎是我的親弟弟，我也不會放任不管。再說，這件事情裡你沒有任何過錯，你是受害者，為什麼要擔心這些？」沈城繼續引導烏羽。

烏羽站在原地深呼吸，最後點了點頭，「好，我會配合的。」

「嗯。」

「我只是不明白，你明明什麼都有了，真想隱退，投資做點其他的生意也可以，為什麼非得跟耿聞過不去？」烏羽忍不住問了心中一直以來的疑問。

沈城低著頭，思量了半晌沒說話，最後起身離開，「我也要去工作了，你去趕航班吧。」

這是在故意隱瞞了。

其他團員原本就在公司錄歌，所以是一起出發去機場的。

烏羽一個人在外面工作，收到通知後立即收拾東西訂了機票跟著飛過去，在轉機的城市遇到其他人。

安子含翹著二郎腿，大大咧咧地坐著。

蘇錦黎坐在安子含身邊就像一個小媳婦，裹著衣服瑟瑟發抖。

「你很冷？」烏羽走到蘇錦黎身邊問。

「剛才從外面走進來，到現在都沒緩過來。」蘇錦黎回答。

他的確十分怕冷，主要是本身是魚，變成人之後的體溫也總是上不去，到了冬天真的十分遭罪。偏偏他現在是藝人，不能穿得太臃腫，進來的時候有記者，他們都是穿著單薄的衣服，冷得蘇錦黎直打顫。

烏羽坐下之後將自己的外套脫下來，遞給蘇錦黎，「你披上？」

「謝謝。」蘇錦黎接過來穿上，繼續坐在椅子上等待。

烏羽扭頭看了安子含一眼，發現安子含完全沒理他，他也沒說話，拿出劇本看臺詞。

他們的航班要飛行八個小時，他們三個人還是保持著原來的順序，蘇錦黎坐在中間，安子含跟烏羽一左一右、一邊一個。

整個飛行過程中，氣氛都冷到了冰點。

蘇錦黎跟安子含聊兩句後，又去跟烏羽聊兩句，接著就發現這兩個人都不說話，他乾脆靠著椅子開始睡覺。

睡到一半醒過來，就發現安子含跟烏羽特別團結地一人按著他一邊，「你還是別睡了。」

「你睡覺真要命。」安子含也跟著感嘆了一句。

蘇錦黎很委屈，在飛機上都不能休息了，於是嘆了一口氣。

「到了地方我不會講英語怎麼辦啊？」蘇錦黎緊張地問安子含。

「放心吧，那邊說俄語，我也聽不懂。」

「喔，那怎麼工作啊？」

「有翻譯，肯定都已經安排好了。這麼著急讓我們過去，肯定是這期拍攝的人出了什麼狀況，我們是臨時救場，我說我哥怎麼突然就殺過去了，原來是這件事。」

「從這裡下飛機可以多穿點嗎？」蘇錦黎問。

「你得有東西穿啊，行李都托運了，我們的衣服也沒辦法給你，你只能挺著到車上再說。」

「喔……」

下了飛機就更冷了，這種天氣來到俄羅斯，穿得又不多，真的要了蘇錦黎的命。

讓他們覺得意外的是，雖然是在異國他鄉，還是臨時安排的行程，居然也有接機的粉絲，讓安子含一度懷疑是安子晏花錢雇來的人。

後來事實證明，他們在這邊也有粉絲，不然也不會讓他們來拍攝雜誌封面。

蘇錦黎走了一段，就對身邊的兩個人說：「不好，我腿抽筋了。」

安子含趕緊走過去扶著蘇錦黎，「你可別在這裡一瘸一拐地走，不然容易上頭條。」

烏羽走到蘇錦黎另外一邊，「你先忍忍，到沒人的地方再調整。」

蘇錦黎腳都木了，腿還在抽筋，哭喪著臉點頭，緊接著安子含跟烏羽就一左一右，架著蘇錦黎往外走，看起來就像關係特別好，勾肩搭背離開似的。

不過這種舉動會讓男生看起來有點娘，但情況突然，他們也只能出此下策了。

安子含走到人少的地方看了看，忍不住輕哼了一聲：「你個子那麼矮，是不是讓蘇錦黎走的時候一邊高一邊矮，就跟中風似的？」

烏羽看了安子含一眼沒回答，然而卻情不自禁地揚起了嘴角，笑了起來。

蘇錦黎在等待拍攝、化妝的時間，看到周圍的人都在忙，他還語言不通，便拿出手機刷微博。最近他開始隨機看粉絲發來的私信，點開幾條看了看，有的還會回覆。

瑤夢：求錦鯉大仙保佑我的桃花運滿滿，跟安子含百年好合。

蘇錦黎：這個恐怕保佑不了，主要是我不放心把妳交給安子含。

瑤夢：啊啊啊！居然回覆我了，那錦鯉大仙保佑墨萌萌日更萬字好不好？

蘇錦黎：要不……還是跟安子含百年好合吧。

一顧清明誤終身：你什麼時候來娶我？

蘇錦黎：我可以拒絕嗎？

Addictive：我想發財，就在明天。

蘇錦黎：想法挺好的。

子暖曳：小錦鯉，你已經九天沒更新微博了，想你。

蘇錦黎：那我一會去更。

蘇錦黎拿著手機，看著輸入框不知道該寫點什麼，突然想到今天凍成傻子的樣子，於是打字輸入：好冷啊，大家記得穿秋褲。

結果評論的畫風就很奇特了。

馬猴燒酒王不留行：我若轉發這條微博許願，會不會被首頁的人當成是個傻子？

白首如故：最開始，小魚兒的微博配圖九張。後來，配圖一張，還能給我們送祝福。現在，只有一句話，連自拍都沒有了。

琦琦：#蘇錦黎##江湖救急#十二月二十四日粉絲見面會。

木木不識：接新的代言了嗎？想跟你穿情侶款秋褲，求分享連結，買！

安子含跟烏羽抵達拍攝現場後單獨出去了一陣子，好像是吵了一架才回來，兩個人一起氣鼓鼓地坐下化妝，誰也不服誰。

團員都見慣這種場面了，他們倆只要不在外面打起來就沒事，關係是好不起來了，所以也都沒當回事。

即將開始工作的時候安子晏到了，來了之後並沒有理會其他的人，直接將烏羽叫走單獨談事情。

安子含探頭探腦地看了半晌，忍不住問蘇錦黎：「怎麼回事？我覺得他們神神叨叨的。」

「神神叨叨是什麼成語嗎？」蘇錦黎不大理解，他是山裡沒怎麼見過世面的魚。

「啊……不是。」安子含甚至不知道該怎麼解釋。

範千霆就坐在不遠處，聽到蘇錦黎的問題忍不住樂了，接著對他們倆說：「我有預感，今天會放大招。」

「怎麼回事？」常思音後知後覺，驚訝地問。

「安大哥的表情也有點嚴肅。」蘇錦黎也是這種感覺，平時一進門，肯定第一個小舉動就是看

自己一眼，今天居然沒對視成功。

安子含眼珠一轉，接著問：「要曝光身分了吧？」

「就是……家庭背景？」範千霆問，他知道旁邊的化妝師跟他們語言不通，這才放心說的。

「對，烏羽也就這點料值得這麼興師動眾了，我猜到了一點。」安子含回答。

蘇錦黎不懂這些，問道：「可是為什麼要這麼神祕兮兮的？」

「處理不好，恐怕就會影響到我們這個團體，他們肯定要慎重。」安子含翹起二郎腿，倒是不急了。

雜誌會對他們進行專訪，採訪他們的經歷，他跟安子晏是兄弟，家裡是大娛樂公司，這段經歷會備受關注，也是賣點之一。

但是安子含知道，相比較另外兩個人，他今天只是一個配角。

蘇錦黎的經歷，是娛樂記者在這些日子裡扒得最凶的。

等烏羽的身分曝光出來，也會是一個很大的料。

跟烏羽談完之後，安子晏又來找蘇錦黎，等蘇錦黎化妝完畢後帶他到小房間裡，「這個是沈城幫你寫好的稿子，你背下來後應對等一下的採訪，有很多地方都是胡編亂造，你就當成是對你們倆身分的保護，以及保衛世界和平做出的貢獻，淡定說謊吧。」

「可是我不會俄語啊。」

「我也只會一點，你們採訪的時候會有翻譯，放心吧。」

蘇錦黎看著沈城給他打的稿子，點了點頭，接著問：「烏羽會在這次公開身分嗎？」

「雖然最近風波平息了一些，但是對於突然組團這件事情，大家的接受度不高，所以我們也應該公布『江湖救急』的成團原因了。」

蘇錦黎沉默了一會，又問：「是不是跟我哥也有關係？」

「對，沈城要趁機搞垮耿聞，拿到波若鳳梨的管理權，我跟他私底下達成合作，估計會一起運作這件事情。」安子晏對蘇錦黎沒有半點隱瞞。

這是沈城跟安子晏這些年裡，唯一的一次合作。

「一定要多小心，我總有一種不好的預感。」蘇錦黎心事重重地說。

「肯定會是一場惡戰，說不定還會撕起來，不過沒臉的人是他們，我們反而是正面形象。」

蘇錦黎沉默了一會，突然站起身來摸了摸安子晏的頭。

接著將稿子看了一遍後就能大致背下來，撕碎了稿子扔了，出去後又摸了摸烏羽的頭。

烏羽正在整理髮型，翻著眼睛看了蘇錦黎一眼，「你能不能挑個時候？」

「就是著急，我先去拍攝個人的照片了。」

「行，你去吧。」烏羽也知道蘇錦黎這麼緊張的原因，所以沒有計較。

這次的工作肯定會有拍攝環節，並對他們進行採訪，還從各種管道獲得他們小時候的相片。

五個人拍攝進行得很順利，雖然攝影師跟他們語言不通，但是可以用肢體語言跟面部表情表達，並搭配英語簡單的交流，拍攝也算是順利。

到了採訪的時候，五個人一起坐在拍攝場地，旁邊有攝像裝備，他們五個坐成一排，等待採訪。果不其然，雜誌採訪的重點是他們的個人經歷。

比如常思音跟範千霆的學習經歷、安子含的成長經歷，家裡有沒有對他造成什麼影響。

之後就是蘇錦黎波折的（假）親情，編得還挺煽情的經歷。

最後就是烏羽的真實身分，這些年的遭遇，還有耿聞雪藏他的經歷。

最後採訪烏羽在被雪藏後，其他團員做出的努力，也就是「江湖救急」這個團體的由來。

採訪結束，幾個人離開的時候還在議論。

安子含走路的時候晃晃悠悠的，「我覺得這次的料很足啊，也難怪我哥能爭取到這個機會。」

烏羽沒說話，似乎心情依舊有點沉重，只有範千霆、常思音在跟安子含聊。

「我眼睛總是不舒服，這次給我眼妝化太濃了。」蘇錦黎一直在意這一點。

「我給你吹吹？」安子含扭頭問他。

「我覺得卸妝水更有用。」

這個時候安子晏從房間裡走出來，快步到他們幾個身邊，手裡還拿著一件大衣，過來後直接披在蘇錦黎身上，接著看向他們幾個說道：「今天行程很匆忙，辛苦你們了。」

烏羽看了看安子晏的舉動，以及蘇錦黎看安子晏的眼神，忍不住蹙眉，卻還是回應了一句：「沒什麼。」

安子晏早就給他們安排好酒店，回去的路上，他們有人刷微博，看到蘇錦黎因為神回覆又上了熱搜，就忍不住一起起鬨。

車裡面很熱鬧，大家大聲議論著，笑鬧了一路，臨下車的時候安子晏突然收到消息。他回頭看了看這些人，沒說什麼，只是叮囑：「其實沒多少時差，好好休息。」

只有烏羽一個人注意到了他的異常。

「好！」一群人浩浩蕩蕩地下了車，朝酒店走去。

這次來得匆忙，都是江平秋統籌照顧他們所有人，蘇錦黎還想等安子晏，卻看到安子晏被烏羽攔住了，加上眼妝特別難受，他遲疑了一下還是跟著上樓。

外面冷，他待著不舒服。

烏羽攔住安子晏問：「是不是出事了？」

「嗯，耿聞似乎聽到消息，已猜到了什麼，放出蘇錦黎的黑料來。」安子晏回答完，長長地嘆了一口氣。

「他的無恥程度，真的什麼事都做得出來。」烏羽瞭解耿聞，虎毒還不食子呢，但是耿聞連親兒子都算計，更別說是別人了。

「不過還好吧……應該可以應對過去。」安子晏回答的時候，表情依舊不大好看。他原本對耿聞沒什麼恩怨，大多是跟沈城不和。但是耿聞聽到風聲後，就發來警告，似乎是他們如果真的這麼做，就會是魚死網破的後果，尤其他們爆了那麼敏感的料。

「他們說了什麼新聞？」烏羽問。

「說蘇錦黎長年抱大腿，去參加選秀的第一件事是抱了你跟安子含的大腿。」

「這件事情不是澄清過嗎？」

「但是有人信，還說他抱了我的大腿，讓我特殊照顧，還有就是王總、姜町，最可惡的是爆料蘇錦黎為了上位，想認時老為乾爹，還拿出一堆所謂的實錘來。」時老身分敏感，之前蘇錦黎已經被人警告過了，這次再被爆出這些假消息，只會引來更多人的注意。

「還牽扯到了時老？他找死嗎？」烏羽怒問。

「只是說抱某富商的大腿，富商對他置之不理，蘇錦黎居然還能厚顏無恥地裝純潔。這種新聞就很噁心了，他們並不覺得時老會因為蘇錦黎，跟他們鬧翻臉。」

烏羽握緊了拳頭，眉頭緊蹙，連累到蘇錦黎，讓他的心情很差。

「蘇錦黎是你最好的朋友之一，也是沈城的弟弟，是我最看重的新人，如果我們出事，他肯定是第一個挨刀的。」安子晏已經料到會出事，並且派人去處理了，倒也淡定。

「耿聞就是一條沒心肝的狗，到處亂咬。」

「辱狗了。」

「你說得對。」

「好在蘇錦黎夠乖，沒有其他的料被挖出來，就只能拿他認識了一群厲害的人說事。這件事情

我們會處理乾淨，你不用擔心，只等著這幾天雜誌出刊就行。」

「會多久出來？」烏羽又問。

「因為採訪內容有時效性，晚了就會過時，按往例，大致二十天內就會出新刊了。」

烏羽點了點頭，剛想要離開又回頭問：「你……知道安子含這幾天情緒不穩定的原因嗎？」

「你知道他對象是誰？」安子晏知道安子含戀愛了，但是不知道對象是誰，盯著安子含好幾天，也沒看出任何端倪，安子晏甚至覺得安子含長大了，居然瞞得這麼嚴實。

「是我。」烏羽回答。

「……」安子晏看向烏羽，表情十分複雜，思量了半天也說不出一句話來。

是烏羽？怎麼可能？烏羽跟安子含在一塊，不打起來就不錯了，還能談戀愛？

但是想到烏羽出事後，安子含的態度，還有知道烏羽跟前女友搭戲，安子含那麼生氣，安子晏又忽然覺得這不是玩笑。

「你跟蘇錦黎……」烏羽又說了一句，卻也只是點到為止，「所以我覺得你應該能接受，這才敢告訴你。」

安子晏的話愣是被憋回去了，他能接受是一回事，但是突然告訴他，鋼鐵直的弟弟說彎就彎了，他真有點承受不了了。

「什麼時候開始的？」安子晏問。

「在上次拍宣傳片那天。」

「喔，戀愛當天就告訴我要做公關了。」

「他跟你說了？」

「沒跟我說是誰，但是告訴我他談戀愛了。」安子晏扠著腰，垂頭喪氣地走了幾步，想發作又沒能發作，只能忍著，「你們倆這幾天怎麼了？因為那個電影的事情吵架了？」

「對，搭戲的是我前女友，他很生氣。搬宿舍的那天還翻了我的東西，看到我留著前女友的禮物，就跟我提分手了。」

「你為什麼留著前女友的禮物？」安子晏立即站在自己弟弟的角度問烏羽。

「他擅自翻我的東西不過分嗎？之前他擅自碰蘇錦黎的手機，被收拾了一頓怎麼沒記性？」

「可是你為什麼要留著？」安子晏看著烏羽的眼神彷彿在看一個渣男。

「我分手沒多久就去訓練營了，東西也沒整理過。之後就是被雪藏，沒心情看自己的東西。組成團體後我又到處工作，東西都是助理幫我搬的，我甚至不知道寢室裡有些什麼東西。」

「你跟安子含解釋了？」

「解釋過了，但是他胡攪蠻纏，非得要我叫他爸爸，我就罵了他幾句。」

安子晏點了點頭，知道自己弟弟能幹出這樣的事情來。

緩了緩神，安子晏才問：「你們倆誰是……一、誰是零？」

「這個需要分得很清楚嗎？」烏羽也不懂這些，他之前也沒想過會跟一個男人談戀愛。

「呃……就是問問。」問這種問題，安子晏自己也有點尷尬。

烏羽也不打算多說這方面的事情，整理了一下自己的外套衣領打算離開，回頭就看到安子含氣勢洶洶地走過來，「你跟我哥說什麼呢？」

「出櫃呢。」烏羽淡定地回答。

「出軌？你跟我哥？」安子含立即怒了。

「是……衣櫃的那個櫃，你想什麼呢？」烏羽忍不住白了安子晏一眼。

安子含聽完嚇了一跳，下意識地躲在烏羽身後，生怕安子晏會打他。

安子晏看了看安子含，真是一點辦法都沒有：「你們倆注意點！」說完，就大步流星地走進酒店。

安子含看著安子晏離開，震驚得不行，問烏羽：「你是怎麼出的？我哥居然沒生氣。」

「同道中人，互相理解吧。」

「什麼意思？」

「蘇錦黎被黑了，是耿聞的第一炮，這幾天你也注意點。」

安子含很快被轉移了注意力，立即跳腳罵烏羽：「還不都是被你這個龜孫子連累的，你就是個禍害。」

烏羽沒理他，朝酒店裡面走。

安子晏又氣勢洶洶地跟在他身後，像機關槍般地說個沒完：「嘿！你還不理我了是不是？你個子這麼矮，絕對是你這個性格憋得長不高！」

「在娛樂圈裡一百八十一公分不算矮了。」

「是，你官網上寫的是一百八十五公分呢，真敢寫，我寫的是一百八十七公分，你好意思站我旁邊嗎？」

「那又不是我寫的。」

「你不會讓他們改啊？」

進入電梯，烏羽按了樓層，從口袋裡拿出房卡看了看房間號。安子含還在他身邊沒完沒了，烏羽沒搭理，電梯到了樓層後問：「我去你房間，還是你來我房間？」

安子含立即閉嘴，走出去後左右看了看罵道：「老子沒心情，睡覺去了！」

說完就走了，烏羽淡定目送他離開，「那我給你發訊息。」

「滾！」

安子晏特意安排蘇錦黎住在他隔壁，他回到房間就看到蘇錦黎躲在他床上的被子裡，手裡還捧著一杯奶茶，正在玩手機。

安子晏走過去隔著被子抱住蘇錦黎，長長地嘆了一口氣：「寶寶，讓我緩緩心情。」

「怎麼了？」蘇錦黎放下奶茶，扶住安子晏的手，手心難得是熱乎的。

「烏羽剛才跟我坦白了，他在跟安子含談戀愛。」

蘇錦黎聽完最開始沒反應過來，緊接著跳了起來，把安子晏都震開了。

「怎、怎、怎麼可能？」

「是真的，安子含也算是承認了。」

蘇錦黎完全傻了，呆若木魚地坐在床上，久久不能回神。

這個消息，真的是太讓人震驚了，這在搞什麼鬼啊？

「你沒騙我？」蘇錦黎問安子晏。

「我怎麼會騙你？」安子晏又將安子含跟烏羽吵架的原因說了，蘇錦黎才發現，自己其實是目擊兩個人吵架原因的證人之一。

他抬手拍了拍自己的臉，緊接著問：「他們倆向來關係不好，怎麼突然說戀愛就戀愛呢？」

「這也是讓我驚訝的地方，這種相處模式，倒是跟我們倆完全不同，他們倆真在一起了也經常吵架，不知道能維持多久。」

「主要是他們倆之前都喜歡女孩子啊！」

「對。」

蘇錦黎抬起手，捧著安子晏的臉問：「是我們把他們教壞了嗎？」

「烏羽也是今天才猜到我們在一起了，安子含還不知情。再說了，性取向不是壞事，我們沒做錯什麼。」

怎麼說彎就彎了呢？

「可是，緹娜姐……」

「咱媽應該能接受，但是咱爸夠嗆，尤其是團滅的情況。」

蘇錦黎接受這件事情，不比安子晏強多少，也是半天都緩不過神來，甚至覺得難以理解，這人

安子晏重新抱住他，讓他靠進自己的懷裡，小聲說：「寶寶，最近別看手機。」

「我剛才看過了。」

「那之後幾天別看了。」

「我沒有你想像的那麼脆弱，還挺淡定的。」蘇錦黎回答完，看安子晏在看他，這才又補充：「雖然最開始我挺委屈的，但是漸漸就淡定下來了，現在大部分的評價也都能接受了。」

「我的寶寶可真厲害。」

蘇錦黎又躲回被子裡，拍了拍床說：「安大哥，我給你唱催眠曲吧。」

安子晏立即到蘇錦黎的身邊躺下，抱著蘇錦黎的腰，在蘇錦黎的嘴唇上親了一下，「好。」

蘇錦黎唱了一遍催眠曲，同時輕撫安子晏柔順的髮絲，思量了一會，突然問安子晏：「安大哥，你要跟我交配嗎？」

安子晏被這個問題弄得一愣，猛地抬頭看蘇錦黎。

蘇錦黎也在看著他，認認真真地問：「談戀愛後不是會交配嗎？我們在一起後，你除了抱抱跟親親，其他都沒做過呢，是需要我主動嗎？」

安子晏輕咳了一聲，這才回答：「我……我不想那麼快……讓你覺得我很流氓。」

「這不是戀愛後正常應該做的嗎？」

「我很珍惜你，所以想慢慢來。」

蘇錦黎想了想後，忍不住蹙眉，「珍惜不珍惜，跟交配不交配有什麼關係嗎？我喜歡你，想跟

你交配不可以嗎？」

「你的身體……能受得了？」

「不試試怎麼會知道？」

安子晏吞了一口唾沫，接著起身關燈，屋子裡昏暗下來，安子晏緊張得手都有點抖。

蘇錦黎卻問：「為什麼關燈啊？我想看著你。」

「我……害羞。」安子晏單手掩面地回答。

關了燈後，安子晏還是緩了一會神，才用手肘撐著身體，匍匐在蘇錦黎身上，看著昏暗中的蘇錦黎，「你確定可以？」

「為什麼要這麼慎重？」

「怕會影響你的身體。」

蘇錦黎思量了一會，伸手抱住安子晏的脖子，坦然道：「不交配，我談戀愛做什麼啊？」

安子晏將他額頭的頭髮攏到頭頂，在他的額頭親了一下，感嘆：「一直想說你的髮量驚人。」

「我能一秒把頭髮變沒！」蘇錦黎興奮地說。

「不要，不可以，絕對不行。」安子晏連三拒絕，他可不敢想像剛要啪啪啪，自己的戀人就變成了禿頂的畫面。

「喔……」蘇錦黎失落地應了一聲，緊接著就被吻住了嘴唇，不過這個吻很輕，很快就離開了。

安子晏一直深情款款盯著蘇錦黎黑暗中模糊的模樣，然後抬手捂住蘇錦黎的眼睛，又在他的嘴唇上親了一下。

「為什麼要捂我的眼睛？」蘇錦黎問。

「我害羞。」

「可是關燈了啊。」

「我知道你們妖精視力好。」

蘇錦黎還想抗議，安子晏就親吻了他的下顎，依舊動作輕盈，特別溫柔，透著珍惜。

他覺得有點癢，下意識躲了一下，然而安子晏卻追了過來，親吻他的脖頸。

輕盈的唇瓣就好似羽毛，吻很輕，卻帶著濃烈的喜歡。

安子晏只覺得蘇錦黎就好像誘人的美食，入鼻都是好聞的味道，隨意聞一聞都足夠他這樣的陽氣男瘋狂，更何況這麼近地親吻，細細地品味。

安子晏接著親吻蘇錦黎的喉結，又伸出舌尖小心翼翼地舔了一下。

蘇錦黎的身體一顫，被捂著眼睛只能用手去尋找安子晏的身體，扶著他的手臂問：「安大哥，你幹麼啊？你要吃我嗎？」

「嗯，吃掉你，但是不是你想的那種吃，而是……用另外一種方法。」

「喔……」

「還有，今天晚上叫我老公好不好？」

「嗯，好，老公。」蘇錦黎特別乖地叫了一聲。

安子晏忍不住笑，笑的時候氣息撲在蘇錦黎的皮膚上，暖融融的，很舒服。

安子晏又吻了吻他的頸側，接著輕輕舔了舔細膩的皮膚。

這種事情跟蘇錦黎想像中的交配不大一樣，然而他並不排斥安子晏碰他，只是下意識地揪緊了安子晏的衣服，抿著嘴唇繼續等待著。

這種感覺既甜蜜又難熬，讓人心癢難耐。

安子晏將另外一隻手順著蘇錦黎的衣服下襬，伸進衣服裡，先是碰觸了一下蘇錦黎的腰側，用手來回輕撫，接著抬起來用大拇指按住豆粒按了按，又揉搓了幾下。

蘇錦黎感覺到，安子晏的呼吸又沉重了幾分。

他也是第一次陪安子晏碰觸這些地方，感覺很奇妙，竟然很喜歡他的碰觸。

只要是安子晏，怎麼碰都行，其他的地方也想被安子晏碰碰，怎麼只摸這裡啊？

好在安子晏的手又開始撫摸其他地方，最後從衣領伸出來，扶住他的脖頸，親吻也順勢下滑。

密集的親吻，好像下落的雨滴。

衣服被扯起來，直接揚起，順著他的手臂脫了下來。他配合地將衣服脫掉，安子晏終於鬆開他的眼睛，讓他能夠看到安子晏。

然而，安子晏很快繼續親吻他的身體，他只能看到安子晏的頭頂。他低頭的時候，安子晏正含著他的豆粒，用舌尖輕輕地舔著，另外一隻手還在揉搓另外一個。

他的身體顫了一下，不知道該怎麼做，於是將手順著安子晏衣領，伸進安子晏的衣服裡，碰觸到安子晏結實的後背，漂亮的肌肉線條，讓他能夠用手體會到這個男人的身材健碩。

其實蘇錦黎的手很涼，然而在這種時候的碰觸，就好像是一種刺激，讓安子晏跟著興奮，為了讓蘇錦黎摸得很順利，安子晏自己起身將衣服脫了下來。

安子晏脫衣服似乎是故意練過，扯著一邊，手臂跟著配合，從一側就將衣服扯下來，丟在床邊。

蘇錦黎夜間視力特別好，所以看得真切，很意外地，竟然被安子晏脫衣服的瞬間帥到了。

他伸手摸了摸安子晏的腹肌，觸感意外地好，忍不住笑了起來。

安子晏再次俯下身親了親他的嘴唇，問：「你怎麼都不緊張？」

「嗯？我需要緊張嗎？可是我很高興欸。」蘇錦黎有點不解，手還在撫摸安子晏的身體，也像安子晏剛才那樣，用大拇指在安子晏的豆粒上揉了揉，還是兩隻手同時。

安子晏被蘇錦黎撩得更加難耐，剛想繼續下去，就被蘇錦黎推翻過來，他仰面躺在床上，看到蘇錦黎騎坐在他身上，俯下身來小聲對他說：「該我了。」

安子晏還沒弄清楚，蘇錦黎就攏了攏他的頭髮，親了一下他的額頭，接著捂住他的眼睛。

安子晏忍不住笑，還真是按照他的套路來啊？

很快，他就被親了親嘴唇，依舊是很輕的。

其實安子晏是故意這樣親吻的，他怕深入的吻會讓蘇錦黎吸走陽氣，之後真的啪啪啪的時候，蘇錦黎會受不了。

蘇錦黎開始照貓畫虎地親吻安子晏的下顎，然後是頸側，還小心翼翼地舔了舔。

安子晏簡直要瘋了，看不到的時候觸感會更明顯，這感覺真是要命。

安子晏摸索著，扯著被子給蘇錦黎蓋上，然後在被子裡碰觸蘇錦黎的身體。

手順著後背撫摸到腰部，最後乾脆伸進褲子裡，捏了捏蘇錦黎的屁股，蘇錦黎並未拒絕，還在認認真真地親吻安子晏的喉結，又舔了舔。

就在蘇錦黎要去舔安子晏的豆粒的時候，安子晏的手已經換了一個位置，握住蘇錦黎的小黎黎。

蘇錦黎的小黎黎已經有了些許反應，正在升旗的初期，安子晏握住後來回套弄，讓蘇錦黎的動作停下來，撐著身子慌張地看著安子晏。

他從來沒這麼弄過……他成人後，連自慰這種事情都不知道。

安子晏手上沒停，套弄的時候蘇錦黎的身體會跟著晃動，蘇錦黎停頓了一會，開始吻安子晏的嘴唇，安子晏卻躲開了。

「老公……」蘇錦黎可憐兮兮地叫了一聲。

安子晏又揉捏了一下蘇錦黎的小肉球，感覺到蘇錦黎的身體一顫，似乎已經軟了幾分。

他又用另外一隻手順著股間伸進去，碰觸那緊實的小穴口。

蘇錦黎不知道該做什麼了，鬆開手看著安子晏，立即跟安子晏對視。

「寶寶乖。」安子晏親了蘇錦黎的下巴一下，接著翻過身，到了蘇錦黎身後，右手依舊在握著蘇錦黎的小黎黎來回套弄，另外一隻手扯開自己的褲子，將蘇錦黎的褲子拉到膝蓋的位置，取出自

己的小晏晏抵在穴口。

他沒有立即進入，而是俯下身，在蘇錦黎的肩膀上親吻，接著咬了一下後脖頸，說道：「沒有潤滑，恐怕有些疼。」

「沒事的，我是男孩子，而且我還是妖精。」蘇錦黎被提著腰，保持著跪在床上的姿勢，用雙手撐著身體故作鎮定地回答。

「嗯，我慢慢來。」安子晏回答完，將自己的小晏晏一點點地送進蘇錦黎的身體裡。

嘴上說著沒事，真的開始蘇錦黎卻有點受不住了，好幾次想躲都被安子晏抓住，讓安子晏停下來問：「要不要等以後有潤滑油的時候試？」

「不……你再試試，我這次不躲了。」蘇錦黎根本不想停下來，他很想試試交配是什麼感覺。

安子晏慢慢地將小晏晏送進去了一半，感受到肉壁將他的頂端吞沒。那裡面並不暖和，甚至有點涼，然而柔軟緊致的感覺還是讓安子晏額頭的青筋都綻放出來。

蘇錦黎興奮的情況下，身上的香氣會散發得越來越多，尤其是在性愛的時候，簡直是在散發著聞一下就會意亂情迷的春藥。

安子晏是陽氣充盈的體質，被這種味道充斥著，讓他的忍耐早就到了極限，完全是對蘇錦黎的愛讓他保持著最後一絲理智。

甜蜜美好到讓他瘋狂的感覺刺激下，讓他再難停下來，然後按住蘇錦黎的腰，一舉進入。

蘇錦黎驚呼了一聲，一隻手扶著床頭才穩住身體。安子晏同時抱住他，輕輕咬著他的肩膀，在情愛的時候，這種疼痛反而就像是一種撒嬌，並不疼。

後面的酸脹感讓蘇錦黎難受得險些支撐不住自己的身體，然後就聽到安子晏在他耳邊小聲嘟囔：「蘇錦黎，我好愛你啊……」

蘇錦黎又後悔又想繼續，撐著身子還想緩緩神，安子晏已經開始慢慢動了。

「別……好疼……」這種感覺太強烈了，比他想像的難耐多了。

安子晏強撐著停下來，因為忍得難受，身體都很緊繃。

蘇錦黎又堅持了一會，才小聲說：「你輕點……」

「嗯。」安子晏回答完，開始律動，從最開始來回動，到後來抽插。

另外一隻手還握著蘇錦黎的小黎黎，哪裡都不肯放過。

安子晏漸漸越來越興奮，他從未體驗過這麼美妙的感覺，舒服得他的毛孔都張開了。

蘇錦黎則是跟著他的幅度晃動身體，又疼又有一絲甜蜜的感覺讓他小聲哼出來，「嗯嗯哈哈」的，沒有規律，不成調子，偏偏聲音好聽，聽著都是一種享受。

到後來，蘇錦黎已經支撐不住自己的身體，趴在床上，安子晏依舊按著他在他的身體裡肆意抽插著。

蘇錦黎似乎漸漸沒有那麼難受了，身體裡有著充盈的陽氣在四處亂竄。

他知道他現在已經跟安子晏做了戀人之間才能做的事情，他的身體裡有屬於安子晏的堅硬之物，四肢百骸都是屬於安子晏的陽氣，將他整個人占滿。

他有一瞬間的恍惚，竟然開始覺得舒服，這種感覺讓自己忽略了陽氣讓他有些頭疼。

安子晏在這個時候竟然用手指按住蘇錦黎的頂端，低聲說：「叫老公。」

「老公……嗯……老公……」

「說你愛我。」

「愛你，啊，啊嗯嗯，我……我愛你……」

安子晏這才親了親蘇錦黎的肩頭，鬆開手讓蘇錦黎射出來，之後安子晏並沒有讓蘇錦黎休息，按著蘇錦黎更加凶蠻地抽插，釋放著自己的原始本能。

不再忍耐，用自己的意識去動，瘋狂地占有蘇錦黎。

蘇錦黎呻吟的聲音帶了哽咽的腔調，甚至在迷迷糊糊地求饒，然而安子晏已經管不了，直到他到達頂點，快速抽出來射在床單上，才鬆了一口氣。

安子晏冷靜下來後，側頭看向蜷縮在被子裡，偷偷擦眼淚的蘇錦黎，湊過去在他的嘴唇上親了一下，問：「頭疼不疼？」

「屁股疼……」蘇錦黎回答得特別委屈。

安子晏看著蘇錦黎，總覺得自己的心都要融化了，這小子真的是怎麼寵他都不為過，真的是很招人疼。

越在一起越喜歡，越愛越沉迷。

安子晏先是收拾了房間裡的狼藉，整理好自己後，開始在屋子裡轉悠。

「奶茶涼了，你還喝嗎？」安子晏拿著奶茶回頭問蘇錦黎。

「不喝浪費了。」蘇錦黎趴在床上，看著安子晏。

安子晏依舊只穿著褲子，露出自己漂亮的身體，光看安子晏接近完美的肌肉，蘇錦黎就覺得心情不錯。

「這個扔了吧，能給你取暖已經是它的全部使命了，我給你換一杯。」

「那就不用了。」

安子晏拿起手機給江平秋發了一則訊息，接著從桌子上擰開一瓶礦泉水後遞給蘇錦黎：「喝點水吧，潤潤嗓子。」

「喔，好。」蘇錦黎接過水咕咚咕咚喝了半瓶。

安子晏並沒有停下來，繼續說道：「我去放洗澡水。」

「好。」

安子晏動作挺利索的，弄好洗澡水走出來，就看到床上躺著一條魚，還在擺魚尾，立即腳步

一頓。

「我需要立即將你放進水裡嗎？」安子晏問蘇錦黎，生怕一條魚躺在床上無法呼吸。

「我頭好暈啊……」蘇錦黎用娃娃音說道，怎麼聽怎麼磣人。

安子晏蹲在蘇錦黎身邊看了看，忍不住問：「你現在長得這麼緊湊，我怎麼才能幫你揉頭？」

「不用了，我自己調整調整就可以了。」

「是因為陽氣吸太多嗎？」

「還有你給我晃的。」

「……」

安子晏捧著蘇錦黎到浴室，放進水裡後，蹲在浴缸邊看著蘇錦黎在水裡一副要翻肚的姿態，不由得擔心：「你這樣有沒有問題？」

「就跟吃太多撐到似的，你們撐到是胃疼，我撐到是頭疼。」

「我能幫你什麼嗎？」

「我想吃好多好吃的東西。」

「好，我讓江平秋順便準備。」

安子晏又給江平秋發訊息，叮囑他買點食物回來，花樣多一點。

這還挺難為江平秋的，這種深夜，很多店鋪都關門了，他只能去酒店的餐廳詢問，順便去二十四小時的超市看看。

等安子晏再回到浴室裡，就看到蘇錦黎在水裡游得挺歡快的，在他進來後蘇錦黎動作一頓，又開始了翻肚的姿態。

「你做魚時的演技，倒是比做人時要好許多。」安子晏感嘆。

「我是真的不舒服，想你關心我。」

「你不用這樣我也會關心你。」

蘇錦黎又在浴缸裡游了兩圈之後就累了，不再游了，停下來對安子晏說：「我累了，你抱我出去擦乾淨。」

安子晏點了點頭，捧著蘇錦黎出去，到外間沙發上幫蘇錦黎擦魚鱗，緊接著，蘇錦黎就在他的面前變成人的形態，身上的魚鱗也一點一點地消失。

然後他就看著這具身體，尤其是肩膀上已經不大清晰的牙印，下意識地嚥了一口唾沫。

不過他還是很快回過神，給蘇錦黎披了一條毯子，接著坐在沙發上，隔著毯子，將蘇錦黎抱在自己的懷裡，讓他坐在自己的腿間。

「會冷嗎？」安子晏問他。

「其實回到室內就緩過來了。」蘇錦黎靠在安子晏的懷裡，覺得特別安心。

「屁股還疼嗎？」安子晏看了看他的坐姿問。

「我有治癒能力，又吸了很多陽氣，就用在修復上，現在已經沒事了。」

安子晏疼惜地親了親蘇錦黎的額頭，繼續抱著他說道：「下次我總結經驗，找一個會讓你舒服一些的姿勢。」

「沒事，是我太弱了，我要是再強大一些就好了。」

「我就喜歡你這樣的。」安子晏抱著蘇錦黎，就像抱著自己最珍貴的寶貝。

「我本來就資質特別不好，結果我運氣不錯，一隻妖精渡劫失敗，我誤打誤撞吞了他的妖丹才能夠成精。後來又特別幸運地跟我哥哥相認了，一起互相照顧生存了千餘年。」

「所以……你會活很久嗎？」安子晏一直都擔心這個問題。

他怕以後他的壽命沒了，蘇錦黎還是年輕的樣子，這是最虐心的愛情了吧？

結果蘇錦黎搖了搖頭，「不，我的壽命跟你差不多，我只是比你年輕幾歲罷了。」

「怎麼會？」

「我天資很差，就算修煉了許久，也只能變出兩條腿來。我哥哥就資質很好，很早就能變成人形，還能控制自己的狀態，變成孩子的模樣，一點一點長大，毫無破綻。我就不行……所以我求爺爺跟哥哥幫幫我，讓我能變成人的姿態，能夠體驗人世間的生活。」

「你變成人，是要付出壽命的代價嗎？」

「對，我求他們幫我，就要奉獻出妖丹作為代價，我的壽命變得跟人類一樣，身上的鱗片變青一些，我的壽命就會減少一些。」

「我看到你青色的鱗片只有頭頂很小一塊。」

「這個是從下山開始算的，在山上還是妖精的地盤，但是出來了，我就要開始損耗壽元了，這也是我爺爺不希望我出來的原因。不過，我只要在年邁的時候回山上隱居，就能活得久一些。」

安子晏雖然希望能夠跟蘇錦黎白頭到老，但是也覺得蘇錦黎這麼做實在太可惜了，忍不住問：「你為什麼要這麼做？」

「我很羨慕啊……之前千餘年，我都只能躲躲藏藏的，生怕被發現，被發現了會被當成怪物追殺我。我很羨慕人類的生活那麼豐富，有七情六欲，有親戚朋友。其實我很想正常地在這世間玩一玩，到處看看，吃好吃的東西，玩好玩的遊戲。」

「只為了這些？不覺得可惜嗎？」

「我也是最近才發現，躲藏久了，其實會渴望被人關注、被人喜歡，喜歡站在最耀眼的地方，展現自己的實力，然後我就喜歡上了舞臺，想要表演給所有人看。與其躲躲藏藏，一直羨慕地活下去，不如瀟瀟灑灑，做一個人，活一輩子，過得痛快。」

安子晏聽完陷入沉默，他總覺得很心疼，卻不知道該說什麼，蘇錦黎已經做出決定了，他又能怎麼辦呢？

「我想來到這個世間，也想被人愛，也想談戀愛，體驗交配的感覺。可是……跟我最開始想的不大一樣，我以為我會跟女孩子在一起。」蘇錦黎說完噘起嘴來。

「你恐怕沒法嘗試了。」安子晏抱著他不鬆手，他是不會同意分手的。

「不過遇到你很好，讓我體驗到了很多，我被你保護著、被你愛著，還被你按在床上……」

「行了行了，這個就不用說了。」

「反正，我覺得現在很幸福，有疼我的哥哥、爺爺，有喜歡的戀人，交到好幾個朋友，有很多喜歡我的粉絲，我覺得沒白變成人，特別滿足。」蘇錦黎說完，目光炯炯地看著安子晏。

安子晏也看著他。

「我們會結婚嗎？」蘇錦黎問。

「會，只要你願意。」

蘇錦黎立即笑嘻嘻地點頭，然後抱住安子晏，「安大哥，我恐怕是這世界上最幸福的魚了。」

安子晏抱著蘇錦黎，小聲嘟囔：「我會對你很好的，特別好特別好的那種。」

「嗯，我相信你。」

等了一會，江平秋送來奶茶跟食物，安子晏關上門站在走廊裡跟江平秋詢問情況：「國內的情況怎麼樣了？」

「消息被封鎖了。」

「什麼意思？」

「時老又出手了，保護蘇錦黎，並且警告了耿聞。」

安子晏聽完忍不住蹙眉，難不成時老真的很看重蘇錦黎？

【第九章】

惡毒的陰謀

安子晏心事重重地回到房間裡，看到大吃特吃的蘇錦黎，一瞬間什麼煩惱都沒了，瞬間被治癒。

他坐在桌子邊，拄著下巴看著蘇錦黎吃東西，問他：「你們妖精吃多了不會胖嗎？」

「會啊。」蘇錦黎回答得理直氣壯。

他忍不住蹙眉，「那你這麼吃沒問題？」

蘇錦黎是藝人啊！現在人氣高，胖了都有可能上頭條，蘇錦黎是他老婆，但也是他手底下的藝人，不能過分慣著。

「我運動量大。」說著，又咬了一口。

安子晏坐在桌子前，掰著手指頭跟蘇錦黎算，「你的行程我可全部都知道，你看看你最近的工作，是不是全在路上，你有什麼運動量？」

「你知道粉碎機嗎？」

「知道啊。」

「我剛才就一直被晃啊晃的，肚子裡的東西都加速消化完了，現在特別餓。」

「好，吃吧，理由十分充分。」安子晏無言以對。

當天夜裡，蘇錦黎是註定無法回去房間了，體內陰陽二氣混亂成一團，蘇錦黎吃完東西後打坐調息了許久，才算是穩定下來。

睜開眼睛就看到安子晏依舊坐在桌子前，披著衣服看電腦上的檔案。

安子晏見他打坐結束了，問：「好些了嗎？」

蘇錦黎點點頭，接著起身走過去，抱住安子晏，將下巴搭在他的肩上，像一隻小哈巴狗似地問：「你還不睡覺啊？」

「我把這些工作處理完。」

「那我陪你。」

「不用，你先去睡吧。」

蘇錦黎沒走，調整了一個姿勢繼續靠著安子晏，將他身上的衣服扯了扯，蓋在自己身上，「我在你懷裡睡。」

安子晏抬手將蘇錦黎攬進懷裡，用鼻尖蹭了蹭蘇錦黎的頭頂，「乖，我馬上就處理完。」

「嗯。」

安子晏說的馬上，其實一點也不快，這種大豬蹄子說的話簡直就是在開玩笑，只能當真三分。

蘇錦黎靠在安子晏的懷裡睡了一會，才被安子晏抱起來，小心翼翼地放到床上。

然後安子晏就犯了難，這種情況下，要不要跟蘇錦黎一起睡？會不會又被踢下床？

一個知道喜歡的對象是妖精還會繼續追的人，在知道戀人睡覺不老實後，自然不會一次就放棄。

安子晏再度躺在蘇錦黎的身邊，怕他半夜睡得不安分，乾脆將他抱得死死的，腳也緊緊纏著，這才入睡。

第二天一早，安子晏醒過來的時候，發現蘇錦黎環著他的腰，臉埋在他懷裡，睡得還挺老實的。

他抱著蘇錦黎開始總結經驗，究竟是啪啪啪讓蘇錦黎老實下來的？還是因為他抱得緊才倖免於難？

這個，以後還得分別實驗一次。

雜誌不到半個月就上市了，比安子晏預料得還快。

蘇錦黎、範千霆、常思音幾個人這段日子都留在公司裡錄歌、拍攝宣傳照，為他們的新單曲做準備。

偶爾飛到別處拍攝廣告，反而沒有比賽剛結束的時候那麼忙碌。

蘇錦黎也是這幾天才去參加春晚的彩排，安子含跟烏羽則比較忙，安子含已經開始拍攝偶像劇，每次團體有工作時都是特地抽時間過來。

烏羽也是一樣，很多積累的工作，以及瘋狂接的新工作，讓烏羽的日程是最滿的，最近這幾天才開始進組，拍攝新的電視劇。

雜誌上市後，果然引起軒然大波。

不僅僅是範千霆、常思音的成長，蘇錦黎跟安子含與眾不同的經歷，以及各有一位影帝哥哥的感想，最大的爆料是烏羽的真實家庭背景，以及江湖救急的成團緣由。

報導裡有問成員們為什麼要選擇組成男團出道？

烏羽是這樣回答的：最開始我已心灰意冷，覺得被生父控制了未來，看不到希望。是我的哥兒們一直在幫我，記憶最深刻的是他們參加真人秀的時候，每個人都拿著我的相片合影。他們給了我勇氣，讓我能夠振作起來，勇敢地面對一切。

但是組團之後很多不好的新聞跟傳言就出現了，我不想大家因為幫助我，而經受非議，我覺得應該站出來澄清一切。

記者：那麼現在身分曝光了，江湖救急還會繼續下去嗎？畢竟這個團體已經沒有當初成立的用處了。

烏羽：其實江湖救急最開始就是一個「情誼」的體現，在曝光之後，我們的情誼還在，組合就會在。

雜誌的獨家報導，在國內翻了鍋，很多粉絲翻牆去搶購原版雜誌，竟然讓官網都癱瘓了。後期還出現了高價倒賣的情況，好在官網及時修復。

新聞的關注度持續增高，當天成了爆款熱搜，打開熱門微博，前幾條也被江湖救急的新聞強勢霸占，輿論更是一面倒。

預離：#江湖救急#看到新聞的時候氣得發抖，耿聞怎麼可以這麼渣？找小三，有私生子，還打壓私生子，如果烏羽沒有一意孤行地參加選秀，遇到現在這群朋友，他是不是就此被埋沒了？海豚音啊！這種實力派歌手整個華語樂壇都十分罕見，不覺得可惜嗎？

羊咩咩啊：#江湖救急#沒看過選秀，不是任何成員的粉，只是覺得這種友情十分讓人感動，轉粉了，別讓我失望啊。

麒麟：#江湖救急##烏羽身世#罵烏羽的人三觀被狗吃了嗎？他想做小三的兒子嗎？他能選擇自己出生的家庭嗎？他出生後就被唾棄，被親爹打壓，現在還要被你們罵了？如果能選擇，誰不想要生在和睦的家庭裡？

是魚不是魚：#江湖救急#最開始覺得這個團體很扯，團名也像開玩笑似的，現在懂了其中含義，開始心疼了。

Stella：#江湖救急#他們是不會分開的好朋友啊！【圖片.jpg】

斷線紙鳶：#江湖急救#本來想罵波若鳳梨倒閉吧，後來想到沈城也在這家公司。坐等結果吧，我倒要看看波若鳳梨這回怎麼收場。

因為這件事，波若鳳梨可以說是出現了很大的動盪，股票大跌，網上一片罵聲，還有人翻耿聞的黑料出來。

有一位女藝人，親自出來發聲明，可以說是給耿聞重磅一擊。

柳吾珅：我曾經是波若鳳梨的藝人，前兩年一直在接受培訓，好不容易得到資源後有了曝光度，終於算是小火了一次。結果那之後依舊沒有工作，我就十分不服，去問我的經紀人，經紀人支支吾吾不肯回答。

後來耿聞親自來找我，暗示說只要跟他有那種關係，就可以繼續幫我尋找更好的資源，簡直誇得天花亂墜，還趁機摸我大腿。他是看我長得還可以，讓我小紅當到一些甜頭後，後續不甘心被冷藏，就會妥協，然而我沒有，我直接拒絕了，繼續在公司接受培訓。

後來是沈城幫了我一把，讓我有機會接了《那年青春正好時》這部片。當時沈城勸我不要跟公司續約，到期就換公司。我很感謝沈城，也十分厭惡耿聞，希望大家不要因為耿聞一個人，否認了波若鳳梨，並不是所有人都是這樣的。

網路上自然又掀起一波評論，大家已經在波若鳳梨的官博罵了幾個小時，這回官博倒是很給力，終於在事件爆發的二十五小時後，宣布公司的股東大會緊急決定，耿聞被撤職，由沈城暫時管理公司事務。

波若鳳梨的股票大跌，自然引起股東的注意，並且極度不滿。

隨著事件發酵，耿聞的黑料越來越多，這種全身都是黑點的人，再做波若鳳梨的管理者就有些說不過去了。時老這些大股東開了一個電話會議，只用了半小時就決定將耿聞撤職，由評價很好的沈城接任波若鳳梨的總裁。

事情處理後，網路上開始出現另外一番景象。

紅豆年糕：#江湖救急##沈城#現在波若鳳梨的總裁是沈城了！大家不要再罵波若鳳梨了，別給新總裁添麻煩！

兮洛：#沈城#沈·霸道總裁·史上最年輕影帝·我老公·城，怎麼那麼厲害！

木子為葉：#沈城#又是影帝，又是霸總，長得帥又有實力，還有蘇錦黎那麼可愛的弟弟，沈城怎麼這麼蘇？百萬字言情小說的男主角啊！妥妥的人生贏家。

此時的波若鳳梨裡，沈城看著耿聞氣急敗壞地砸他辦公室的門，還在淡定地修剪自己的指甲。他在波若鳳梨的辦公室是玻璃門，被耿聞用椅子砸成紋理圖案竟然也沒碎開，繼續堅挺著。

「你這是蓄謀已久，是不是？從他去參加真人秀的時候，你就已經在籌畫了，你什麼都不缺，

我也沒招惹你，你非要逼死我是不是？為什麼？」耿聞有些粗的手指頭幾乎指到沈城的鼻尖，被沈城嫌棄地躲開了。

他將磨指甲的板子丟在桌上，沈城拿起噴霧，對自己的辦公室噴了噴。

他並沒有回答耿聞的問題，而是說道：「我之後就不在這裡辦公了，你這麼折騰倒也無所謂，不過我不大喜歡你那間辦公室的裝潢，風水也不好，我得改改。只是……你這麼氣急敗壞會影響你的名聲吧，公司裡還有其他員工呢。」

「是！你現在是代理總裁了，你真的覺得這個位置你能坐得穩嗎？」耿聞氣得聲音都在發顫。

「我對這個位置倒也不大感興趣，只是想趕你走而已。」沈城回答完，非常開心地笑了起來，笑容迷人。

「你總該告訴我為什麼吧？」耿聞還是不理解沈城究竟為什麼要把他往死裡整。

沈城用自己的神識探查了一番，確定周圍沒有人聽牆角，圍觀的同事都被啾啾趕走了，這才說道：「您還真是貴人多忘事。」

「怎麼？」

「想潛的人太多了，所以都忘記了？」

「你手底下的藝人我一個都沒動過！」耿聞說完氣得扠腰，突然想到什麼，問沈城：「你是說韓瑤？」

沈城沒回答，算是默認了。

耿聞聽完忍不住大笑起來，簡直要氣得瘋癲了：「你跟她不就是玩玩嗎，分手分得乾淨俐落，現在裝什麼情種？」

「畢竟曾經是我的女朋友，在跟我交往的時候受了委屈，我就要收拾回來。」

「我根本沒把她怎麼樣，還被揍了一頓，最後她不是跳槽去華森娛樂混得風生水起嗎？你他媽的就是沒理由硬找理由吧？根本是一個精神病。」

「可能在你這種渣男看來，這種理由確實很扯。」

——何止扯，簡直就是無理取鬧！

耿聞用拳頭用力地敲擊桌面，「你等著……我會讓你死得很慘。」

沈城聽完就笑了，並且笑得挺好看的，依舊雲淡風輕地看著耿聞，「好，我等著。」

這千餘年來，能讓沈城覺得恐懼的，恐怕只有蘇錦黎的睡姿了。

他目送耿聞離去，接著哼起歌來，雖然唱得難聽，調子卻很是愉悅。

耿聞收拾了東西後便離開公司，有人幫他安排好，讓他能夠隱祕地離開。他來時還抱著僥倖心理，想著跟公司求情只是將他暫時停職，可是得到的結果是永久撤職。現在這種局勢，他只能灰溜溜地離開，恨得牙癢癢。

他被人掩護著離開電梯，往地下停車場走去，剛上車，就看到一群記者追著一輛車跑。

耿聞一行人一慌，立即想要安穩地離開，下意識從另一邊反向繞開。

結果那輛車直挺挺地追了過來，擋在耿聞的車前，讓他沒法離開。

記者們還在追問車上的人，希望他能夠回答問題。

那人終於搖下車窗，指了指對面的車，「你們問我幹什麼啊？前面不就是耿聞的車嗎？你們直接去問本人吧。」

聽到這句話，記者們將信將疑，緊接著有人驚呼：「真的是耿聞，他在車上。」

記者們一擁而上，緊緊圍住了耿聞的車。

這裡是公司大樓的停車場，本來不該有記者進來，一般就算被記者圍堵也是在出口的位置，那裡早就安排了警衛擋人，能順利離開。

然而記者突然出現在停車場內，這就非常奇怪了，耿聞罵罵咧咧地詢問怎麼回事，得到的答案

卻是：「安子含突然跑到我們公司來，引來一群記者。」

「他來我們公司幹什麼？」波若鳳梨什麼時候跟世家傳奇如此友好了？

「說是找沈城要簽名。」

「這群人……找死吧……這種理由也說得出來？」耿聞氣得咬後槽牙。

耿聞知道，安子含絕對是故意的！

偏巧安子含還大大咧咧地下車，站在耿聞的車窗外晃了晃，似乎是確定耿聞在看他，他便揮了揮手，接著壞笑著帶著自己的人走進電梯，應該是聯繫了沈城，沈城安排人接應了。

近期最熱的新聞是什麼？絕對是耿聞、烏羽、江湖救急。

現在記者終於找到耿聞，自然不會放過他，圍追堵截，耿聞一時半會是別想脫身了。

沈城跟安子晏都早有準備，打了耿聞一個措手不及。

雖然耿聞早就有所察覺，可是這種場面也讓他難以應對。

事情在一個月後終於漸漸平息下來，網上又出現新的熱門新聞，有一位男藝人出軌被拍到，劇情各種反轉，吸引眾人目光。

大致情況就是藝人被拍到後，其妻子在網路大罵，質問記者有沒有清楚的視頻？沒有實錘就別隨便誣陷人。

結果求錘得錘，該妻子又發了長微博開始煽情，說自己早就抓到過老公出軌，只是顧及夫妻情面，還有孩子才會這樣。柔弱的姿態跟之前強硬的女人完全是兩種畫風，導致掐得厲害。

耿聞縮頭烏龜了一個月後，漸漸被人淡忘。

倒是江湖救急的名氣水漲船高，經歷這次的事情後，一下子成為一線流量。

蘇錦黎剛剛從新人勢力榜衝出來，如今已經爬到明星勢力榜的第一名。只要發微博就會有千萬的轉發量，雖然……大多是在許願。

安子含跟烏羽則是在這個月輪流成為新人勢力榜的第一名，也即將脫穎而出，不過兩家的粉絲依舊掐得厲害。

蘇錦黎在春晚彩排的時候，並沒有他的休息室，他跟其他演出者一樣的待遇，在聚集很多演員的大廳休息。

不忙或者沒有輪到他的時候就戴著耳機，聽著音樂，給江湖救急的新歌填詞。

還經常會有演員過來跟蘇錦黎求簽名或者合影，蘇錦黎都會態度很好地答應。

終於送走一群小粉絲，蘇錦黎回到座位坐下，就聽到「噠噠噠」的高跟鞋聲音，接著感受到一陣讓人不寒而慄的感覺。

他不用看就知道，是韓瑤來了，他對貓妖的畏懼簡直是與生俱來的。

韓瑤走到蘇錦黎身邊，丟丟第一時間站起來打招呼：「韓姐。」

「嗯，我跟你家主子聊聊天。」韓瑤回答了一句，就對蘇錦黎勾了勾手指。

蘇錦黎慫地低著頭，搖了搖頭，「不想聊。」

「我不吃你！」

蘇錦黎思量了一下，還是起身跟著韓瑤走到旁邊，並沒有去什麼隱蔽的地方，只是找了個旁邊沒有其他人的地方聊天，還保持著些許距離，為的就是坦坦蕩蕩，不會傳出什麼緋聞來。

「你知道你哥跟耿聞不對付的原因嗎？」韓瑤問他。

「他充滿正義感，不喜歡耿聞這樣的人。」

「喔，還有嗎？」說得就像她不認識沈城似的，蘇錦黎眼裡的哥哥光環有點過分了吧？

蘇錦黎搖了搖頭，「我哥哥從來不跟我說知心話，我還因為這個跟他發過脾氣。」

「最後有用嗎？」

「沒用，他還是我行我素。」

「這種人真的……不，這種魚真該刮了魚鱗吃了！」

蘇錦黎搖了搖頭，「魚太老，肉會特別難吃，尤其是錦鯉，肉很柴，不好吃。」

韓瑤看著蘇錦黎慫巴巴的樣子，忍不住樂了，輕咳一聲，「跟你道個歉。」

「妳道歉我會接受的。」蘇錦黎立即回答。

「因為我漂亮？」

「不，誰讓妳是貓妖呢……」蘇錦黎繼續慫得一塌糊塗，一條魚哪敢跟貓有脾氣？貓會讓他沒脾氣。

「以後我們井水不犯河水，只要你們哥倆不招惹我，我也不會做什麼的。」

「那妳能不能為了彌補愧疚，幫我一個忙？」

「哈？你還跟我談起條件了？」

「妳……若是不願意……也沒關係。」

韓瑤無所謂地擺了擺手，「你說說看。」

「吳娜，我想要她的把柄，妳們在同一家公司，我想……」蘇錦黎特別急切地說出來。

「她怎麼惹到你了？」

「尤拉姐被她黑過，被欺負得特別慘，而且我的經紀人也被她打壓過，我總覺得應該為這些對我好的人，收拾吳娜。」

「你是玄學妖怪，可以讓她倒楣啊。」

「不夠，我要讓他們重新翻身，沉冤得雪！」

看著蘇錦黎嚴肅的語氣跟眼神，韓瑤被蘇錦黎逗笑了，半天沒停下來，後來拿出手機對蘇錦黎說：「加個微信好友吧，我盡可能幫你。」

蘇錦黎也拿出手機加她好友。

「你是不是傻啊，什麼都敢跟我說，萬一我跟吳娜是一夥的呢？」韓瑤加好友的時候問蘇錦黎。

「我哥跟妳在一起過，就證明妳人是不錯的，上次黑我也是事出有因。」

「你跟你哥哥真是不一樣，他可不像你這麼相信人，還這麼聖母。」

蘇錦黎搖了搖頭，對韓瑤說：「我哥當初說，妳不會做其他過分的事情，估計就是相信妳的為人吧。」

韓瑤看了蘇錦黎一眼，眼神似乎別有深意。

想要走，韓瑤又突然回頭問蘇錦黎：「他只是異裝癖，還是……有其他的癖好？」

「他就是喬裝出去，比較安全。」

「你傻我可不傻，他可以改變年齡，用得著非穿女裝？」

蘇錦黎被反問愣了，想了想後說道：「妳就不能給他留點面子？」

「我就是慪氣，前男友穿女裝比我還好看！」韓瑤氣呼呼地說完，就快步離開了。

韓瑤跟吳娜不僅僅不是一夥的，在公司就已經互看不順眼了。

其實韓瑤是經紀人，跟吳娜可以井水不犯河水，偏偏吳娜這個人性格囂張跋扈，沒有什麼忌憚，惹了不少人。

韓瑤又是個性格強硬的，兩個人雖然沒明面上吵過架，卻還是在暗地裡鬥過幾回。

蘇錦黎跟韓瑤說的時候，韓瑤看似波瀾不驚，倒是覺得這是一個很好的機會，能打擊吳娜，還能讓她心裡舒坦一些。

可是這個料非常難搞，畢竟吳娜是華森娛樂的藝人及主管之一，很多料只要爆出來，就肯定會牽扯到一系列的事件。

唯獨一件事情不會牽扯到什麼人，就是吳娜做小三的事情。

韓瑤最開始幾天都是在跟蘇錦黎扯皮，先問蘇錦黎可不可以讓手底下的女藝人跟他炒個緋聞？不是烏羽的前女友，只想有熱度大家一起得利，但被蘇錦黎拒絕了。

然後凌晨發來微信，發了一堆口紅的圖，問他哪個色號好看？蘇錦黎盯著螢幕看了半天，隨便選了個顏色，他覺得顏色差不多啊，不都是紅色的？

還有一天深夜突然問蘇錦黎：你哥穿女裝的時候穿胸罩嗎？

蘇錦黎：……

又過了兩天，韓瑤終於把蘇錦黎要的料發過來了。

首先是一張吳娜過生日時和付陽澤的合照，兩個人十指緊扣。之後是一張截圖，是吳娜的微博。

韓瑤：這個是他們倆在吳娜生日那天拍的，吳娜還發了微博，背景完全一致，時間是付陽澤離婚之前。我費了好大力氣才拿到的，這都是華森娛樂跟吳娜關係不錯的人才有的相片。

蘇錦黎：超厲害！

韓瑤：還有呢。

之後的料就有點繞了，都是一個小號在尤拉微博下罵人的截圖，內容大多不堪入目，時間也是付陽澤離婚前。

結果被扒到這個號與一個淘寶帳號有關，點開個人主頁，可以看到這個帳號的曬圖，有一個曬圖裡的背景被截圖下來。

接著，又是吳娜微博裡的自拍圖，背景完全一致。

蘇錦黎：雖然看得很迷糊，但是感覺超級厲害！

韓瑤：我就不動手了，畢竟我在華森娛樂，你問問你哥該怎麼搞事吧，實在不行就去問安子晏也行。

蘇錦黎：我哥哥從來不親自做壞事，我問問安大哥。

韓瑤：對，安子晏這種破事做得特別拿手，反正不是什麼好東西，你跟著他就對了。

蘇錦黎：呃……聽起來很奇怪。

韓瑤：就是跟著他不會被欺負的意思。

蘇錦黎很快將這些資料發給安子晏，詢問要如何處理。

他看到安子晏那邊顯示了正在輸入，結果等了半天，都沒等到回覆。他有點不解，又打字去問：怎麼了？

安子晏終於回覆了：我有點慌。

蘇錦黎突然有種不好的預感，於是再次詢問：出什麼事情了？

安子晏：你最近別看微博，如果有人問你什麼，你就說全部不知情，一直在彩排春晚，知道嗎？別的一句話不要多說。

蘇錦黎：出大事了嗎？

安子晏：我現在手有點抖，等會再跟你詳說。

蘇錦黎：我打電話給你？

安子晏：別，我怕我會哭出來。

蘇錦黎終於意識到事情的嚴重性。

這個時候，蘇錦黎又收到韓瑤的訊息：什麼情況？安子含性侵？

蘇錦黎：妳在說什麼？

韓瑤：現在熱搜已經爆了，微博伺服器都癱瘓，整個網路都炸開鍋了。

蘇錦黎：不可能！

韓瑤：有實錘，你不信都不行，這次安子含是栽了。

蘇錦黎慌慌張張地想要打開微博，又想起他們的提醒，於是拿出備用手機，登陸自己的小號，接著去看是怎麼回事。

熱搜的爆款是「安子含性侵」，他點開微博，就看到詳細的內容。

事情發生在昨天夜裡，安子含被監控拍攝到跟幾個人一同去吃飯唱歌，視頻裡還特意重播幾次，將安子含跟其中一個女孩的身影，故意畫了紅圈。

深夜他們出現在一個轟趴館裡，監控裡可以看到他們是一同進入的，出來的時候卻沒有安子含跟那個女孩。

之後，就是女孩報案的資料，證據說明，女孩拿著自己的衣服去報案，說被安子含性侵，衣服上還沾了安子含的精斑。

警方調查後確認這些精斑的確屬於安子含，簡直就是證據確鑿。

蘇錦黎看著這些爆料，一下子也跟著慌了，他知道安子含不是那樣的人，現在安子含跟烏羽交往，不可能再去侵犯一個女孩子，這絕對是有人想要陷害安子含，還往死裡搞。

他想，安子晏會有方法吧，一定會幫安子含洗脫冤屈的吧？

可是想到剛才安子晏的狀態，蘇錦黎知道安子晏現在也是束手無策，於是他立即發訊息問安子晏：現在到底是什麼情況？

過了一會，安子晏發了一段語音過來：「我也不知道具體的情況，昨天夜裡發生的事情，白天子含就被抓走了，如今還被關著。我想盡辦法都見不到本人，問了當時在場的朋友之一，說他昨天晚上喝了很多酒，估計是酒後誤事了。」

蘇錦黎：子含肯定是被算計了！

安子含：「我也是這麼想的，可是證據放在那裡，昨晚跟安子含一起的人都是他十幾年的朋友，我都認識。女孩子是一個網紅，他以前的確喜歡跟網紅搞在一起。」

相信安子含的人品是一回事，但是安子含喝完酒後有沒有做錯事，誰都不敢保證。

現在他們見不到安子含本人，誰也不清楚究竟是怎麼一回事，安子晏想要控制局面都有點束手無策。

蘇錦黎拿起手機，再次忍著自己的心情，去看輿論。

Arthur.kirkland：世家傳奇跟木子桃公司都表示還沒有見到安子含本人，不能輕易下定論。

墨喬：其實只是普通的約炮吧？結果安子含太渣了，或者價格沒談妥，網紅狠狠地報復了。

捕鵝職業戶：一直有安子含出道前很花的傳聞，特別喜歡跟網紅在一起，還被扒出過合影。不過我覺得性侵應該不至於，安子含應該不缺女朋友，而且女孩明顯一直同行的，等待最後結果吧。

復古款眼睛：這恐怕是紅得最快，也涼得最快的男團。

四個爸爸：性侵一生黑，都已經確定精斑是安子含的了，還怎麼狡辯？有幾個女孩子會拿自己的清白開玩笑？

我如風聲醉落：之前就覺得安子含人品不怎麼樣，現在看來是真的了。

蘇錦黎看著評論，氣得發抖。

手機裡還有安子晏傳來的訊息：你別衝動，什麼都別做，等我處理，你繼續參加彩排，一切如常就好。

蘇錦黎看著螢幕，快速回覆安子晏：你是不是有點懷疑安子含真的做出這些事情了？

安子晏：我要問過他本人。

蘇錦黎：我相信他。

安子晏：嗯，我也相信他。

蘇錦黎拿著手機，快速打開自己的微博，然後發布了一則內容。

蘇錦黎：我相信他。

安子晏立刻發訊息來：你！我告訴你了，這樣只會引起更高的關注度，讓事情無法收拾，你也會被連累。

蘇錦黎打字回覆：現在已經有很高的關注度了，我覺得這種時候，安子含缺一個幫他說話的人。

安子晏：他喝醉了……

蘇錦黎：上次安子含動我手機，我沒相信他，後來想起來都會覺得很後悔。我認識安子含不久，但是我知道他有乾淨的靈魂，我相信他。

安子晏：你自己去看看評論吧。

蘇錦黎打開評論，果然撲天蓋地的都是嘲諷，開始有人帶頭鬧著要脫粉。

問渠家的小戲精阿惜：小魚兒，團魂可以有，但是不要無腦護，真的不想你參與這件事情。

風崎：可是證據確鑿，不是你相信就沒事的。

暗淵：小錦鯉，我們一起等結果，我也相信子含妹妹。

省略號：呵呵，現在看到你們幾個就覺得噁心，知道什麼是物以類聚人以群分嗎？前陣子還在炒你們之間的情誼，現在看來全是笑話。

棒棒糖有點酸：性侵者無法原諒，抱歉，脫粉了，江湖不見吧。

喝水不減肥：畢竟安家家大業大，這件事情肯定會不了了之，蘇錦黎，你就是幫兇，你是要下地獄的！

轉機發生在五分鐘後，安子晏轉發了蘇錦黎的微博。

安子晏：我尚未見到安子含本人，不知道具體的情況，如果子含真的做錯了事，那麼立即退圈道歉，該有什麼懲罰就接受什麼懲罰。如果他沒有做錯，那麼我希望看到你們的道歉。//蘇錦黎：我相信他。

接著，蘇錦黎收到安子晏發來的訊息：行了，你早點休息，我繼續想辦法見到子含本人。

蘇錦黎：好。

哪裡睡得著啊，蘇錦黎徹夜未眠，早上四點就起床洗漱，坐在房間裡等待波波的時候，丟丟敲門走進來，支支吾吾地說：「蘇老大，今天應該不用過去了。」

「怎麼了？今天的安排延期了？」

「你……上春晚的機會……恐怕是黃了，他們已經在找代替的人了。」

蘇錦黎很快就接受了這件事情，並沒有任何情緒波動，只是沉默地留在房間裡。

他靜坐了一會對丟丟說：「我在房間裡休息一天，太累了想補個覺，你白天就別過來了。」

「嗯，行，你要是餓了給我打電話。」丟丟立即同意，見蘇錦黎神色如常便離開了。

丟丟離開後，蘇錦黎換了一件衣服，整理好自己的模樣，站在牆壁邊，給安子晏發訊息：有消息了嗎？

安子晏似乎也很早就醒了，回覆：依舊不讓見。

蘇錦黎：你找一個沒人的地方待著。

安子晏：你要做什麼？

蘇錦黎：照我說的做。

安子晏：好。

蘇錦黎站在牆壁邊，等了一會後，找出一把刀片，割開自己的手掌，用另外一隻手指沾著自己的血在牆壁上畫了一個符文，接著口中念訣，快步走進陣法之中。

走出來後，蘇錦黎就覺得渾身撕裂般地疼。

他的體質不行，想要空間轉移很難，這次強行轉移，簡直是剝離了蘇錦黎的小半功力。

安子晏看到蘇錦黎走出來，驚訝得不行。

他們不在同一個城市，蘇錦黎居然這樣過來了，手上還全是血，臉色也特別差。

「你怎麼受傷了？」安子晏緊張地走過來。

「沒事，我會自己修復，你幫我止血，然後帶我去關押安子含的地方。」

安子晏動作很利索，立即吩咐人送來包紮的東西，接著對蘇錦黎說：「不行，他們根本不讓進入，已經被人控制局面，外加事情鬧得很大，我動用關係都進不去。」

「我會隱身，可以進去問問他是怎麼回事。」蘇錦黎隨意地握著拳，急切地說道。

安子晏看著蘇錦黎的樣子，又鄭重地問了一遍：「你確定現在沒問題？」

蘇錦黎忍著渾身的疼，堅定地說：「我確定。」

「好。」安子晏也不廢話，既然蘇錦黎已經過來了，他不能讓蘇錦黎的努力白費。拿來包紮的東西，快速幫蘇錦黎處理傷口，同時說明那邊的情況。

蘇錦黎全部都記住了，包紮好後在隱身狀態下跟安子晏走了出去。

安子晏沒有親自去，而是派人去一趟警局，現在安子晏只要出現，就會有一群記者圍攻。

蘇錦黎跟著那個人趁機進去，之後就要自己找安子含了。

蘇錦黎有點緊張，他還是第一次隱身狀態下在公共場合走來走去，生怕突然現身嚇到人。

然而對安子含的關心，讓他無法在意這些，只想快速找到人。

最終，他在關押的小房間找到安子含，好不容易跟著混進去，就看到安子含抱著膝蓋，坐在角落的地上，神色頹然。

蘇錦黎等送飯的人出去後，抬頭看了看，發現這裡居然沒有攝像頭，不由得有點驚訝。

不過他還是等門關上後現身，以防萬一，釋放陰氣讓自己不會被拍攝到，又能讓安子含看到他，接著快步到安子含身邊，緊張地問：「子含，你沒事吧？」

安子含看到蘇錦黎嚇了一跳，整個人都呆住了：「你……你怎麼突然出現？」

「沒時間跟你解釋，你先告訴我是怎麼回事？」蘇錦黎蹲在安子含身前問，拿出口袋裡的錄音筆。

安子含看到蘇錦黎就忍不住了，噙著眼淚問：「我被他們打傻了嗎？出現幻覺了？」

「他們打你了？」

「他們很著急，想讓我承認簽字，我不肯，他們就打我，你沒發現這裡沒有監控嗎？」安子含用手背快速地擦了擦眼淚回答：「這群癟三，用電棍的……」

「你告訴我，那天到底是怎麼回事？」

「我什麼都沒做！」安子含最先強調的是這件事情，「當天我哥們給我打電話，讓我去參加他生日聚會，我本來不想去，結果他拿話激我，說我成了大明星了就不理他們了，我去了以後他們還帶了幾個女孩子，我沒當回事，以前我們也帶妹子，也總有女孩子往我身上湊。」

「然後呢？」

「肯定是被人勸酒了，我覺得喝得有點多，就給助理發簡訊想離開，結果手機被搶走，我非常不高興，畢竟手機裡有不少祕密呢！他們不給我手機，我就把冰鎮酒的冰桶扣那貨腦袋上，搶走手機要走，結果被人用帶藥的濕手絹捂住鼻子，幾個人一起，我根本掙扎不過。」

安子含說完抬起手來，讓蘇錦黎看自己的手背，「我當時知道要壞事，所以有意識地往外爬，手都刮在牆角上了，但是還是被按在那裡。」

「你保證你說的都是真的？」

「我保證，我不是喝酒忘事的人，他們本來以為能讓我主動找哪個妹子吧，結果我一個沒看上，他們就來這招。肯定是預謀好的，不然這種東西誰會提前準備啊？一準是耿聞那個鱉孫。他們這麼著急想逼我認罪，估計就是怕我出去見到我哥，我哥就幫我證明清白了。」

然而安子含能見到安子晏的時候，這件事情已經鬧得沸沸揚揚，再也無法翻盤。

當時安子含已經丟盡顏面，整個團體都被拖累。

其實這件事情若仔細調查，加上一些蛛絲馬跡，很快就能翻盤，然而警方故意不檢查安子含是不是曾經被迷暈，堅持拖延時間，事情就演變成這個樣子。

「我相信你。」蘇錦黎說完抬手揉了揉安子含的頭，「你放心，我肯定會幫你的。」

「你手怎麼了？怎麼還包紮上了？」安子含很快注意到蘇錦黎的手。

「沒事，受了點傷。」蘇錦黎特別含糊地回答，接著又追問幾件事情，注意到外面有兩道陽氣朝這邊走過來，立即對安子含說：「我先走了，有人來了。」

安子含點點頭，然後就看到蘇錦黎憑空消失了，他覺得自己真的是被打傻了。

蘇錦黎在那兩個人進來的同時快速離開，跑出派出所後想了想，在隱身的狀態下試著錄影，再到一個沒人的地方現身，發現錄下來的內容居然可以用。

確定這件事情後，他聯繫了安子晏，安子晏迅速派人來接他。

司機其實很迷茫，抵達目的地後安子晏要他打開後車門，打開後等了一會，安子晏又關門讓他開回去。

等抵達下一個地點，安子晏再次要他開後車門，讓他覺得這是不是有錢人的一種儀式感。

此時，蘇錦黎順利下車，回到安子晏的房間。

進去後解除隱身的狀態，將錄音筆交給安子晏，「送我去耿聞那邊，我想找一些證據。」

安子晏先是聽了錄音，聽完臉色變得陰沉，顯然是氣得不輕。

「你打算怎麼做？」安子晏問他。

「我隱身狀態下可以錄影，雖然不能聯網、通話，但是恢復狀態後影像仍在。如果耿聞能夠談論關於安子含的事情，我就能夠錄下來成為直接證據。」

「首先，不能錄影要改用錄音，不然你那個角度錄影會覺得很假，錄音還說得過去。其次，我聽說耿聞最近好像出國避難了，距離有點遠，我派直升機送你過去。最重要的是你的身體狀況，會不會有問題？」

「我還好，你把地點告訴我，我自己過去，他們在對安子含逼供，我不想拖延時間了，你也趕緊想想辦法。」

「我會的，但是你不是不能……」

安子晏的話還沒說完，蘇錦黎就解開手上的繃帶，再次用血畫了一個符篆圖案，扭頭對安子晏非常嚴肅地說：「把地址給我。」

安子晏總算明白蘇錦黎為什麼會受傷了，看得眼角發紅，心疼不已。

這兩天的疲憊恐怕是史無前例，讓安子晏處於即將暴走的邊緣，現在又要擔心自己的戀人，他沉默了半晌，終於把地址給蘇錦黎，並交代：「量力而行，我會想辦法的。」

「好。」蘇錦黎回答完，就走進陣法內。

蘇錦黎離開不久後，烏羽便在眾人的掩護下抵達安子晏在的這間酒店，急著詢問：「這是怎麼回事？」

安子晏因為著急上火，嗓子都有點啞了，將錄音筆丟給烏羽，讓他自己聽。

烏羽聽完後臉色鐵青，似乎早就料到是耿聞做的好事。

「我已經讓子含的那幾個朋友過來了。」安子晏啞著嗓子說道。

「他們還敢過來？」烏羽問的時候表情都有點猙獰。

「我不管他們的爹是誰，直接從機場綁過來的，這幾個人居然想出國。我已經告訴他們，不說實話，誰都別想健全地回去。」

「這倒是你的作風。」

安子晏揉了揉太陽穴，他已經兩天沒睡了，疲憊得太陽穴一陣一陣地疼，額頭的青筋直跳。

「一會你先兇神惡煞地折騰他們，之後我來詢問。」烏羽脫掉外套，隨手放在一邊。

「你怎麼問？」

「我們倆唱個雙簧，畢竟很多人知道我跟安子含不和。」

安子晏都沒什麼心情跟烏羽唱雙簧，把幾個人抓來之後，先揍了一頓再說。

「別打臉，還得出去接受採訪呢。」安子晏只吩咐了這麼一句。

「安大哥，我們提前走了，不知道到底是怎麼回事。」

「對啊！安子含他喝了酒，估計是喝酒誤事吧？」

「你抓我們幹什麼啊？我爸知道了一定會找你的。」

「你真這樣也是屈打成招，到了媒體面前我們會曝光你的惡行！」

幾個人被揍的時候還在叫囂。

「你們幾個拿手絹捂子含迷昏他，這事不認了？」安子晏氣得過去親自踹了幾腳，「你們幾個跟子含一塊長大，幹的叫什麼事？」

他們幾個人面面相覷，似乎很驚訝安子晏居然知道這件事情，不是說……一直控制著安子含見不到外人嗎？

「沒有！」其中一個人還在努力堅持。

「你們說不說無所謂，反正我已經知道真相了，趁員警抓你們之前揍一頓洩憤，畢竟這種誣陷、人身傷害是要坐牢的，我會讓你們的爹也無法把你們撈出來。」安子晏說完就退到一邊。

「安大哥，我們真什麼都沒做啊，我們就是叫安子含出來玩，別打了……安大哥！」其中一個人哀嚎道。

結果安子晏直接走出去，完全不理會，只是派人揍他們一頓。

似乎真的已知道全部真相，沒打算逼問詳情。

過了一會揍完人，他們幾個人被捆在房間裡，也不給他們送吃的。

烏羽開門走進去，坐在他們的對面點燃一根菸，等了一會才問：「你們幾個是耿聞派來的？」

他們幾個沒吱聲。

「你們幾個合夥騙安子含過去，還把他弄暈的事情已經曝光了，現在安子晏正跟記者解釋呢。他斷定是因為我牽累到安子含，一直不給我好臉色，我好不容易出道了，估計又得被雪藏，你們一會就咬牙說跟耿聞沒關係就行。」

烏羽說完，這幾個人依舊不說話，估計是怕說出真相後兩邊都得罪，最後誰也幫不了他們。

「要我說啊，你們幾個就一口咬定只是跟安子含鬧著玩，沒想到會鬧得這麼大，估計還有救。然後把罪過都推到那個小姑娘身上去，就說你們也沒想到小姑娘居然會報警，不就大事化小了？」

他們幾個人開始交流眼神，其中兩個人懨懨地不說話，另外一個則是冷哼了一聲：「他為了你跑去給耿聞添堵，你倒是想置身事外。」

烏羽立即「操」了一句：「怎麼還真與我有關啊？」

另外一個人立即大吼了一聲，警告剛才說話的人：「你他媽把嘴閉上。」

烏羽也不再追問，而是繼續玩手機，一邊往下滑，一邊給他們看，「你們看，我剛才給你們出的主意被人家用了。最新的新聞，現在小姑娘說你們幾個是共犯，她全程都是非自願的。也就是說，安子含性侵這件事，你們幾個是幫兇。」

烏羽說完就把手機一收，看著他們幾個直樂，「不過嘛，你們幾個狐朋狗友的，這麼說也的確有人信。」

「這娘們有病吧？」第一個跟烏羽說話的人又忍不住了，明顯要比另外兩個人好騙一些，「你滾一邊去吧，我們跟安大哥說，你別出餿主意了，你們爺倆都不是什麼好東西。」

「別啊……」烏羽還想再說幾句。

「滾！」

烏羽這才點點頭走了。

過了沒一會，他們幾個似乎是商量過了，叫安子晏進去，為自己進行辯解。

他們七嘴八舌地解釋，最開始的確沒多想，就是想帶著幾個妹子樂呵樂呵。結果安子含脾氣太臭，拿冰桶砸人，他們就把安子含制服，丟進房間裡，讓妹子在第二天訛安子含錢，不論金額多少安子含都會給的。

他們想，頂多是鬧個約炮門什麼的，沒想到會上升到性侵的程度，所以看到消息後他們發覺事情不妙，想出國避風頭，機票才剛買好沒多久。

在他們看來，讓安子含賠點錢，鬧個緋聞根本沒什麼大不了，結果鬧到這個地步，他們也都慌了，希望安子晏能饒了他們。

從頭到尾，他們都沒提到耿聞，估計覺得耿聞最後能救他們，現在先擺平安子晏再說。

安子晏卻在這個時候放出一段錄音：「我剛收到的錄音，你們聽聽？」

錄音最開始都是嘩啦嘩啦的雜音，後來傳出耿聞的聲音：「國內還在鬧嗎？」

之後是另外一個人不大清楚的回答，很多句話聽不清楚，不過大概是在說明國內的情況。

「沈城跟安子晏那兩個傻逼還想跟我鬥？他們弟弟還不是被我挨個折騰一遍？」

「安子含的幾個朋友好像被安子晏抓住了。」另外一個人說道。

「放心吧，他們幾個如果希望我出手幫忙，就一個字都不會說的，他們賭球輸了將近兩個億，不靠我擺平，絕對會被他們家裡打死！現在安子晏見不到安子含，肯定像個無頭蒼蠅，等知道真相的時候，安子含名聲已經搞臭，我看他們之後還怎麼混。江湖救急？根本是江湖笑話！」

錄音放完後，安子晏看著他們幾個，「現在……你們還想說什麼？」

三個人全都傻了眼，最後開始痛哭流涕地道歉，希望安子晏可以饒了他們。

安子晏沒有那麼善良，卻暫時穩住他們：「告訴記者真相，不然有你們受的。」

安子晏走出房間，看著微信刷屏的消息，蘇錦黎從發了錄音、錄影過來後就再無消息，不由得一陣擔心。

等解決完這件事情，國內的員警不好動手，他就親自到國外去把耿聞千刀萬剮。

傷害他最重要的人，還讓蘇錦黎擔心成這樣，找死！

安子含的性侵事件很快就反轉了。安子晏他們首先把耿聞的錄音放到網路上，買了幾個微博大V同時發布消息，告訴所有粉絲這是耿聞的報復行為。

接著，安子晏的微博親自上傳幾個紈絝富二代，一邊哭一邊敘述事情經過的視頻。

然後，之前報警說安子含性侵的女孩子也改口了，說自己只是惡作劇，安子含並沒有碰她，她是用手獲得精斑。

雖然這些證據一起發布出去，依舊有人質疑。

瓜子沒有瓤：依舊保持懷疑態度，安家勢力龐大，女孩、朋友被威脅後改口，這都是有可能的事情。沒聽過耿聞的聲音，不知道錄音是否真實，估計讓蘇錦黎表演一段口技，就能造假出來。

#安子含性侵#

鏡子另外一邊：#安子含性侵#有點假啊，不會是被威脅了吧？

沐如嵐：惡作劇？這種惡作劇也太過分了吧？我相信安子含，也相信蘇錦黎！#安子含性侵#

安子晏並未就此鬆懈，他們還在努力交涉，希望能夠跟安子含見面，並且態度強硬，開始質疑警方被收買。

事情鬧得越來越大之後，安子含終於被保釋，走出派出所的時候，臉上還帶著瘀青，身上也是青一塊紫一塊，故意走到鏡頭前接受採訪，證明他在裡面被人毆打過。

在裡面的時候，並沒有人在明面上打人，手段都是一些又陰又不留痕跡的。

結果在蘇錦黎消失後，安子含回過神來，開始自己往牆上撞，還給自己幾拳，在身上留下痕跡，反正房間裡沒有監控。

現在他這樣走出來，門口圍了一圈的記者，安子含全部如實回答，也算是鐵證一件了，他們怎麼誣陷他，他就怎麼還回去。

安子晏站在人群外根本擠不進去，只能一直看手機，同時派直升機去耿聞的住處找蘇錦黎。因為一直盯著手機，結果看到意想不到的訊息。

王總：時老送給你一份禮物。

安子晏：什麼意思？

王總：看遛狗娛樂。

遛狗娛樂是一個狗仔隊的微博，經常發一些偷拍的視頻，好幾次明星出軌，或者發現戀情，都是他們發布出來的。

遛狗娛樂：狗仔隊都看不下去了，這條微博直接放送。

安子晏打開，發現是狗仔隊跟拍安子含的視頻。

視頻是經過製作的，還配有獨白：「安子含是我們非常喜歡的藝人，因為脾氣大、料足，每天都會給我們新驚喜，所以我們沒有微博發的時候，就喜歡跟著安子含。這次安子含又給了我們巨大的驚喜。」

安子晏聽到這裡直翻白眼。

「首先我們拍到安子含跟朋友聚會，還帶了兩個漂亮的妹子，我們很興奮，覺得我們有微博發了。後來他們進入轟趴館，窗戶只是透明紗的遮光簾，這根本難不倒我們的攝像機，畢竟我們的設備一流。接著我們看到安子含要離開，朋友搶了他的手機，他把冰桶扣在朋友頭頂，我們看到這一幕的時候興奮得直歡呼，有料了！有微博可以發了！富二代小鮮肉果然脾氣暴躁之類的題目我們都想好了。結果，我們還是太天真了。緊接著我們就看到，這幾位一擁而上，用一塊手帕捂住安子含的鼻子，仔細看這裡，安子含在努力往外爬。」

視頻能看到有幾個人按住安子含，他努力掙扎，卻很快就暈倒的畫面。

這段鏡頭只能看到他們的輪廓，但是重複幾遍之後能夠確定，安子含在奮力掙扎，最後甚至手腳並用地往外爬，看得安子晏一陣心疼。

「安子含昏迷之後，他的朋友們像拖著死豬般地將他拖進屋子裡，只留下一個小姑娘，這是要做什麼呢？另外我們看看時間，拍攝的時候怕發生綁架或其他惡性事件，加上狗仔隊的敏銳直覺，還拍攝了電腦上的時間。等我們知道安子含這件事情後對照了監控，安子含的朋友離開的時間，跟我們拍攝的時間吻合。接下來，我們找尋各個角度的窗戶，依舊拍攝不到具體內容，只拍攝到下面這個畫面。」

鏡頭裡，女孩子脫掉外套，接著俯下身，視頻顯示過了三十分鐘，才又拍到女孩子在屋子裡走動，似乎是在整理房間。

這一晚上，女孩一直一個人停留在房間裡，並且時不時來回走動，並未見安子含。

視頻清楚地看到，天色一點一點變亮，這哪裡是被性侵？

「感謝安子含，讓我們有微博可以發。不過對於一個藝人被冤枉，還被冠上這樣的罪名，作為狗仔隊的我們也是看不下去了。並非站隊，只是發布當時拍到的視頻而已，是非黑白，由聰明的你們進行分辨。」

視頻到這裡結束。

【第十章】

在最好的年紀，遇到最好的你們

這段視頻被放出來後，網路上再也沒有質疑安子含的聲音了。

月銘雅：看完視頻心疼死我了，被自己的發小出賣，發現端倪了想跑，卻被強行用藥物迷暈，在警局裡被毆打，還被一群人謾罵，說他是強姦犯！安子含得有多委屈，而且蘇錦黎幫安子含說話，已經被全網黑了一天了！

糖球球球球球球：那些誣陷安子含的人道歉了嗎？

Twoseven：日日日，耿聞怎麼那麼噁心！找小三，打壓烏羽本來就是他的錯，還怪別人曝光，用這種手段報復？

天雅夜蝶：我現在只關心，這些陷害安子含的人會被判刑嗎？

沒錯就是當然：怎麼有這麼惡劣的事情？小錦鯉還能上春晚嗎？

很快，所有之前在蘇錦黎的微博底下謾罵，在安子晏轉發微博下面嘲諷的人，都被眾多網友光臨了。

點開每個人的微博，最新微博下面都有幾十條甚至上百條的留言，問他們去道歉了嗎？

過沒多久，其中一部分的人發布了道歉微博。

但也有人很氣憤，表示會銷號再也不玩微博，接著被人嘲諷，誰在意你玩不玩微博？要的是你道歉！

當天下午四點左右，江湖救急的其他成員都發布了微博。

烏羽：大家放心吧，安子含回來後跟我吵了半個小時，安大哥不讓他發微博，他才轉移了戰鬥力，看樣子狀態還可以，應該沒事。

下面立刻出現評論。

涅白：還能跟你吵架，證明沒有抑鬱，幸好我們子含妹妹內心強大。

江安木：本來覺得你們倆不和，結果你是第一個跑去那邊找安子含的。之前也是，你被困高鐵

站，安子含第一個趕過去找你，你們倆就是越吵關係越好的類型吧？

沫沫漠玖瑾：好好安慰我的孑含老公，他受委屈了，之前是我們錯怪他了。

安子晏看著安子含生龍活虎地拿著手機，要上微博罵人，忍不住搶走他的手機，「蘇錦黎為了你的事情東奔西走，到現在已經失去聯絡了，你還有心情幹這種腦殘的事情？」

「對啊，蘇錦黎呢？他怎麼突然消失的？」安子含這才回過神來。

安子晏沉著臉沒回答，只要一分鐘沒有蘇錦黎的消息，安子晏就無法放下心來。

「到底怎麼回事啊？」安子含因為著急，直接對安子晏喊了起來。

安子晏還沒回答，就接到沈城的電話，問他：「你的錄音是怎麼拿到的？」

「蘇錦黎隱身去……」

「耿聞在國外，蘇錦黎直接去的？」沈城憤怒地質問，很快就發現重點。

「他用血畫了一個符，就過去了。」

「你他媽知不知道他畫這個符的代價是什麼？他根本沒有什麼法力，消耗的不僅僅是他的功力，還有他的陽壽！」沈城生氣地說出真相。

「什麼意思？」

「你腦殘聽不懂人話嗎？」

沈城很憤怒，他這樣優雅的人，很少說髒話，現在卻罵得如此難聽。

安子晏的心狠狠地揪緊了，對沈城說道：「蘇錦黎給我發完錄音之後，到現在都沒消息，我已經派直升機去找他了，還沒有找到。」

「我剛才試著尋找他的氣息，發現有人故意隱藏了他的氣息，不讓人發現。」

「所以他被發現了嗎？」

「對，不是妖精的話，就是懂些道行的人。」

安子晏更加著急了，拳頭握得緊緊的，「我親自去要人。」

安子晏掛斷電話，開始聯繫另外一架直升機，不理會安子含的追問，打算親自去耿聞那邊，他發誓絕對不會讓耿聞完整地活過今天！

就在這個時候，有人過來找他們，「安少，韓瑤來了，說有事找您。」

安子晏知道韓瑤的真實身分，並未猶豫，直接答應見她。

韓瑤走進來，看到一群人站在這裡，問道：「其他人能回避一下嗎？」

安子晏讓其他人出去，安子含卻梗著脖子不走，就站在房間裡等著，烏羽本來也不想摻和，過來拽了拽安子含，結果他直接嚷嚷起來：「我最討厭別人有事瞞著我。」

安子晏也不趕人了，站在屋子裡問韓瑤：「妳有什麼事？」

韓瑤手裡拎著一個大的LV包，裡面鼓鼓的似乎放著很重的東西，但是她走路輕飄飄的，似乎根本不在意這個重量。

「喔，沒什麼事，就是送條魚過來，我有點不懂魚，這玩意兒需要放到魚缸裡嗎？」

安子晏立即懂了，給沈城發了一條語音：「韓瑤送魚過來了，你先放心。」

安子晏帶著韓瑤走到衛生間，將浴缸的水放滿，韓瑤才將包裡的魚捧出來放進水裡，接著發現這條魚居然是橫著躺在水裡，昏迷不醒。

安子晏伸手就能碰到魚身，看到魚身體上出現斑斑點點的青色，心口一陣陣地抽疼。

——不該讓蘇錦黎這麼拚命的……

時老的禮物也送得有點晚了，若是沒有蘇錦黎，大家也不會得到直接證據，證明這件事情跟耿聞有關。

「這麼大一條錦鯉？」

安子含跟著進入洗手間，看著浴缸裡的魚說：「這是快死了吧？都翻肚了。」

「你把嘴給我閉上！」安子晏氣得怒吼了一聲。

安子含覺得自己特別委屈：「我受了這麼多氣，不能罵烏羽，不能開微博罵人，我問什麼你們都不告訴我，我還憋氣呢，我憑什麼閉嘴？」

韓瑤能夠體會安子晏的心情，於是指著水裡的巨大錦鯉，替安子晏解釋：「牠是蘇錦黎。」

安子含愣了一下，就連站在門口的烏羽也覺得很荒唐。

「蘇錦黎是修煉成精的錦鯉，就是浴缸裡的這一條，不過天資很差，法力不行，為了幫你，強行空間移動，燃燒自己壽命跑來這裡，潛入警局裡找你。後來又一意孤行地跑去國外找耿聞錄證據，結果錄完法力用盡，在那邊暈倒了。我就猜到這小子會衝動，跟過去看看，幸好是被我找到，不然他就要被看院子的狗叼走了。」韓瑤回答。

安子含看了看浴缸裡的錦鯉，又看了看韓瑤，再看看難受到要哭出來的安子晏，想到蘇錦黎突然出現，又突然消失，安子含都沒有辦法質疑。

「妳為什麼會知道？」安子含問韓瑤。

韓瑤伸出手來，亮出自己的貓爪子，「我也是妖啊。」

安子含愣愣地看著韓瑤的手從貓爪子變為正常，一動不動，一句話說不上來。

烏羽平日裡看似淡定，看到韓瑤的手時還是嚇得後退了一步，驚呼一聲。

安子含再開口說話時，就哭了起來：「他為了救我，才變成這樣的？」

他突然想起剛才還在說，這條魚快死了，這張嘴怎麼這麼欠打呢？

「我覺得他沒必要這麼拚，我也不理解。」韓瑤聳了聳肩，回答道。

「他怕安子含受委屈，所以特別著急。」安子晏回答。

安子含開始罵人，罵罵咧咧地也不知道究竟是在罵耿聞，還是在罵自己，好半天才平復情緒問：「那現在該找醫生，還是該找獸醫啊？他不會要死了吧？」

問完就開始嚎：「我也不想這樣啊……我也憋氣啊……我他媽的……再也不作死了行嗎？他別有事啊！」

烏羽看著他們幾個，震驚得半天說不出話，遲疑了一會才問：「那沈城呢？」

「你們得祈禱沈城別過來，不然你們幾個馬上會被打死。」韓瑤淡定地回答，並且補充：「而且我護不住你們，說起來丟人，我鬥法鬥不過他。」她恐怕是第一隻被魚收拾的貓。

然而，韓瑤話剛說完，就察覺到沈城的錦鯉精氣息，立即閉了嘴。

沈城走進來，烏羽自覺地讓開地方，沈城看著浴缸裡的蘇錦黎，表情冷漠，並未開口。

「怎麼才能救他？」安子晏問。

「他估計損耗了五年壽命，用你三年陽壽，抵他一年壽命，把這五年壽命彌補回來就可以了，你願意嗎？」

「可以。」安子晏毫不猶豫地回答。

「用我的吧，他是為了救我。」安子含立即跟著說道。

沈城煩躁地看著安家兄弟倆，從發現蘇錦黎接近他們倆之後，他就知道弟弟的生活註定不會太平了。

然而沈城現在更氣的是自己沒能保護好蘇錦黎，明知道弟弟很在意這群人，在知曉事情發生後，卻沒有第一時間聯繫蘇錦黎，而是選擇暗中觀望事情發展。

怪得了別人嗎？自己的弟弟自己瞭解，他卻還是沒能做到最好，早幹麼去了。

耿聞會盯上安子含，也有他推波助瀾的結果，也是他把耿聞逼上了絕路，讓耿聞瘋狂報復。

只是他看到蘇錦黎這種狀態後，不只對旁人生氣，也在生自己的氣。

「你們出去吧。」沈城沉著聲音回答，不看任何人，只是看著浴缸裡的蘇錦黎。

「不是要用我的陽壽嗎？」安子晏問。

「出去吧，我不想多說話。」沈城雖然回答得沉穩，但已瀕臨爆發邊緣，如果再有人廢話，沈城就控制不住脾氣了。

韓瑤看了看沈城，瞭解他的脾氣，擺了擺手，示意他們別說了。

等他們都走出去了，安子晏忍不住問韓瑤：「他剛才是試探我？」

「對，如果你稍微遲疑，就要挨揍了。」韓瑤點頭。

「接下來他會怎麼做？」

「用自己的壽命渡給蘇錦黎吧。」注意到安子晏眼神難過，她又補充：「沒事，他悟性好，體質也好，隨便修煉修煉，就又能活個幾十年，這點陽壽對他來說根本不是問題，估計同意蘇錦黎變成人形的時候，已經有這種覺悟了。他生氣是在自責讓蘇錦黎經歷了這種痛苦，畢竟如果是他去做這些事情，很輕易就能搞定了。」

安子含還在哭鼻子，又氣又恨，又覺得是自己蠢，才讓人有可乘之機。

知道蘇錦黎是妖精，他倒是沒有多大的震驚跟害怕，看到蘇錦黎折騰成這樣，心裡難受得不行，他在警局裡面多待幾天也沒事。

烏羽緩了一會神，這幾天的心情就像在坐雲霄飛車，分分秒秒都難受得要人命。

他看到安子含的樣子有點心疼，伸手將安子含拽到自己的懷裡抱著，小聲哄了一句。

韓瑤看過去就覺得自己簡直瞎了眼，這麼大的料讓她看到了，她要不要爆料出去？這個組合水有點深啊！一組三GAY瞭解一下。

烏羽的身高不大方便，於是坐在窗臺上，這裡的窗戶都貼了紋理紙，不會被人拍到。

他讓安子含靠在他的懷裡，扭頭問安子晏：「你早就知道蘇錦黎的真實身分？」

「嗯。」安子晏沉悶地回答了一句。

「你就這麼坦然接受了？」烏羽現在的心情依舊十分複雜，七上八下的，想到自己跟一個妖精

做了朋友，就覺得自己也算是個傳奇人物了。

「我也是從一些事情上發現了不對勁，慢慢分析出來，等真的見到真相後倒也淡然。」

安子晏當時真的沒太驚訝，因為沉浸在初戀中，有點腦殘。

烏羽點了點頭，「我終於明白蘇錦黎為什麼這樣了，以及以前寢室的魚腥味，所以他送我們祝福的時候，是真的有幸運加成？」

「對。」

「我突然覺得我之前辜負了他的一番好意，還當他是在開玩笑。」

「怎麼這樣啊……你怎麼都不跟我說？」安子含終於回過神來問安子晏。

「你現在身體也不大好，我叫了私人醫生，你讓他看看。」安子晏說完看向烏羽，「一會你照顧他。」

「那你呢？」烏羽問他。

「我去找耿聞，蘇錦黎有消息了第一時間告訴我。」他已經坐不住了，必須收拾回來，不然心裡不舒服。

烏羽似乎猜到安子晏去找耿聞會發生什麼事，不過還是點了點頭，「好。」

安子晏用手機安排了一下，就準備坐直升機過去。

韓瑤左右看了看後說道：「既然沒我什麼事了，我先走了。」

「今天謝謝妳，這份恩情我會記住的。」

安子晏的記住還是很有含金量的，畢竟之前記住了顧桔對他們的幫助，後來幫顧桔找了不少資源。這些資源對於一個剛剛出道的藝人來講，簡直就是天大的好處。

安子晏記住韓瑤的好意，以後也會竭盡所能地幫助她。

韓瑤笑了笑，淡定地表示：「行，那我就等待你的報恩了。」

所以關於安子含跟烏羽的八卦，還是吞進肚子裡吧。

韓瑤走了幾步之後又停下，問安子晏：「你知道耿聞逃到哪裡去了嗎？」

知曉被錄音後，耿聞就立即換了一個藏身地點，估計有了防備就更難找到了。

「還在調查。」安子晏沉悶地回答。

韓瑤露出一抹壞笑，「我能告訴你他的位置，我在他的身上留下我的氣息，現在他在什麼地方，都能感知得到。」

耿聞招惹過韓瑤，這對於一個妖精來說不過是一件小事。

但是韓瑤辛辛苦苦地偽裝人類，在人間丟了工作，壞了人際關係，到另外一家公司東山再起，想要打拚事業，哪有那麼容易？

韓瑤心裡是怨恨耿聞的，所以樂意看到他更慘的樣子。

另一頭，耿聞知道自己被錄音後，就像發瘋般地將整個別墅翻找一遍，卻找不到任何竊聽設備，於是開始懷疑是身邊的人在身上藏了竊聽器，怕事跡敗露已經處理掉了，不管青紅皂白地處罰了兩名得力手下，便帶人轉往其他地方避難。

在耿聞還在疑神疑鬼時，安子晏已經找上他的新住處。

「我就知道你在我身邊安插了人，你真夠狠，我這麼久都沒調查出是誰。」耿聞看到安子晏後，並沒有走出別墅，只打了通電話質問安子晏。

如果沒安排人，怎麼會知道他躲在哪裡？

安子晏站在空曠的草坪上，拿著電話笑起來，「我也很奇怪，你為什麼會調查不出來呢，我的人現在就在你身邊，只要打開房門，他就能一槍要了你的狗命。」

耿聞一直沒說話，似乎在查看周圍情況。

安子晏也沒耐心，直接掛斷電話。

「耿聞這個人多疑，他因為害怕，房子裡肯定有不少人看守，但這些人不會被安排在他身邊，畢竟他現在看誰都像臥底，然而其實誰都不是臥底。」安子晏冷笑著對江平秋說。

「嗯，明白。」

「所以你們一會就專門找耿聞待在哪裡，把人帶出來就行。」

安子晏往回走了幾步，看了看江平秋找來的幫手，小聲問：「你在哪裡找的人？怎麼看起來像一群健身教練？」

「浩哥找的人。」

「喔……雇傭兵啊！」

浩哥聽聞蘇錦黎被耿聞的人傷害到昏迷不醒，氣得不輕，擺出一副「我保護的人你們也敢碰，找死呢」的架式，打了一通電話，召集一群人帶去給江平秋，還特意叮囑自己的朋友們要廢了那小子。

社會我浩哥，人狠話不多。

浩哥找的這群人十分靠譜，都是受過專業訓練的，跟耿聞的保鏢完全不同檔次。保鏢也受過專業訓練，但是跟經常參與真實行動的雇傭兵相比，還是差得遠。

這些人進去之後才十五分鐘左右，沒聽到幾聲槍響，耿聞就被他們像拎小雞似地拎了出來。

耿聞看到安子晏還不服，甚至冷笑：「氣急敗壞了吧？」

「對，我氣得不輕。」安子晏直接承認：「你知道十指連心是什麼感覺嗎？我在意弟弟，也在意蘇錦黎，你傷害了兩個我最在意的人，你覺得我會放過你嗎？」

「難不成你能殺了我？你只是一個小明星，還能隻手遮天了？」

「我的確不能。」

安子晏後退了兩步，對江平秋吩咐道：「把他十根手指頭掰斷，然後吊在直升機下面帶回國，送給警方。」

「好。」江平秋立即應了。

耿聞之前還硬氣，緊接著就發出殺豬般的哭嚎聲：「別……我錯了……我給你磕頭行不行……我……啊啊啊！」十根手指被掰斷可不是鬧著玩的。

安子晏完全不理，坐回直升機上，拿出手機來發訊息問安子含：蘇錦黎怎麼樣了？

安子含：已經醒過來了，看起來沒什麼不對勁，手掌的傷口也恢復了，一點痕跡都沒有。

安子晏：那就好，你觀察一下有沒有什麼異常？

安子含：能吃，非常能吃了，一邊吃還一邊刷微博。

安子晏：那就給他多弄點吃的東西。

直升機很快起飛，耿聞真的被吊在直升機下面，他半路就因為驚恐直接暈了過去。

安子含拄著下巴看著蘇錦黎吃東西，怎麼看怎麼覺得這個妖精有點矬，怎麼一點都沒有影視劇裡的邪魅狂狷呢？不過嘛，長得真好看，即使吃得狼吞虎嚥，居然還能萌萌的。

「我真的餓了。」蘇錦黎又拿起一個雞腿，對安子含解釋了一句，他剛才被沈城劈頭蓋臉地訓了一頓。

「吃吧吃吧，多吃點，別餓了以後吃人。」安子含立即說道。

「我一般不吃人。」

「不一般的時候呢？」

蘇錦黎突然對安子含露出超凶的表情，「我不一般的時候挑長得好看的人吃。」

「烏羽長得不錯。」安子含第一次承認這種事情。

烏羽就坐在旁邊，也盯著蘇錦黎這個稀奇的「妖精」看，聽到他們的對話忍不住蹙眉，緊接著又笑了，也難得地誇安子含：「你比我好看。」

「你最好看，別跟我吵架。」安子含指著烏羽警告。

「行，我比你好看。」烏羽立即改口了。

結果安子含聽完又覺得不中聽，吧唧吧唧嘴，嘆了一口氣，懶得跟烏羽計較了。

「你們妖精還能空間轉移？就是從這裡，突然去到墨西哥這樣？」安子含興致勃勃地問。

「我哥能，但是我資質不好，做不到。」蘇錦黎如實回答。

「那你能做什麼啊？」這個妖精果然很挫。

「你哥問過我同樣的問題。」蘇錦黎回答完，抬起手來，放在不遠處的手機飛到他的手裡，「我只會隔空取物這類簡單的法術。」

「我去！這已經很厲害了，我做夢都想坐在床上不用動，隔空取物拿東西。」安子含就像看了一場雜技，還很配合地跟著鼓掌。

烏羽則是靠著安子含懶洋洋地癱在椅子上，拿著手機刷微博。

安子含被人誣陷的事件依舊網路霸屏，事件已經完全成功反轉，網上現在興起催道歉的風潮。還有誇「江湖救急」團員間的情誼，比如烏羽第一個去現場關心安子含，比如蘇錦黎第一時間表示相信安子含。

安子含的這件事情，可以說是這幾天裡最大的瓜了，之前男明星出軌的事情都被蓋過去，微博

打開沒幾條，就是談論安子含的事情。

很多人跑來道歉，還因此漲了一些圍觀的粉絲量。

這一次的巨大風波就這樣過去了。

烏羽這些年裡最想報復的人，也就這樣報復完了，恍惚間就好像大夢一場。

他們一行人參加了一個選秀比賽，在比賽裡相遇，明明格格不入的幾個人，卻這麼聚攏在一起，然後那麼努力地保存這份情誼。

如果……最開始沒有陰差陽錯下參加那場選秀的話，現在他們幾個人的命運，恐怕大相徑庭吧？幸好參加了。幸好遇到他們。幸好他們彼此投緣，幸好在其他人的堅持下，江湖救急得以成立。

蘇錦黎從一個寂寞千年的小妖，到現在有朋友、有戀人。

安子含從一個紈絝富二代，到現在漸漸成長，結交了真正的朋友，還有烏羽這個生命中最大的意外。

烏羽呢，從一個冷漠的少年，誰都不願意相信，性格慢熱，卻還是在最後跟他們相遇了，開始接納這些朋友，還終於擺脫了自己的命運。

範千霆跟常思音，則是從普通的少年脫穎而出，成了人氣偶像。

他們在一起成長與改變、一起越來越好。

等蘇錦黎吃飽了，剛拍拍肚子，就看到沈城走出來，立即坐直身體。

沈城丟了新買的衣服給他，「換上，然後回去參加彩排。」

「他們不找我了。」蘇錦黎弱弱地說。

「只要還沒有播出，沒有正式通知你回家，你就不能鬆懈，知道嗎？」

「喔……」

「如果再這麼胡鬧，立即回山上去，我到時候在你身上加三重禁制，讓你不能踏出半步。」沈城又一次狠狠地警告。

「喔……我知道了，不會再這樣了。」蘇錦黎委屈巴巴地回答。

沈城把手按在蘇錦黎頭頂，確定身體沒問題了才放心。

安子含盯著沈城看，眼神都變了。

這才是妖精正確的打開方式，就該霸氣啊！就該秒殺一切啊！

他一瞬間覺得沈城沒那麼討厭了，此時都在閃閃發光。

這是秒天秒地的大妖精啊，能瞬間移動，還會法術，半死的魚都救活了，沈城牛逼啊！

「沈大哥，謝謝你幫忙救小錦鯉啊，要不我給你打錢吧，五百萬你看行不行？」安子含真誠地對沈城表達感謝。

沈城瞪了安子含一眼，並未回答，只是等著蘇錦黎換衣服。

安子含被無視了也沒生氣，反而小迷弟般，心中想著：對對對，妖精就該這樣。

等蘇錦黎整理好自己，沈城就帶他穿牆而入，瞬間不見蹤影。

安子含跟烏羽同時看傻了。

知道蘇錦黎跟沈城是妖精是一回事，但是真正看到他們施展妖術，還是有點……震驚。

沈城帶著蘇錦黎離開後兩個多小時，安子晏才回來。

他進來後一邊脫掉外套一邊問：「蘇錦黎呢？」

「回北京了。」安子含回答的時候，還趴在烏羽的懷裡耍賴呢。

安子晏動作一頓，遲疑了一下又重新穿上外套，「我去處理耿聞的事情。」

安子含氣得站起來追著安子晏跑，「你就知道關心蘇錦黎，他不在這裡你就走了？你弟弟吃了那麼多苦，你都不看看你弟弟嗎？」

「私人醫生告訴我，你沒什麼大事。」安子晏回答。

「我心情很差！」

「你心情從沒好過。」

「你是不是親哥？」

「爸媽從垃圾堆裡撿你出來的時候我就應該攔著。」

「怎麼撿得那麼巧，正好碰到一個長得跟你這麼像的小孩？」

安子晏走到門口就忍不住笑了，轉身抱了安子含一下，「沒事就好，這兩天我真的很擔心。」說完拍了拍安子含的後背，又快速轉身離開了。

安子晏不是那種會跟自己的親人說我愛你的人，也不擅長表達這些感情，他只會以實際行動表示，這次也一樣。

「安少為了你的事情兩天多沒合眼了，急得嗓子都啞了，第一天的時候說話都是哭腔。」江平秋站在旁邊，為安子晏辯解。

「喔……他出事時我也這麼幫他。」

「安少應該不會出您這樣的事情。」

「……」

「我先走了。」江平秋說完，也轉身離開了。

蘇錦黎回到電視臺不久後，就開始進行最後一次彩排。

他原本以為不會有他的表演，結果還是接到參加彩排的通知，不過最後節目能不能上，還是得看現場安排。

彩排一次就要很久，蘇錦黎沒有休息室，只能坐在椅子上，丟丟則坐在旁邊的地板上，給蘇錦黎安排工作。

過年期間江湖救急有粉絲見面會、各種活動接連不斷，根本無法休息，正月十五還有一場演唱會，以及一些過年的節目邀請他們當嘉賓。

只要沒有工作的時候，他們就要一起排練。

從三月起，蘇錦黎擔任固定成員的真人秀就要開始錄製了。

這一年裡，他們沒有假期，不是在錄歌，就是在開巡迴演唱會，要麼就是在參加真人秀。

其他幾位團員都不輕鬆，安子含、烏羽、常思音還要接戲。

安子含的風波過去後三天，安子晏才安排吳娜的新聞曝光。

畢竟安子含的事情不能讓網友評論太久，這樣容易歪，就好像魯迅寫一句話的時候根本沒想那麼多，卻被人分析出許多內容，吳娜的事情正好拿來轉移視線。

吳娜做小三的新聞，一下子曝光了，之前尤拉受的委屈算是得到平反。

這回有網友開始心疼尤拉，總結她在被曝光後的表現，稱讚她夠堅強。

當時正好尤拉的新戲上線，逆天級的演技得到全網稱讚，就此翻身。

為此，尤拉興奮地跟蘇錦黎打電話，還問他：「我這邊算是反轉了，侯勇呢？」

「安大哥說還會繼續安排爆吳娜的黑料，侯勇的事情也會作為後續發展。」

「不錯啊，為你的朋友跟經紀人出氣。」

「事情的真相本來就是這樣。」

「其實我當時的確是衝動了，做事沒經過腦子，被全網黑的這段日子也不算白黑，我活該。這件事情也讓我成長了，還得謝謝吳娜呢，這波助攻下，我的新戲大起，人氣也翻身了，很多年沒見過反派女配角比女主角還紅的戲了。」

「那很好啊！」

「蘇錦黎，我真是越看你越可愛。」

「我也覺得我挺可愛的。」

「哈哈哈！」

除夕當天。

「蘇老大，今天就要開始採訪了，都是現場直播的，你小心一點。」丟丟在參加完會議後，回來跟蘇錦黎說。

蘇錦黎的造型經過精心打理，穿著紅色西裝，看起來十分扎眼，偏偏他皮膚白，臉小長得也帥，什麼造型都適合。

他點了點頭，真誠地問：「我就算不參加春晚，他們也會採訪我嗎？」

「肯定的啊，觀眾們都希望能看到你，你的人氣很高。」

蘇錦黎點點頭，開始坐在休息室裡等待，然而等到下午都沒等到人。

他為了在受訪時維持妝容，特意沒吃中飯，現在突然有點後悔了。

覺得有點餓，在房間裡四處找零食，最後從自己的包裡翻出乾脆麵，捧在手裡張大嘴巴往嘴裡塞。

偏偏這次春晚前的採訪，是採用新生代的節目主持人，所以春晚直播間也是花樣百出，他們並未提前通知，而是帶著攝影師到處走，並且線上詢問粉絲們想要看誰。

為了收視率，被點名最多的藝人反而放在後面採訪，蘇錦黎就是其中之一。

「讓我們看看蘇錦黎現在正在做什麼？」主持人關碩瞬間推開門，搞了一個突擊。

蘇錦黎的休息室裡還有其他藝人，並非他一個人，不然也不會只有一把椅子坐。

在公共場合，外加一直在等待採訪，蘇錦黎不會做出什麼出格的舉動來，這也是主持人敢搞突擊的原因。

然而走進去後，就看到蘇錦黎把椅子讓給別人，蹲在牆角一口一口地吃速食麵，樣子看起來有點可憐。

「蘇錦黎，來跟觀眾朋友們打一個招呼。」關碩走過來，將麥克風遞到蘇錦黎面前。

蘇錦黎嚇了一跳，眼睛睜得圓圓的，趕緊站起身把速食麵放到旁邊，拍了拍胸口，嘴裡的食物還沒嚼完，因為著急一口氣吞了下去。

「呃……大家好……呃……」吞得太快，打嗝了，窘迫到不行。

關碩能看到觀眾們的線上留言，很快就被彈幕刷屏了。

「我的兒子丟人了，希望大家能多多包涵。」

「又在偷吃乾脆麵，跟在訓練營的時候一模一樣，我終於相信是突襲了！」

「噎到了就喝水啊，傻魚魚。」

「蘇錦黎果然好可愛，看得我想談戀愛。」

「媽媽愛你啊！」

蘇錦黎喝了一口丟丟遞過來的水，這才規規矩矩地站在鏡頭前，鄭重地接受採訪。

「大家好，我是蘇錦黎，祝大家新年快樂，年年有魚，好運連連。」蘇錦黎對著鏡頭微笑著說。

「兒子新年好啊，你也要大了一歲了。」

「這段一定會被截圖做錦鯉大仙用的，盛世美顏啊，太美了。」

「新年快樂！」

「江湖救急情誼永恆。」

關碩接著問：「這是你出道後第一次登上這麼大的舞臺，會不會十分緊張？」

「最開始確實有點緊張，後來我發現好多人都挺緊張的，我還比他們多一些現場表演的經驗，

相較起來我的情況還好。」

「我們都知道你今天會用古裝扮相登場，而且到現在節目都還是待定，你怕不怕彩排了這麼多次，最後沒法上臺表演？」

「有點怕，不過這都是積累，實在不行我就明年再來，畢竟年年有魚嘛，我年年來。」

關碩又採訪了幾句後，還讓蘇錦黎線上抽獎，之後去採訪其他人了。

接著丟丟拉著蘇錦黎去換妝及造型。

蘇錦黎的妝容需要很久，化完妝後前面的節目已經開始表演。

蘇錦黎坐在椅子上等待時，問丟丟：「今天是除夕，是不是應該跟家人吃餃子？」

「的確是這樣，不過藝人就沒有這種時間了，真的很忙。」

「嗯，我突然理解我哥哥了，沒那麼怨他了，我今年也沒時間陪他過年。」

「明天就回去過年，我看安子含他們都在常思音家裡過年呢。」

「我也好想去啊……」

「我們再等等。」

「好。」

蘇錦黎一直等到十點鐘，有人過來幫他戴上設備，丟丟還在詢問是不是蘇錦黎要上去表演了，最後得到的答案仍是：「等通知。」

蘇錦黎也沒說什麼，繼續等待，終於在十點二十七分，耳機裡通知：「蘇錦黎準備登臺，所有工作人員配合。」

聽到這個通知，蘇錦黎終於鬆了一口氣，他要上春晚了，並且是在整點之前。

安子含、烏羽、範千霆，在除夕這天都沒有工作，全部聚集到常思音家過年。

安子含家裡冷冷清清的，他喜歡人多，就來了這邊。

烏羽無依無靠，範千霆則是回家連自己的房間都沒有了，乾脆一起來常思音的家裡。

讓他們沒想到的是，常思音的家裡居然是住四合院。

到了之後，他們開始做直播給粉絲看，陪粉絲一起過除夕、一起看春晚。

「我們常少是在北京有四合院的男人！」安子含拿著手機，說了這麼一句話。

說完，把手機放在旁邊，還找來收音設備，弄得還挺專業的。

安子晏是最後過來的，拎了一堆禮品，讓常家變得熱鬧非常，胡同裡的鄰居都過來他們這裡圍觀大明星，常思音的父母更是樂得嘴都合不上了。

他們在直播裡一起包餃子，安子晏第一次在鏡頭前大展身手，安子含繞著哥哥轉悠，安子晏也不怯場，表演起了花樣包餃子。

「這個是兔子造型的餃子，我再包一個小狗的。」安子晏說著，繼續包餃子。

彈幕熱鬧非常。

「跟愛豆一起過年，感覺好特別。」

「我們的小燕子人高馬大，心靈手巧。」

「燕子居然是居家型男？我一直以為是走霸總路線。」

「想嫁！」

「他們的感情好好啊，一起過年，很溫馨的感覺。」

「烏羽也在包餃子，只是沒那麼多花樣而已，快給烏羽鏡頭。」

「常思音也會包餃子啊！為什麼不拍他？」

「常思音會包餃子一點也不讓人意外。」

「範千霆跟安子含就是個渣渣，什麼都不會。」

常思音突然喊了一句：「蘇錦黎接受採訪了。」

一群人立即到電視前面，一起看蘇錦黎的採訪，然後就看到蘇錦黎偷吃速食麵的畫面。

安子含：「這個丟人的玩意！」

安子晏手上全是麵粉，只能像外科手術大夫般舉著手問：「他怎麼這麼喜歡吃這些東西？」

烏羽：「之前嗓子壞了也忍不住，還曾經躲在被窩裡偷吃薯片。」

常思音看了一會說：「嘴唇沒擦乾淨。」

「嗯，口紅上黏上渣渣了。」範千霆跟著說。

幾個人一起看著蘇錦黎的採訪，急得不行，希望蘇錦黎擦擦嘴唇，到最後蘇錦黎的嘴角也沒擦乾淨。

「這孩子第一次上春晚，就有這樣的經歷，不會有心理陰影吧？」安子含問其他人。

「他第一次上綜藝就碰上你這種人，也沒見他有心理陰影。」烏羽忍不住數落安子含。

「滾，我還因為你這種人，被人狂黑了一通呢！」

然後兩個人又吵了起來。

包完餃子，安子晏又展示了一番做菜的本事，讓不少彈幕都花癡起來，齊齊對安子晏轉粉。

他們的直播簡直是破紀錄一般的存在，直播平臺的伺服器都幾乎癱瘓了，好些粉絲要等到有人卡掉線了，才能擠進這個房間來。還有人統計，安子含被打賞了幾百萬，數字已經奔著千萬去了，估計次日人氣男主播，就會變成安子含。

等到了晚上，他們一起吃飯，還同時看春節晚會。

看春晚最大的樂趣就是吐槽，今年比較特別，很多粉絲是電視看著春晚，手機看著他們的直播，享受一起吐槽的樂趣。

「每年都這麼姹紫嫣紅的。」安子含吃著瓜子說了一句。

「估計蘇錦黎又是紅色的衣服。」常思音還在送水果過來。

「不知道他能不能上臺表演。」安子晏靠在最角落，單手扶著下巴跟著看。

常思音：「其他人都在觀眾席，蘇錦黎怎麼不在？」

安子含：「有點信心行不行？」

烏羽：「在化妝吧。」

等到十點二十七，所有人看到報幕後立即歡呼起來。

安子含簡直是在尖叫：「啊啊啊！蘇錦黎！你怎麼那麼帥！我要給你生小魚！」

結果私底下被烏羽掐了一下。

範千霆：「居然是穿白色系的衣服！」

常思音：「以後提起白衣古裝少年，會有我們蘇錦黎了，不過估計是唯一一個背景是春晚的古裝少年。」

安子晏：「白色衣服，上面有竹子圖案，還挺好看的，符合他復古少年的氣質。」

安子含：「啊啊啊，蘇錦黎，你唱歌怎麼那麼好聽，你人設怎麼那麼穩！」

範千霆：「安子含你小聲點，我都聽不到蘇錦黎唱歌了。」

常思音：「哇！還加武術動作，太帥了！」

安子晏笑得眼睛瞇成了一條線，心裡滿是驕傲。

這麼優秀的男生，是他男朋友，被他追到手了。

等蘇錦黎表演完，所有人意猶未盡，開始拿出手機刷微博，找截圖。

範千霆開始找回放視頻，截圖後做表情包。

「哈哈哈，看到安子含的表現，完全是電視機前的我。」

「這群人太逗了。」

「感情真的好好啊。」

「蘇錦黎就是帥啊，衣袂飄飄，復古少年，人設穩穩的。」

到了接近零點的時候，春晚裡居然出現時老。之前他們就在觀眾席看到時老，還給時老好幾個鏡頭，讓人沒想到的是，時老居然會登臺，還在舞臺上宣布，將會把自己的大半資產捐給國家。

安子含：「捐了？」

烏羽：「好像是的。」

範千霆：「十三億啊！我都沒見過這麼多錢！」

安子含小聲問安子晏：「這就大半資產了？」

「也就是目前可以動用的資金，能套現出十三億來已經非常厲害了，我們家的資產很多都在股票裡套牢了，還有很多是固定資產以及股份，一時半會都湊不到兩個億。不過……時老還是很有錢，他所有占股的股票，一天收入就能有幾百萬到幾千萬。」安子晏也回答得很小聲。

「喔……」

緊接著聽到時老說：「我看到蘇錦黎也在臺下，我希望找他跟我一起把這些錢捐出去。」

「為什麼是跟蘇錦黎呢？」主持人問。

「他曾經是我的救命恩人，救我的時候他還是一個剛剛出來闖蕩的少年，並未成名，也不知道我是誰。我很感謝這位願意扶起路邊不知名老人的少年，所以這些捐款當中，有三個億是以蘇錦黎的名義捐出去的。」

這是現場直播，蘇錦黎不能耽誤時間，很快上臺站在時老的身邊，並未回答幾句話，就已經捐款結束了。

也因為他此時上臺，讓之後整點倒數的時候，他是站在時老身邊比較顯眼的位置，本來想讓出位置，結果舞臺太滿，讓他無法離開。

「五、四、三、二、一。新年快樂！」

蘇錦黎參加完春晚，就直接坐車去常思音家。到的時候這群夜貓子還沒有睡，都在等蘇錦黎過來。他剛進門，就被一群人簇擁著，讓他表演武術。

他還沒回過神，安子含就差點把直播的手機拍在他的臉上，拍他的近鏡頭。

「我餓了……」蘇錦黎說得楚楚可憐。

「我們給你準備了你最喜歡的——」安子含賣關子，接著拽著蘇錦黎進屋，得意道：「噹噹噹！火鍋。」

「這麼晚吃火鍋？」蘇錦黎驚訝得不行，不過也十分興奮，他最大的願望，就是跟自己的好朋友一起吃火鍋。

「聽說你沒吃飯，所以我們特意準備的，這邊還有我哥親手包的餃子。」安子含繼續介紹。

常思音在這個時候端來剛出鍋的餃子，蘇錦黎看到後驚訝極了，指著餃子問：「安大哥，你怎麼這麼厲害啊？」

「嘗嘗看味道。」安子晏就喜歡蘇錦黎這沒出息的樣子。

蘇錦黎選了選，最後選擇一個小魚樣子的餃子吃了一口，然後開始誇讚：「好吃！」

蘇錦黎對喜歡對象的要求不多，但是有加分項，他喜歡手工厲害以及做飯好吃的人。安子晏全都有，果然是他最喜歡的人。

過了一會，沈城風塵僕僕地走進屋子，正要抱怨幾句這邊太擁擠，停車的位置距離住家好遠，就看到有人在拍他，他繼續在鏡頭前保持優雅。

「哥！新年快樂！」蘇錦黎看到沈城後，立即興奮地說。

還是蘇錦黎發微信，強烈要求沈城過來的，沈城原本都要睡覺了，結果居然跑來了。

「嗯，新年快樂。」

「紅包呢！」蘇錦黎繼續問，還從口袋裡拿出一個紅包，「剛才安大哥給我們一人發一個紅包，鼓鼓的！」

沈城沒準備這些，陷入沉默，過了一會才說：「明天補給你們。」

一群人聚集在常思音家裡開始吃火鍋，這麼多人一起顯得十分熱鬧，幾乎沒有閒下來的時候，一直在熱烈地聊天。

沈城話不多，蘇錦黎就一個勁地給他挾餃子，「這個是安大哥包的，可好吃的。」

「嗯。」沈城冷淡地應了一聲，接著吃了一口，「還行。」

後半段安子含就把直播關了，他們說話也能更自在。

蘇錦黎吃飽了之後，看著在座所有人，笑咪咪地說：「其實總結這一整年，我覺得最幸運的事情就是跟我哥哥重逢，以及認識你們，這一年我過得很充實也很開心，感謝你們。」

「一樣的！」其他人跟著回應。

「你是最好的！」

「呃……今年感謝你們幫我……」烏羽也跟著說了一句。

「沒了？」安子含問。

「嗯。」

「沒心肝的。」

「新年快樂！」其他人自然不在意，開始一齊說道。

「新年快樂！年年有魚！」

正月十五元宵節，他們沒有人參加元宵晚會，卻在當天開了一場演唱會。

演唱會在H市，會場聚集了大量粉絲，每個人手裡都拿著彩色的應援物——錦鯉花紋的燈，還有江湖救急的應援色——紅色。

在演唱會的最後，五個人站在舞臺上，一起跳了比心舞，然後把麥克風遞給蘇錦黎。

「感謝大家願意來參加我們的演唱會。」蘇錦黎說道。

臺下立即一陣歡呼聲，聲音撼天動地。

「大家都知道我們成團的由來，也知道江湖救急能夠存在的時間不長，對不對？」蘇錦黎問觀眾們。

臺下開始有了回應，然而太過吵雜，聽不清他們在說什麼。

「今天我要跟你們宣布一件事情，就是我們會續約五年，接下來，江湖救急最少還能再陪伴大家六年的時間。情誼在，江湖救急就在。」

這一回，尖叫聲、歡呼聲更加洪亮了，還有不少女孩子哭了起來，發出沙啞的聲音。

在最好的年紀，遇到最好的你們，有了最好的情誼。

情誼在，江湖救急就在。

不說分別，不會散場。

（全文完）

【番外一】難以理解的愛戀

【番外二】離婚

【獨家番外】沈城

【番外二】

難以理解的愛戀

烏羽第一次見到安子含的時候，安子含都不知道有烏羽這號人。

烏羽跟他的女朋友胡爽……姑且叫胡爽吧，畢竟她出道之後就改名叫夏絮兒了。烏羽也不清楚她為什麼連姓都改了，畢竟那個時候他們已經分手，沒資格過問。

烏羽跟胡爽約會的時候，曾經碰到安子含一次。

那天波若鳳梨的練習生放假，正好碰到有人開PARTY，聽說可以遇到一些著名的製片人、藝人什麼的，就拉幫結派地去了一群人。

他們這些沒出道的，做夢都是萬一被哪個製片人看上，能夠接到戲。

烏羽是被他女朋友拽去的，烏羽不喜歡熱鬧，坐在角落裡喝喝雪碧、吃吃爆米花就算是來泡吧了。

胡爽知道烏羽的個性，也不強迫他，就坐在烏羽的身邊靠著他的肩膀看著其他人玩。熱戀期，跟烏羽待在一塊都是幸福的。

當天的確來了不少人，不過烏羽全不認識。

難得覺得眼熟的就是安子含了，畢竟那陣子安子含經常因為到處惹是生非上熱搜，也算是一個網路紅人。

最受關注的，自然是安子含的身分——世家傳奇的公子哥、安子晏的親弟弟。再加上混血兒的俊朗面孔，還有一百八十七公分的身高，也是讓人無法忽視的。

長得帥，家世好，標準的高富帥，所以安子含絕對是眾人的目光焦點。

胡爽也看到安子含了，興奮地搖烏羽的手臂，「看！安子含，安子晏的親弟弟，真人比相片裡帥多了。」

「還行吧。」烏羽回答得十分勉強。

「真好啊，公子哥一個，從小就是含著金湯匙長大的，想紅就是分分鐘的事情，不像我們還得這麼努力才行。」

烏羽突然沉默下來，他其實跟安子含的身分差不多，但是安子含從小被寵著長大，他卻是被冷落算計著長大，受盡了白眼。

同樣的出身，不同的境遇就是這樣吧。

說心中完全不在意是不可能的，烏羽也會嫉妒。

見烏羽突然沉下臉來，胡爽趕緊抱住烏羽，在烏羽臉上親了一下，「你別生氣啊，我就是感嘆一下，不是要爬牆，我最喜歡的還是你。」

烏羽勾起嘴角笑了笑，「我沒在意，我也覺得他挺幸運的。」

兩個人說話的工夫，安子含那邊就鬧起來了，很多人好奇去看熱鬧，結果被趕走。

安子含似乎在指著誰的鼻子罵人，然而酒吧裡很吵，根本聽不清，安子含直接一腳踢翻了音響。

酒吧裡的人都瞭解這位爺，音樂戛然而止。

「二少，你消消氣。」

「二少，不至於吧，不就是喝點酒嗎？」旁邊的人都在勸。

「我沒事……你別這樣，我……我這就回家行嗎？」一個長相漂亮的女孩子在安子含身邊說道，還拽了拽安子含的袖子。

安子含看向一個男人，冷笑了一聲，罵道：「我最他媽煩別人跟我裝逼，我告訴你別再勸酒了，你跟我BB什麼啊？」

「你管得有點太寬了吧？」那位爺也是一位富二代，並不比安子含的出身差，自然不服安子含。

「人家不願意喝了，你聽不懂嗎？都是這邊混的，你一個勁勸酒是什麼意思大家都懂，別太過分了，人家不願意！」

烏羽聽到這句話倒是忍不住揚眉，抬頭看向安子含，只覺得安子含這一身亮片的牛仔服外套真是閃瞎人的雙眼，這種衣服品味真的……很誇張啊。

周圍的人開始七嘴八舌地勸說，小姑娘知道兩位爺都惹不起，於是哭著求饒，給兩個人道歉之後就跟朋友一起走了。

「安子含，你倒是挺助人為樂啊，想英雄救美啊？」被罵的人質問安子含。

「我可沒那個閒心，我就是看不過去，你喜歡去找那些花錢就能上的多好啊，強迫人家算什麼事兒？」

安子含看小姑娘已經走了，對身邊的人說了什麼，之後就有人嚷嚷著：「音樂！打擾到大家了抱歉，繼續玩，今天二少請客包場。」

話音一落，全場一陣歡呼，氣得之前那位富二代立刻離開。

烏羽吃完了瓜，繼續坐在角落裡看著那邊一群人簇擁安子含的樣子，無聊地玩手機。

胡爽則是忍不住詢問：「安子含包場，我們是不是可以點貴一點的酒嘗嘗？」

「妳可以去試試看。」

胡爽真的去了。

烏羽坐在角落覺得沒意思，一個人跑出去抽菸，剛點燃，就聽到女生的哭喊聲及求饒聲。

他探頭看了看，是之前的富二代在打那個被勸酒的女生，女生根本沒法跑。

烏羽又抽了一口菸，天生冷漠，自己都自顧不暇的他並不想多管閒事，招惹是非。

於是就當作什麼都沒看到、什麼也沒聽到，繼續抽菸。

過了一會，那邊就更熱鬧了，跟女孩一起的朋友跑進去求救，安子含又來救場了。

烏羽看著直樂，這群富二代的世界真的跟古惑仔一樣精彩。

烏羽這樣需要冷暖自知、沒有靠山的人，遇到事情後顧及的是未來。而安子含這種什麼煩惱憂愁都沒有的人，就可以天不怕地不怕，只要看不順眼，就去教訓人。

這就是他們兩個人的差別。

烏羽抽菸的時候就聽著安子含罵人，罵了五六分鐘，沒一句重樣的，那叫一個精彩。

他扔了菸頭都沒捨得走，一個人可以罵人罵成脫口秀一樣的水準，也是一種絕活。

再探頭去看，就看到安子含不知道在哪裡弄來了滅火器，噴了那個富二代一身。

「謔。」烏羽忍不住嘆了一句。

安子含這一下子真是鬧得轟轟烈烈，整棟大樓都響起警鈴，消防設備開始噴水，烏羽站的地方是角落，也被噴了一臉。

他用手擦了一把臉，看到裡面混亂成一團，準備去找胡爽。

臨走的時候看了安子含一眼，發現安子含扯起自己的衣襬擦臉，他的眼睛在安子含漂亮的窄腰上打了一個轉。

——嗯，腰細，有腹肌，還挺白。

烏羽沒想到安子含這樣家世背景的人，居然會參加一個一點檔次都沒有的選秀比賽，跟他一起參加的隊員也都特別平庸。

這種感覺就好像天王巨星演了《鄉村熱戀狂想曲》似的。

他表演完節目，掃視了一眼觀眾席，就看到安子含正笑呵呵地跟蘇錦黎聊天，不過烏羽一切表現如常，還成為當天的第一名。

分數這麼高，估計會讓安子含這樣的富二代刮目相看吧？

他下意識地看向安子含，發現安子含依舊在跟蘇錦黎聊天，都沒怎麼看他。

比賽結束後，他一個人去吃火鍋，如今已經單身，又沒有什麼朋友的他早就習慣了一個人吃飯。

然而看到蘇錦黎的時候還是有點遲疑，主動過去跟蘇錦黎打招呼，還一起吃飯。

這是他很少做的事情，所有的談話都是分散蘇錦黎的注意力，或者是一種鋪墊，他其實想問：

「你跟安家的人很熟？」

「不……安子含比較自來熟。」蘇錦黎這樣回答。

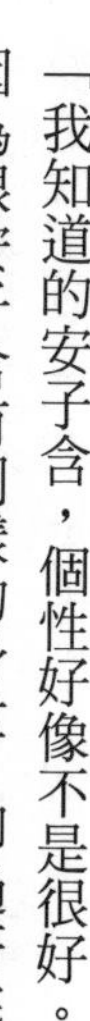
「我知道的安子含，個性好像不是很好。」

因為跟安子含有同樣的身世，卻過著完全不同的生活，讓烏羽內心羨慕，有時會十分關注安子含。

他很意外，蘇錦黎跟安子含居然很談得來。

「我也不知道。」蘇錦黎回答得還挺委屈的。

在那之後，烏羽跟安子含一間寢室，兩個人都住在下鋪，看起來順理成章。

他果然跟安子含處不來，甚至覺得安子含這個人有點討厭。

直到拍攝MV的那次，安子含因為發揮失常，被安子晏叫出去單獨訓了一次，安子含居然哭鼻子。

烏羽盯著安子含哭的樣子，炸毛的貓一瞬間沒了平日裡的銳氣跟囂張跋扈，這樣哭得梨花帶雨的，竟然比平日裡招人喜歡多了。

他對著安子含拍了一張相片，存在手機裡。

一次休息的時候，他拿著手機找自己拍下來的歌詞，無意間翻到安子含的相片，突然停住動作，盯著螢幕裡安子含哭唧唧的樣子就忍不住笑。

——嗯，沒錯，安子含哭比笑的時候好看。

手指在刪除選項那裡徘徊了許久，最後他鬼使神差地留下這張相片。

選秀比賽結束後，烏羽一個人被雪藏，每天看著其他人忙碌，新聞不斷，而他一個人冷冷清清。那個時候他覺得，這一生恐怕就這樣沉寂了吧？

然後安子含又出現了，他喊那句「大不了我包你啊」，烏羽聽清楚了。

然而他當時沒多想，只當是安子含情急之下說的話。

後來想想，安子含應該是著急的時候，把心裡話說出來了？

安子含對於烏羽接了跟夏絮兒，也就是胡爽的戲非常不爽。

在烏羽這部戲開機的當天，安子含穿了一身墨綠色的西裝來劇組探班。

烏羽看到安子含穿著這身衣服嘚瑟的樣子，就忍不住笑，無可奈何，又覺得安子含怎麼……這麼可愛呢？

自從安子含變成他的戀人後，他看安子含都順眼了不少。

「喲，安二少的衣服挺別致啊。」導演也認識安子含，不然也不會讓安子晏爭取到這部戲的資源。

「綠色，是充滿希望的顏色，生機盎然，寓意你這部戲未來可期。」安子含說得特別正經。

導演聽完很開心，拍了拍安子含的肩膀，「你是越來越會說話了，不錯不錯，進了娛樂圈成長不少。」

等導演走了，安子含晃晃悠悠地到烏羽身邊問：「我這身衣服怎麼樣？」

「我覺得不錯，就差一頂帽子。」

「你都送我了，跟前女友搭戲，你非常牛逼了。」

「這部戲的前景很好，如果錯過了我會後悔。」

安子含賭氣道：「是是是，你得奮鬥，你的未來充滿了希望，你跟前女友在戲裡還能再續前緣，簡直是美滿人生。」

烏羽偷偷拉了一下安子含的手指，被安子含抽走，正要跟烏羽發作，夏絮兒就過來了，笑著跟安子含問好：「你好，我是夏絮兒。」

「知道，前嫂子。」安子含說著主動走過去拉住夏絮兒的手握了握，然後感嘆：「真漂亮啊，分手了真可惜，我都替烏羽覺得惋惜。」

「我……們分手很久了，而且當時是我追他，現在都放下了。」夏絮兒笑得有點尷尬，卻沒有反駁安子含。

安子含點了點頭，坐在一邊問：「來對戲的？」

「嗯，我們倆第一天拍戲，提前對一下戲，還能跟你打個招呼。」

「你們忙，我也不著急。」

安子含客氣了一句後，這兩個人就真的開始對戲了。

安子含看著看著，就覺得自己來這裡是幹麼的，看他們倆在一塊嗎？

這絕對是看現場演唱會，買了頭排的票的感覺，絕對是以肉眼可見的速度，眼睛都變綠了。

——孰可忍孰不可忍！

「烏羽你演技真不怎麼樣！」安子含突然扯著嗓子喊了一聲。

烏羽忍不住蹙眉，「對戲的時候能有什麼演技？」

「你還不如蘇錦黎呢！」

「對，他長得好看，就算演技不好也有視覺上的享受。」

安子含又說不出來什麼了。

安子含來了之後，先是看烏羽跟夏絮兒對戲，接著再看他們倆真的搭戲，聽著身邊的人誇他們倆有CP感，分了可惜。

他還因為有攝像頭在，只能保持微笑，內心早就想把烏羽揍一頓，以致於他晚飯都沒吃好，直接回去酒店。

烏羽安排好人看著，悄悄進入安子含的房間裡。

安子含看到突然有人穿著打掃衛生的衣服刷卡進來，不由得有點惱：「誰讓你進來的？我這裡不用打掃。」

「帶了點東西給你吃。」烏羽拿下帽子後說。

安子含先看了看烏羽，接著就笑了，靠著床頭趴下繼續捧著手機看，「我不吃。」

烏羽脫掉外套，從袋子裡拿出兩包乾脆麵，放在床上。

「你給我帶的就是這個？」安子含看到之後立即問。

「我看蘇錦黎那麼愛吃，想試試。」烏羽說完後就自己吃了起來。

安子含原本還想端著，後來也饞了，跟著烏羽一塊坐在床上吃乾脆麵。

「你吃醋還挺有意思的。」烏羽說完，笑著看了看安子含。

「你給我滾蛋！」安子含立即炸毛了。

烏羽也不在意，挪了挪身體，也跟著蹭進安子含的被子裡，跟安子含並排坐著。

他們倆在被子裡，腳碰到一塊，烏羽問他：「你的腳怎麼這麼涼？」

「我的心更涼。」安子含有氣無力地回答。

烏羽直接伸手揉了揉安子含的心口：「好點沒？」

安子含被揉得身體直晃，忍不住翻白眼，「你這是要揉斷肋骨。」

烏羽其實並不餓，是故意吃的，隨手將乾脆麵放在一邊的床頭櫃上，翻了個身，側著身子抱著安子含，「我今天在這裡睡。」

安子含立即一慌：「不怕被發現啊？」

「咱倆在一起這麼久了，都沒一起過夜過。」

安子含嚥了一口唾沫，乾脆麵也不吃了，扭頭問烏羽：「你不怕我弄疼你？」

烏羽抬頭看安子含，「你弄疼我？誰給你的自信？」

「老子這玩意你又不是沒碰過，大小品質都過關！」

「我明天還要拍戲呢，不能被你上。」

「難不成你要上我？」

「對。」

安子含冷笑了一聲，「就你這個身高，我站著讓你幹你都得踮著腳，小小的泰迪有大大的夢想，想日金毛了是不是？」

烏羽的臉瞬間沉了下來。

烏羽特別惱，安子含老拿身高說事，他身高一百八十一公分，在男生裡也算可以了吧？不是特別高，但是絕對不算矮。

是安家基因比較好，安子含身高一百八十七公分，提起身高烏羽就生氣。

偏偏好不容易進來的房間，就這麼走了烏羽還不甘心。

安子含過幾天也要開始忙了，他們倆會有一段時間不能見面。

他跟安子含就是一個奇異的組合，看不到了會思念對方，看到了就吵架、生氣，煩得不行。

烏羽坐在床上尷尬了一會，乾脆直接躺下來，「算了，晚安。」

安子含見烏羽這是打算住在這裡了，還什麼都不做，背對著他躺著，他也不管，繼續玩手機，還在跟蘇錦黎發訊息，罵烏羽是渣男。

這時，安子含點開語音訊息，聽到蘇錦黎說：「可是他再怎麼渣，也不如你啊。」

烏羽聽完，就忍不住笑了起來。

安子含氣得不行，手機丟到一邊不看了，關了燈也跟著睡覺。

兩個人就這麼靜靜地躺在一起，誰也不動，明明好像在睡覺，卻又彼此關注對方。

烏羽翻身時發出窸窸窣窣的聲音，安子含依舊不動，等著烏羽自己湊過來，結果烏羽依舊在睡覺。

就這樣靜靜地躺了半個小時後，安子含躺不住了，回身拽烏羽的衣服，「在我的床上不許穿外套，髒不髒？」

「我又妨礙不到你。」

「你給我脫了！」安子含說的時候，就已經動手拽了。

「安子含，你就是找茬，我自己都沒嫌不舒服，你管那麼多。」

「那你滾出去睡去。」

「行。」烏羽還真起身就要走，結果被安子含拽回來。

「你大爺的，你就是想打架是吧？」

「你打不過我。」

安子含一時沒了言語，把烏羽按在床上低下頭猛親。

他大老遠來的，可不是為了參加什麼開機儀式，給烏羽捧場。到了這邊都不親兩口他怎麼可能甘心？

烏羽終於安靜下來，也不掙扎，反而伸手抱住安子含，生怕安子含跑了似的。

安子含這種嘰嘰喳喳，沒完沒了的戀人，就哭的時候可愛，接吻的時候能安靜下來。

烏羽的手順著安子含的腰線往裡摸。

他覬覦這裡很久了，從第一次見到安子含，還有上次安子含幫他口，他注意到的都是這裡。

安子含的身體比例很好，屬於那種腿長的男神身材，偏偏腰部線條看著特別棒。

安子含是專業練過的，腹肌不會顯得褶皺很多，而是飽滿的肌肉，緊實的皮膚跟肉體。

他喜歡安子含的腰，兩隻大手在安子含的腰上來回撫摸，同時還在繼續親吻。

似乎親吻的瞬間就讓兩個人的火氣全沒了，明明之前還要動手的樣子，此時卻沉浸在濃烈的熱吻裡。

安子含故意勾了一下烏羽的舌尖，接著又分開，憑藉著夜色看著烏羽忍不住笑。

然後再次湊過去含住烏羽的下嘴唇，輕輕地吸吮，又很快地鬆開，用自己的嘴唇蹭了蹭烏羽的。然後用舌頭撬開烏羽的嘴唇，卻不親吻，而是盯著看，用鼻尖蹭他的鼻尖。

安子含很會利用自己的性感，弄得烏羽心裡像有火在燒。

「學聲貓叫給爸爸聽聽。」安子含又親了烏羽的嘴唇一下，說道。

烏羽沒學，只是順勢將安子含的上衣脫掉。

安子含也足夠配合，坐起身來將衣服扔在一邊，坐在烏羽身上看著他。

黑暗裡的安子含，顯得特別白，昏暗的光線下，漂亮的身體帶著一種朦朧的意境美。

他伸手順著安子含的小腹順勢往上摸到胸口，最後摸到鎖骨。

安子含再次微微俯下身來，居高臨下地看著烏羽，問他：「爸爸帥不帥？」

「你是不是就那種啪啪啪還得問一句老子雞雞大不大，操得你爽不爽的人？」

「是。」

「嗯，帥。」烏羽摸了摸安子含的臉頰。

的確很帥啊，那種讓人會過目不忘的容顏，棱角不會過於分明，線條流暢，恰到好處。

安子含被誇得一陣想笑，主動解開褲子，拽著烏羽的手伸進去，「這裡脹得疼，幫我揉揉。」

烏羽握住安子含的小含含，來回套弄了兩下，就看到安子含舒服得瞇起眼，像一隻被人抓癢的貓。

安子含在這個時候把手伸進烏羽的衣服裡，按在烏羽的胸口，捏了捏，「雖然沒有那麼軟，手感也差點，但是夠大，你們這些有胸肌的男人真的是胸大到誇張。」

安子含又挪了一下位置，解開烏羽的褲子，將小羽羽掏出來，用自己的小含含去蹭，兩根湊在一起，兩個人的手都碰著，這種感覺還挺奇特的。

「老子的比你長！」安子含得意地說。

「你的細長。」烏羽用手摩挲著，估量兩個人的大小。

「那也是長。」安子含笑得特別得意，也不在意烏羽的比他粗大，俯下身又親了烏羽一下。

他們繼續互相蹭著，親吻著彼此，第一次跟男生做這種事情，刺激跟興奮感讓他們半天停歇不下來。

「媽的，老子想操你。」安子含的小含含已經硬到不行了。

「我也想。」烏羽同樣忍得難受，說話時聲音也有點沙啞了。

安子含看了烏羽半晌，最後罵了一句：「算了。」

烏羽還當安子含要停下來，正想把他抓回來，就看到安子含將自己的褲子脫掉，扶著小羽羽試圖坐上去。

烏羽感覺安子含完全是著急的時候硬往上坐，坐得他都要斷了，乾脆將安子含按倒，翻過身來，伸手在自己的衣服裡摸索，接著取出一瓶潤滑油來。

「你有備而來啊！」安子含看到就驚呼了一聲。

「嗯，知道你今天會來，我就準備了。」烏羽倒是承認了，倒出潤滑油到自己的掌心，接著塗抹在小羽羽上面，又倒出一些，順著安子含的後面往裡塗。

安子含那裡第一次被人碰到，下意識地夾緊，烏羽親了親他的臉頰，「乖，放鬆一點。」

「我告訴你，這是看你明天拍戲我讓著你，下次讓我上。」

「好。」

「我上你幾次都不能推我的，老子一晚上幾次都不會打怵。」

「好。」他知道他媳婦酷愛吹牛。

安子含這才開始放鬆下來，烏羽已經有些急了，塗抹完就開始往裡面送。

安子含就覺得洞口被撐開，比便祕還難受，立即掙扎起來，「疼疼疼！不行了，老子反悔了。」

烏羽按著安子含的肩膀，手臂上都出現青筋，如果不是看安子含疼得厲害，他早就一下子進去了。

他伸手握著小含含安撫了兩下，又開始親吻安子含的嘴，等安子含安靜下來後，再次開始進入，直到全部頂進去。

安子含躺在床上一副我完了、我要死了、我不會好了的生無可戀模樣，連罵人的力氣都沒有了。

烏羽又親了他的臉頰幾下，接著開始慢慢地動身體，他能夠感受到安子含身體的緊繃，還有他的抗拒，於是低下頭對安子含說：「我喜歡你……」

「沒了？」

「有，每次你氣我，我都不想揍你，只想操翻你，讓你求饒。」

「滾犢子！」

「你哭的時候特別可愛。」

「滾！」

「你裡面好舒服。」

「……」

烏羽見安子含好了一些，開始加大自己的幅度，安子含不再掙扎，扶著他的肩膀試著承受。他親吻安子含的嘴角，誇了一句：「真乖。」

安子含嘴唇動了動，似乎想罵人，然而卻溢出了一聲呻吟聲。

烏羽只覺得心口一顫，那裡又腫脹了幾分。

疼，真的很疼，安子含就覺得後面被人填滿了，酸脹的感覺哪裡有什麼快感？

他睜開眼睛，看到烏羽的樣子，突然覺得自己恐怕是第一次看到這樣的烏羽，努力忍耐著，卻舒服得蹙眉。

耳邊是烏羽亂了的呼吸聲，身體裡是屬於烏羽堅硬的東西。

他試著去接納烏羽，小含含被烏羽握著，這裡的舒服讓他漸漸好了點。

他不是那種要面子的人，疼了就叫，不爽了就說，舒服也不會隱藏。

當烏羽開始在他的身體裡抽插，疼痛感漸漸麻木，取而代之是一種甜蜜的感覺，他呻吟著抱住烏羽的脖子，「嗯……有點舒服了……」

「嗯。」

「烏羽……你別射了啊……嗯嗯，啊……我還沒高潮呢。」

「嗯。」

屋子裡的衝撞聲，伴著安子含毫不掩飾的叫床聲，讓這一次的啪啪啪顯得十分熱鬧。

「對，就是那裡……你再操幾下，對對對……這裡舒服，你手別停啊……我要射了。」

「學聲貓叫讓老公聽聽。」烏羽居然報復回來。

安子含為了舒服什麼原則都沒有了：「喵喵……啊，嗯啊……喵……」

安子含從最開始的抗拒，到後來開始指揮烏羽怎麼操他，他會舒服，接受的速度還是很快的。

——還挺舒服的，果然跟自己喜歡的人做愛更讓人興奮。

安子含還是第一次被人操弄射的，高潮後小含含還興奮得微微顫抖。

躺在床上正喘著，就看到烏羽居高臨下地看著他，眼神有點……癡迷？

很多人都說安子含性感，但是這些人估計沒看過安子含被操時的樣子。

舒服的時候會咬著嘴唇，眼睛裡還含著些許濕潤，臉上有微微的潮紅，被操弄的時候，頭髮一蕩一蕩的。

此時眼神迷離地看著他，更讓他喜歡到不行。

「你還沒好啊？」安子含問他：「你快點，我要去洗洗。」

自己爽完就不管烏羽了。

「那就翻過來。」烏羽抽出來，把安子含翻了過來，再次插進去，提著安子含的腰開始抽插。

安子含自然會有點抵觸，又開始罵罵咧咧的了。

烏羽不愛聽，按著安子含的後腦杓，讓他的臉埋進枕頭裡，自己的動作不停。

安子含最開始還催促著烏羽快點，結果過一會就又開始呻吟了。

漸漸舒服了之後，安子含終於老實下來，又開始說著特別浪的話：「你摸摸我……」

這種事情，烏羽還是很聽話的。

等安子含又射了一次，他就又開始罵人了：「你他媽嗑藥了吧？還沒好？快點！」

烏羽按著安子含，終於射在安子含的身體裡，接著癱軟下來，抱著安子含不鬆手，親吻安子含的後脖頸。

「你這說不定是病，得去醫院看看。」安子含趴在床上，承受著烏羽的體重。

「我想多操你一會，不捨得射。」

「你這麼牛逼，你前女友怎麼捨得分手的？」

「因為我們沒睡過。」

「騙鬼呢？」

「真沒睡過，我很少陪她，所以分手了，這樣也沒那麼多尷尬，她現在也有男朋友了。」

「這麼說，我還幫你破處了？」

「嗯，你讓處男操射兩次，爽不爽？」烏羽終於抬起頭來，看了看安子含。

兩個人四目相對後，安子含居然陷入深思，問他：「那你身體還行嗎？」

「我覺得挺好的。」

安子含伸手拿手機看了一眼時間，跟烏羽說：「我明天早上九點的飛機。」

「嗯，我知道。」

「我們還有六個小時。」

「嗯。」烏羽有點不懂安子含的腦回路了。

「還能再來幾次？」

「呃……」烏羽被問得一陣遲疑，緊接著就笑了，趴在安子含身邊，伸手攬著他的肩膀問：「會疼嗎？」

「你真瞧得起你自己，要不是老子緊，都不知道你進去了。」

「喔。」烏羽也不生氣，在安子含嘴唇上咬了一下，回答：「我也不知還能幾次，沒試過，不知道實力，要不咱倆摸索一下？」

「嗯，哼哼……」安子含拿來手機，對烏羽說：「其實我之前下載了視頻，咱倆學幾個姿勢。」

烏羽也跟著看，明顯安子含之前是下過工夫的，估計是準備上他，結果被上了。

他看了看，也真的跟著學了起來。

「我找了半天，就這幾個主角長得好看。」

「看個片還得挑長相？」

「肯定啊，要不我怎麼不找動物世界裡的那些去看？」

烏羽沒好氣地白了安子含一眼，扔了手機，拎著安子含又來了幾次。

第二天早上安子含起床的時候，覺得屁股疼，腰也疼，是扶著牆起來的。

他走進衛生間洗漱，看著自己的黑眼圈想罵人，最後還是忍了，他自己要求的，怪得了誰？

沒一會烏羽就跟著起床，到安子含的身後抱住他的腰，頭抵在他的後脖頸。

「老子刷牙呢，滾蛋。」安子含含糊不清地說。

「你馬上要離開了，打算跟你一起待一會。」

安子含這才沒計較，他還是第一次知道烏羽居然這麼黏人。

洗漱過後，安子含問烏羽：「我還沒上廁所呢，你幫我拎著鳥啊？」

烏羽沒管，直接走出洗手間。

安子含樂呵呵地解決完，走出房間就看到烏羽把他要穿的衣服準備好了。

「給朕更衣。」安子含特別不要臉地說道。

烏羽拿安子含沒辦法，真的幫他穿上衣服，接著自己去洗漱。

安子含的行李也沒多少，來回檢查了一下，裝好東西，照鏡子整理髮型的時候烏羽出來了，站在他身邊跟著照鏡子。

安子含拿出手機，對著鏡子拍了一張相片，手機就被烏羽搶走，「我只穿了內褲。」

等安子含搶回去的時候，相片已經被刪了。

「咱倆還沒有什麼正經的合影呢。」安子含抱怨。

烏羽轉身取來自己的衣服穿上，拿出手機打開自拍，到安子含身邊，舉著手機跟他自拍。

拍了幾張後，烏羽轉過頭看安子含，掰過安子含的下巴開始接吻。

自拍一直在繼續，接吻的相片也被拍了下來。

之後烏羽選好圖，將相片傳給安子含，「相片記得加密。」

「我又不缺心眼。」安子含一邊翻相片，一邊不耐煩地回答。

烏羽又抱著安子含不鬆手了，下巴埋在安子含的肩膀上，特別捨不得似的，偏偏什麼都不說。

安子含特別臭不要臉地問：「你就這麼喜歡我啊？」

「嗯。」

這回安子含笑得更蕩漾了，問：「那你跟你前女友的時候，也這樣嗎？」

「不。」

「你不會本來就是彎的吧？」

「不知道，反正你是我第一個想主動搞的人。」

明明不算什麼好聽的話，卻聽得安子含美滋滋的，抬手揉了揉烏羽的頭髮，又在頭頂親了一下，「沒事，老公愛你。」

烏羽昨天晚上占了便宜，現在也不說什麼，蹭了蹭安子含繼續耍賴，等到安子含不得不走的時候才放過他，穿上打掃衛生的工作服後，跟著出去了，去自己的房間換裝。

安子含離開劇組的時候，又碰上了導演。

導演對安子含印象不錯，主動打招呼，還問他：「喲，這腰是怎麼了？怎麼扶著腰走的？」

「您不知道，我們這些唱歌跳舞的，腰都不大好，最近這段日子練得太刻苦了，各種演唱會。」安子含撒謊的時候眼睛都不會多眨一下。

「嗯，雖然趁著熱度多打拚是好事，但是身體別累垮了。」

「行嘞，知道，再見了。」

烏羽在劇組裡，聽說安子含又跟黑粉懟起來了。這次的起因是有人總結了安子含跟烏羽在演唱會時的私下互動，然後得出兩個人不和的結論。

有人說烏羽白眼狼，安子含那麼幫他，他都不怎麼感謝的樣子。

有人說安子含最開始加入江湖救急就是為了蘇錦黎，估計沒想幫烏羽。這兩個人在一起，根本不是面和心不和，他們連面子都不和。

安子含的粉絲：嗚嗚嗚，好替子含老公委屈，要帶著這麼一個拖油瓶，給他蹭熱度不說，幫了人還不討好，求烏羽離我們愛豆遠一點。

烏羽粉絲：安子含本來性格就差，沒少排擠烏羽，在選秀的時候好多次說話冷嘲熱諷，對烏羽不服，烏羽怎麼可能接納這種人？

然後兩家粉絲對掐，戰爭越演越烈，還有粉絲合成了安子含的遺像，安子含的粉絲反擊，做了有烏羽生辰八字的巫蠱娃娃，鬧得不可開交。

安子含先是發了一條：說得好像你們比我們倆還瞭解我們似的。【圖片.jpg】

圖片是他去探班烏羽的時候，兩個人在房間裡的合影，比較正常，只是烏羽攬著安子含的肩膀合影，顯然是烏羽在自拍，兩個人都在笑，哪裡有半點不和的樣子？

下面立刻出現網友的評論。

DarK：有些粉絲是真不把自己當外人，明明人家兩個人關係很好，非得腦補自己愛豆被欺負了。

琳小胖：沒有誰蹭誰的熱度，他們是一個團體，就算範千霆總自嘲抱大腿，也是團結在一起的。

孤獨的貓：江湖救急的團魂明明是最好的，非得挑撥離間一下是為什麼呢？居心叵測。

北城笙簫簫：子含妹妹，雖然我懂你的意思，但是你的這條微博，讓我看了覺得有點不舒服，莫名心寒。

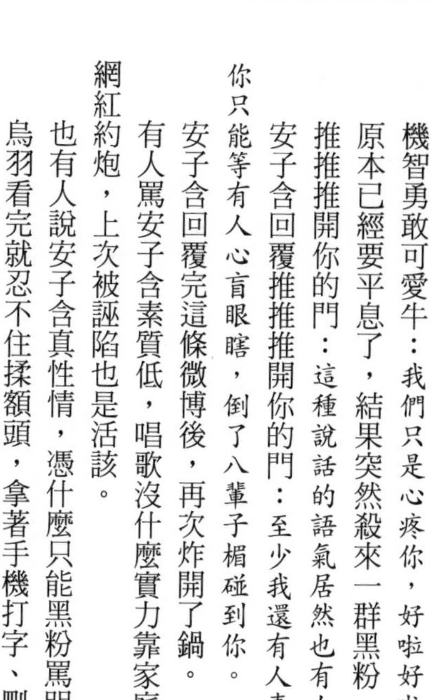

機智勇敢可愛牛：我們只是心疼你，好啦好啦，我們錯了。

原本已經要平息了，結果突然殺來一群黑粉，開始瘋狂罵安子含。

推推推開你的門：這種說話的語氣居然也有人喜歡，去死吧，醜鬼！

安子含回覆推推推開你的門：至少我還有人喜歡，你這種語氣，恐怕這輩子都不會有人喜歡，你只能等有人心盲眼瞎，倒了八輩子楣碰到你。

安子含回覆完這條微博後，再次炸開了鍋。

有人罵安子含素質低，唱歌沒什麼實力靠家庭背景上位，脾氣大、耍大牌，私底下花心經常找網紅約炮，上次被誣陷也是活該。

也有人說安子含真性情，憑什麼只能黑粉罵明星，不能明星回嘴，這是什麼道理？

烏羽看完就忍不住揉額頭，拿著手機打字、刪除、再打字，反覆好久都沒發出去一條微博。

夏絮兒就坐在旁邊，也拿著手機看，問烏羽：「你要回應這件事情嗎？」

「還在猶豫。」

「安子含的性格好像非常難搞啊，你怎麼跟他成朋友的？」

「就是在選秀的時候認識了。」

夏絮兒放下手機，用手搆腳做伸展，繼續跟烏羽聊天：「我記得你很討厭他這種人來著，看到就煩，你們倆是不是真的不和啊？」

「挺好的。」

「喔……」

這個時候安子含發來訊息：你粉絲罵我！你管不管？

烏羽：你什麼時候能乖一點？

安子含：不可能的事！

烏羽：安子晏沒告訴你該怎麼做嗎？

安子含：沒有，他最近忙死了，拍新戲呢。

烏羽：【聽說你不開心.jpg】

這是一張安子含賤笑的表情包。

安子含：【咋？.jpg】

安子含回了一張烏羽嘴歪著的截屏，表情看起來特別醜，還凶巴巴的。

烏羽：【你不開心我就開心了.jpg】

表情圖片是安子含雙手疊放在胸口，故意賣萌的圖片，還有貓耳跟紅臉蛋。

安子含：【過來我不打死你.jpg】

烏羽：【怎麼可以欺負魚魚！.jpg】

烏羽突然換成蘇錦黎的表情包。

安子含：哈哈哈哈哈哈哈。

烏羽笑著看螢幕，將這段表情包比拚的聊天記錄截屏下來，接著發布了微博。

配上的文字要比安子含溫和多了，還帶了些調侃。

烏羽：抱歉讓大家擔心了，我們倆的關係其實真就不怎麼樣，誰也看不上誰，誰也離不開誰？

【圖片.jpg】

卿墨景：天啊，這是要我們磕新CP的徵兆嗎？可是我站紫禁城的啊！

雪舞之音：子含妹妹看到我們小錦鯉之後笑得那麼開心，果然很喜歡我們魚魚。欸？烏羽好像也是YUYU啊。

豆豆子：我……我只想求表情包。

夏簡嫣：關係不好怎麼敢這麼聊天，我就知道你們倆其實關係最好了，真不知道那些粉絲在吵什麼。

夏絮兒看完臺詞，又拿起手機看了看微博，再去看烏羽一邊聊天，一邊嘴角含笑的樣子，忍不住感嘆：「你倒是跟之前很不一樣了。」

烏羽點了點頭，「耿聞完蛋了，我整個人都明媚起來了。」

「沒明媚多少，你明媚只對他們幾個而已，喔對了，還有你的粉絲。」

烏羽放下手機看了看夏絮兒，遲疑了一下問：「我在交往的時候，是不是挺差勁的？」

「非常差勁，從垃圾堆裡撿男朋友的典範。」

「喔……」烏羽又一次拿起手機，開始遲疑，是不是該對安子含好點。給安子含買個禮物吧？買什麼呢？金項鍊？至少保值。

烏羽在群裡聊天的時候表示自己的戲拍完了，會有幾天假期，之後會回寢室住一段時間，跟他們一起排練演唱會的舞蹈。

他們在組團之後，聚齊全正經排練的時間真的少之又少，很多時候是演唱會之前加班加點集訓一段時間，然後就立即上場。

這種時間比參加比賽的時候還短、還急，可以說選秀真的很磨煉他們了。

這幾天是幾位團員專門留下時間一起參加訓練，蘇錦黎、安子含他們也會在不同時間回來。

烏羽打開寢室門，就看到裡面一片狼藉，床上還有零食袋子，衣服都是搭在房間裡的椅子上，堆得滿滿的。

這種場面就好像招賊了，把所有的東西都翻出來，隨便亂扔。

不過他知道，這只是他男朋友來這裡住過。

烏羽不喜歡別人進自己的房間，也不喜歡別人碰自己的東西，他的助理從來不來他的房間收拾。安子含走了以後也沒想到會沒人收拾，就把這片狼藉留到現在。

深呼吸之後，烏羽放下行李就開始收拾房間。

戴上口罩跟膠皮手套，拿著工具在房間裡奮鬥，然後在房間裡翻出男朋友的豹紋內褲、騷粉色的泳褲，甚至在床下沒蓋蓋子的小箱子裡面找到蠟燭、皮鞭、手銬這種東西。

他沉默地看著箱子半晌，想要扔了，又怕安子含發飆，最後還是放了回去。

收拾完房間，烏羽累得直接倒在床上，然後發現床墊不平整，掀開就看到夏絮兒送給他的相冊，他還以為安子含已經扔掉了，沒想到還留著。

他遲疑了一下，還是將自己一些不該留下的東西全部裝箱拿給助理，叮囑他一定要全部銷毀。

回到房間後，他坐在床上睡了一覺。

醒過來的時候，就發現床有點擠，翻個身就看到安子含躺在他身邊拿著手機、戴著耳機看電影呢。

安子含背對著烏羽，十分專注地看著電影，沒有注意到烏羽醒過來，烏羽就撐著頭，躺在安子含身後跟著看。

他看的是一部恐怖片，看到嚇人的地方安子含身體一顫。
烏羽伸手扶著安子含的肩膀，然而嚇了他一跳，手機都扔了尖叫一聲。
「別怕別怕，是我。」烏羽趕緊拿下安子含的耳機，還順勢將他抱進懷裡。
安子含被嚇壞了，喘著粗氣指著烏羽開罵：「你大爺的，你想嚇死人啊！」
烏羽看著安子含驚魂未定的樣子，竟然還挺喜歡的，抱著安子含翻了一個身，壓在床上親吻了好一會。
安子含本來嚇得都快失去理智了，然而一被親就沒脾氣的他，這次也是如此，抱著烏羽的後背跟著回應。
從一個吻到即將擦槍走火，安子含突然興奮地拽烏羽的衣服，「來來來，洗白白，給我上。」
烏羽的身體立即一晃，一個勁搖頭，「明天還得訓練。」
「少找理由，我試過了，之後兩天根本沒多大事，也就是拉屎的時候遭點罪，外加有點腰疼，都能忍。」安子含不管，拉著烏羽就要拽著他出去。
「呃……」烏羽慌得不行，根本不想被安子含拽走，不情願的樣子就好像不想回家的柴犬。
「你這個大豬蹄子想騙我是不是？」安子含開始質問。
「沒有……就是我還沒……做好心理準備。」
「別想躲，老子今天就要日哭你。」
「我給你帶了禮物，你先看看？」烏羽立即說道。
「不錯嘛，知道討好老公了？」安子含終於鬆開烏羽，打開房間的燈問：「禮物在哪裡呢？」
烏羽拿出一個盒子，取出一個暴躁熊的掛鏈。
安子含拎著這個熊看，問：「就這玩意？」

「看著就像你。」烏羽回答。

「路邊攤買的？」

「你有點文化行不行？自己看看牌子。」

安子含勉為其難地收下，拿起盒子看了看，問：「情侶款的？」

「嗯。」

「你那個我看看。」

「我等你給我買呢。」

「摳死你得了。」安子含直接拿盒子砸在烏羽身上。

烏羽也覺得委屈：「我也沒想到這麼一個破玩意這麼貴，帶的錢不夠。」

說完烏羽就走出房間，對安子含說：「我餓了，去做點吃的。」

「我也餓了。」

烏羽還以為安子含成功被自己轉移了注意力，還沒來得及得意，就聽到安子含又補充說：「吃飽了才有力氣日你。」

兩個人在廚房裡忙碌了半天，也只做出兩碗泡麵，在他們倆哧溜哧溜地吃的時候，門打開了，常思音拎著菜回來，看到他們倆一愣，「我還以為要給你們倆做菜吃。」

「呃……我們也才吃一半。」安子含眼睛還看了看常思音買了什麼菜。

「那我先把大米飯做上。」

在常思音忙碌的時候，安子含還在跟烏羽耳語：「你一會叫得小聲點。」

烏羽知道是躲不過去了，點了點頭說：「我咬著手絹。」

「行。」安子含說完把泡麵一推，「沒有生孩子疼，我試過，後面還行，會來感覺的。」

「……」烏羽已經不想說話了，現在安子含滿腦子都是日他、日他、日他。

跟常思音一起吃完飯，他們又一起聊了聊，常思音看了一眼手錶說道：「我去公司健身房了，我得保持身材。」

「行，你去吧。」

「你們倆呢？」

「剛回來，很累，休息一天。」

等常思音走了，安子含拽著烏羽就往房間跑，進去後將門反鎖。

烏羽站在房間裡，看到安子含都脫完了，興奮地看著烏羽說：「我們開始吧？」

「嘖……」烏羽忍不住蹙眉。

緊接著安子含就撲了過來。

烏羽不情不願地配合了，兩個人在床上進行到一半，安子含就忍不住吐槽：「我們倆好像植物大戰殭屍。」

「我有點不想……」烏羽不情不願地說。

「乖，一會我給你上行不行？」

烏羽想了想，才轉過身去，體會了一把安子含說的疼，到最後都沒什麼感覺，他真不知道是安子含技術爛，還是他身體不大喜歡這種感覺。

等結束了，安子含趴在烏羽身邊問：「怎麼樣？」

「不大好。」

「我特別好，賊棒。」安子含滿足得不行，回味的時候還舔了舔嘴唇。

烏羽一直趴著不動，伸手碰了一下，指尖都是血。

他以為安子含會內疚，或者心疼一下，結果安子含只說了一句話：「我就說老子的那玩意比你的長吧？」

「你大爺的！」烏羽急了，想要收拾安子含卻沒力氣，最後乾脆作罷。

不過安子含後來的表現還行，幫他清理乾淨，還找藥膏給他塗了，又幫他捏腰。

不過後半夜烏羽就受不了安子含了。因為安子含隔一會扒開看一眼好點沒，最開始的時候有血，安子含幫忙擦擦還說得過去。後來都沒有了，安子含還在一個勁地看，弄得烏羽特別煩。

烏羽覺得心情不好就得發洩一下，按著安子含就開始奮鬥，本來他今天晚上都不打算做什麼了。

安子含還挺積極的，主動問烏羽：「床下面有道具，你要不要用手銬給我扣上？」

「我只想把你的嘴堵上。」接著繼續幹。

蘇錦黎是凌晨回到寢室的，跟他同行的還有安子晏，本來安子晏要比他早兩個小時下飛機，硬是一直等著跟他同行。

安子晏把蘇錦黎送回家後打算再停留一會，跟蘇錦黎聊聊天。

進來後蘇錦黎就蹙眉，他忍不住問：「怎麼了？」

蘇錦黎遲疑了一下，走到烏羽跟安子含房間的門口，敲了敲門問：「子含、烏羽，你們倆在打架嗎？」

他問完，房間裡就停了下來。

安子晏走過來問蘇錦黎：「怎麼了？」

「我聽力比人類好，聽到他們這裡有打架的聲音，安子含還在慘叫。」

安子晏想了想後，輕咳了一聲：「我們倆……出去住吧，免得讓他們倆憋壞了。」

「為什麼啊？」

「進度條進行到一半忍回去很難受，我們倆走吧。」

蘇錦黎起初沒懂，後來想了想後回答：「喔，他們倆在交配啊？」

屋子裡似乎能聽到他們兩個人的說話聲，安子含幾乎是咆哮了一聲：「滾！滾蛋！」

安子晏嘆了一口氣：「你很讓哥哥失望，居然是慘叫的那個……」

「滾！」

蘇錦黎很委屈，跟安子晏一起離開宿舍，他也不是故意聽力好的啊。

「我在樓上還有一個空房子……我們倆……去吧。」安子晏指了指電梯。

蘇錦黎沒多想，跟著去了。

第二天訓練，常思音好幾次忍不住嘆氣，問其他團員：「你們三個組團去吃重慶火鍋了嗎？怎麼組團屁股疼？」

蘇錦黎、安子含、烏羽沉默不語。

（完）

【番外二】

離婚

十年後。

江湖救急又續約五年，他們在一起也十年了。然而快到再次續約的時間時，還是傳出他們即將解散的消息。就好像傳公開的情侶分手、結婚，傳已婚的有孕、離婚、出軌一樣，這些記者十年如一的討人厭，而且樂此不疲。

烏羽跟安子含不和的消息也再次被提起，兩家的粉絲掐了十年，都掐出了感情來。從最開始非常激烈，到現在佛系罵架，從掐架聊到口紅色號，再聊到新的蘋果手機要上市了，也是一種成長。

然而這一天，烏羽突然發出了一條微博，引起軒然大波。

烏羽：@安子含離婚吧。【圖片.jpg】

圖片是一封離婚協議書。

當天微博就炸了。

美少女AF：什麼情況？離婚？是我理解的那種嗎？

蘇不遮：這……恭喜男神，喜提單身？

藍水藍：什麼情況啊？不是愚人節啊！難不成前陣子他們倆一起移民是為了結婚？

Amy：十年老粉卻突然迷茫了，這回怎麼撕？

琳小胖：難不成不是不和，反而好到都結婚了，只是現在……婚變了？

捕鵝職業戶：明明應該是兩個男神出櫃的事情，現在突然離婚，我有點承受不來啊！這個世界太瘋狂了，我要回火星。

安子含看完微博都要瘋了，把手機扔到一邊，看著空蕩蕩的房子，一陣無語。

他跟烏羽交往的第三年就激情結婚了。根本就是靈光一閃的事情，緊接著提交移民申請，移民後立即領證結婚。

他們倆一起買了現在這個房子作為婚房，結婚後就小心翼翼地同居了。

這些年裡他們也過得很太平，沒鬧什麼緋聞，很多人都快忘了安子含曾經是個花花公子。

最近這兩年，他跟烏羽的矛盾就越來越嚴重了。他以前也作，烏羽都能忍，還覺得他很可愛；到了七年之癢，烏羽就不忍了，直接爆發，還打算離婚了。

他們倆都沒正式公開過戀情，也沒公開出櫃，就直接宣布離婚了。

原本私底下離也行，烏羽非得擺在明面上，看來這次是鐵了心。

離婚的原因卻很莫名，烏羽在一年前突然爆發一波強勢緋聞，烏羽的第一任助理離職後，沒丟掉夏絮兒送給他的禮物，反而收起來，在一年前突然曝光了相冊內容。

夏絮兒單身，烏羽也「單身」，很多人又拿出他們倆拍的電影片段，說兩個人很配。

再加上夏絮兒在烏羽紅了以後也沒繼續糾纏，不蹭熱度，也沒撕過，人不錯，一群人嚷嚷著讓他們復合。

從那個時候起，安子含就非常不爽了。畢竟他這些年裡就算演戲，也是零緋聞的人，烏羽跟一個女的糾纏了這麼多年，真的讓人煩躁。

緊接著，一個月前烏羽突然去美黑了。原本挺帥的一個小夥子，突然黑不溜秋的，一張嘴一口白牙，看著都磣人，真不知道他是怎麼想的。

安子含怎麼看怎麼不順眼，跟烏羽大吵了一架，要烏羽弄回來，烏羽也不聽。

安子含氣急敗壞之下，又作了一次死，找了個妹子配合他擺拍，拍在床上的合影，還發訊息：我發現還是妹子好。

烏羽沒回，直接把他拉黑了。

他給烏羽打電話，烏羽就直接關機。

他還沒當回事，想等烏羽吃醋了再把他哄回來，結果回到家裡就發現烏羽搬空了自己的東西。

再看微博，烏羽已經發了宣布離婚的消息。

他在屋子裡晃了晃，看到茶几上放著一份離婚協議書，立即拿起來撕碎了。

他煩躁地上樓，進入臥室，就看到床上又放了一份離婚協議書。

「操！」安子含再次撕碎了。

他走進浴室打算放水洗澡，浴缸裡又放了一份離婚協議書，他終於拿起協議書看了看，然後嘆了一口氣。

坐在浴缸的邊沿，他拿著協議書仔細看了看。

然後快速衝到樓下再次拿起手機，頗為硬氣地轉發了微博：好，我已經簽字了。//烏羽：@安子含離婚吧。【圖片.jpg】

發完之後，他放下手機就開始哭，一邊哭嚎，一邊往樓上走，嘴裡還在罵烏羽傻逼。

他這個人的確不怎麼樣，脾氣很差，性格很差，早期還很花心。但是他跟烏羽在一起的時候，絕對是一心一意地對烏羽好，他長這麼大，都沒想到自己居然會戀愛十年，還能跟一個人結婚，婚後依舊沒有變心。

現在這個大豬蹄子居然要離婚！烏羽不要他了。

拿著手機，他打開團體的聊天群就開始罵：烏羽你這個臭傻逼。

安子含：你這個渣渣，你真以為你不要我了嗎？老子早就看你不順眼了。

安子含：你給我滾出來！

烏羽：我會讓助理去取。

安子含：呵呵，連我都不敢見了是不是？

烏羽：不想見了。

安子含：操！你找死。

烏羽：我讓助理告訴你辦理離婚手續的時間跟地點。

烏羽退出群聊。

安子含：你們也看到了？他有多過分！

蘇錦黎：可是你出軌了啊。

安子含：我那是擺拍，眼瞎啊看不出來？

蘇錦黎：可是好過分。

安子含：烏羽就不過分？直接發到微博上去，一點面子都不給我留。

蘇錦黎：我也勸過他了，他不理。

安子含：渣男！#%@%@……#……#￥！

蘇錦黎：你先撫平一下情緒，我先去忙了。

安子含：@範千霆 @常思音

範千霆退出群聊。

常思音：子含，你千萬別衝動啊……

常思音：不過我幫不上什麼忙。

常思音退出群聊。

安子含突然覺得自己眾叛親離，躺在床上開始嚎哭。哭了幾個小時，直到哭到睡著。

醒過來後，依舊是空蕩蕩的房間，突然就開始想烏羽了。

雖然烏羽很悶，性格也很糟糕，還總是喜歡懟他，但是，烏羽其實也算是不錯的男人了。現在仔細想一想，的確是他有些過分了，跟烏羽鬧了一年，拍床照那次還作了一個大死。

越想越覺得難過，他只能打電話給蘇錦黎。

電話居然是安子晏接的，低聲問他：「什麼事，錦黎睡了。」

「我不想離婚。」

「這次的確是烏羽過分了，我支持你不原諒他，讓他後悔去吧。」

「可是哥，我真喜歡他，我不想離婚。」

「喔，那你跟烏羽好好聊一聊。」安子晏就跟牆頭草似的，根本不適合做訴苦對象。

安子含又冷靜了兩天，剛覺得自己好一點，想找烏羽聊一聊，就發現烏羽真的派助理來取離婚協議書。

安子含立即就炸了，拎著助理臭罵了一通，然後硬是逼著助理帶自己去見烏羽。

到了烏羽的住處，安子含發現烏羽居然自己又買了新的房子，他完全不知道。

他大步走進去，到處看了看，終於找到烏羽待的房間。

烏羽正靠著床頭，坐在床上看劇本，看到安子含突然來了不由得一愣，問：「你來幹什麼？」

「老子不離婚！」

「你不是已經簽字了嗎？」

「你別想丟開老子！老子要跟你死磕到底。」

烏羽忍不住蹙眉，拿著劇本繼續看。

安子含關上門，走進來，坐在烏羽的腿上，罵道：「死渣男。」

烏羽不理他。

「老子不會讓你得意的，你單身了，豈不是要去跟前女友復合了？」安子含又問。

「這個就不用你管了。」

安子含聽完就急了，伸出腿來給烏羽看：「她有我腿長嗎？」

烏羽沒搭理他。

「她有我白嗎？」

烏羽依舊不理。

安子含拿開烏羽的劇本丟在一邊，捧起烏羽的臉就開始接吻，不管不顧，還有些急切。

烏羽往後揚了一下，安子含就急了，按著烏羽不讓他動，繼續親吻。

烏羽倒是不拒絕，只是不回應而已。

安子含居然把自己給親哭了，一邊哭一邊親，碰觸到烏羽，才發現自己有多捨不得。

然後幫烏羽口交，之後又坐上去自己動，一邊動一邊哭，也不罵烏羽了，開始給烏羽道歉：

「我那是故意氣你的，只是擺拍，我不想離婚，我超愛你的……吃醋也是因為我太喜歡你了。」

後面似乎是舒服了，一邊哽咽一邊哼唧，又湊過去親烏羽。

烏羽盯著安子含看，好幾次想笑，最後還是忍住了。

等兩個人都好了，安子含又來勁了，理直氣壯地問烏羽：「別人能讓你這麼爽嗎？」

烏羽把下巴抵在安子含的肩膀上，問安子含：「離婚協議書你仔細看了嗎？」

「看了點。」

「咱倆是在哪裡登記結婚的？」

「你問這個做什麼？」

「離婚協議書是什麼文字？」

「中文。」

「你這個傻子。」

安子含終於反應過來，推開烏羽，看著烏羽的臉問：「所以你在唬我？」

「我不做得狠一點，你永遠不會意識到自己錯了。」

「你……你找死！」

「只有你能讓我特別爽，我怎麼會找別人，你疑神疑鬼九年，爆發了一年，這十年裡，你看到我出軌了嗎？我忍了你無理取鬧十年，還不許我鬧一次嗎？」

「……」

「知道錯了沒？」

安子含快速擦了擦自己沒乾的眼淚，開始揍烏羽，結果沒幾下就被烏羽按住，「別鬧了，你這麼折騰的，一個多月沒啪過了，再來一次。」

第二天。

安子含：@烏羽老公我錯了。

下面的評論出現回應。

烏羽：乖。

接著烏羽刪除了自己宣布離婚的微博。

宇宙第一弱受芊陌：不懂就問，這是……變相出櫃加公開嗎？方式這麼別致嗎？

懶〆懶：槽點太多，我竟然一時不知道該從哪裡說起。

艾雅詩苒：現在明星公開都是這麼先揚後抑的嗎？

噠噠噠噠喵：我就說他們倆不和吧！和的話能鬧離婚嗎？等等，離婚？

嘰嘰墨：我現在整個人都凌亂了，他們倆……誰零誰一？我們要不要下注？

Nemo：這種情況，我能說什麼呢？百年好合？風雨過後有彩虹？子含妹妹別鬧了，老公會跟你離婚的！

（完）

【獨家番外】

沈城

沈城感覺自己不是一個弟控。

但是他每次看到安子晏靠近蘇錦黎，都想把安子晏廢了，以除後患。

結束一天的工作，沈城回到自己的房間，洗漱完畢後坐在書桌前翹著二郎腿看劇本。

他性子清冷，這種時候不喜歡被人打擾，就算是助理都不會在這個時間打擾他。

他的妖力比較強，神識的覆蓋範圍很廣，就算門口有人路過，或是走廊裡埋伏了私生飯他都能探查到。

這也是他一直以來，面對任何場面都游刃有餘的原因之一。

身體沒動，只需要意念一轉，一杯咖啡就會直接飛過來，穩穩地放在桌面上。

他拿起來抿了一口，咖啡的熱氣一點點地撲在臉頰上，眼睛依舊盯著劇本看。

他的記憶力不如蘇錦黎。需要多看幾遍劇本才能夠記住，蘇錦黎則是因為法術不行，才專攻其他發展，所以在這一點上他自嘆不如。

看了一會劇本手機響起提示音，他拿來看了一眼，接通後畫面出現蘇錦黎的臉。

剛剛接通視頻通話，就聽到蘇錦黎興奮的聲音：「哥！我的演唱會結束了，超級棒！」

他看了一眼時間，「怎麼這麼晚？」

「我加唱了幾首歌，門票都挺貴的，想讓他們多看一會。」

「你倒是心腸好。」

其實沈城是在埋怨，蘇錦黎這樣會非常累，明明在巡迴演唱會，還非得自己增加工作量，簡直是自找罪受。

但是蘇錦黎沒聽出來，還笑呵呵地回答：「對啊，粉絲都超開心，氣氛很嗨！我看到他們開心也跟著開心了！」

沈城暗暗嘆一口氣，他拿蘇錦黎沒轍。

「一會回到酒店你好好休息吧，全球巡迴也很累。」沈城叮囑。

「不要，我想你了，想多看看你。」

「呵，你就不想你男朋友？」

「他一直陪著我啊，就在我身邊不會想的。」

「嘖。」沈城的回答只有一個字，卻透露出了濃濃的嫌棄。

「哥，你在看劇本嗎？」蘇錦黎湊到鏡頭前，似乎這樣能看得更清楚似的。

「嗯。」

「那你繼續看吧，我不打擾你，但是你別關視頻，我想多看你一會。」

沈城沒拒絕，將手機放在支架上，他繼續看劇本，期間還能聽到蘇錦黎那邊的聲音，先是在車上回到酒店，緊接著就是進入浴室裡刷魚鱗的聲音。

他偶爾抬頭看到滿螢幕的霧氣，也不知道為什麼這樣還不掛斷視頻。

過了一會，蘇錦黎洗漱完，重新回到鏡頭前。

沈城看劇本的間隙偶爾抬頭，就看到蘇錦黎睜著大眼睛繼續盯著他看呢。

「看我這麼有意思？」他問。

「是啊，哥，你怎麼那麼帥呢！」

「天生的。」

「我每次看到你都覺得自己在做夢，誰能想到我這麼厲害，有一個這麼棒的哥哥啊！我自己都羨慕我自己。」蘇錦黎說的時候一臉幸福。

沈城突然停頓，無奈地說道：「你早點休息吧……我們下次再聊。」

「好，晚安！」

掛斷視頻後，沈城突然嘆了一口氣。

他算是一個好哥哥嗎？

發現自己還有一個弟弟的時候，沈城剛剛修煉成形不久。

他的弟弟還是整個池塘裡最瘦小的那一條錦鯉。

最初，他還是念及兄弟感情的，當蘇錦黎被人抓走差點要做成食物的那天，他是真的很著急。

到底是骨肉親情，尤其是面臨生死關頭之際。

當時他痛恨自己的法力不夠強，不能夠救蘇錦黎，他生長了那麼多年第一次如此慌張。然而之後卻成了回避，還有疏遠。現在回憶起來，恐怕是他軟弱了。

他甚至在想，他不夠強大，身邊跟著蘇錦黎這樣悟性很差，每次都是踩著生死線才能繼續修煉的妖精真的很拖累。

他嚮往變得更加強大，他恨透了那種慌張的感覺，不想再繼續照顧蘇錦黎了。

於是他開始甩掉蘇錦黎獨自修煉，當一個修煉時期結束後他會回到原來的地方，然後發現蘇錦黎一直在等他。

每一次回去，蘇錦黎都會圍繞在他的身邊轉圈，興奮得不得了。蘇錦黎不在意他的長年不照顧，也不在意他的冷漠，每次看到他的時候都充滿崇拜。

這種態度讓他產生了一絲煩躁，於是他又離開了。

有時他也會想，那條小魚是不是已經死掉了？

每每回想起蘇錦黎找到他時的樣子，沈城都會心口揪緊一瞬間。

他承認他後悔了，蘇錦黎是他的親人，是世間唯一的牽掛。

那一天他給蘇錦黎買了食物，蘇錦黎吃得特別開心，一個勁地說著好吃。

從那之後，他開始帶著蘇錦黎到處遊蕩。這裡看看、那裡走走，躲在暗處看了很多，讓蘇錦黎也能長長見識。

在蘇錦黎決定要化為人形後，他盡到了做哥哥的責任，開始照顧弟弟的日常起居，那時的蘇錦黎真的跟一個小孩子一樣，管不住自己還會尿褲子，而且精力充沛，會爬行後就開始到處爬，會走路後就沒有老實的時候，什麼都想碰一碰。

沈城離開山上進入娛樂圈，有一次站在商場前看著展示架上的尿不濕發呆。

他在想，他照顧蘇錦黎的時候為什麼不知道有這種東西？

他一個大妖，居然要給蘇錦黎換尿布，整個山上都晾著蘇錦黎的尿布跟衣服，那場面還真是壯觀。

他讓啾啾買了一包尿不濕回來，打開包裝研究，然後想起蘇錦黎小時候的樣子又忍不住笑了出來。

他照顧了蘇錦黎這麼久，是親人，亦兄亦父。

他對蘇錦黎的感情也極為特別，這世間能讓沈城動容的人恐怕也只有蘇錦黎一個。

所以在安子晏搶走了蘇錦黎後，他才會特別難受。

蘇錦黎開完巡迴演唱會就直接去了沈城的家裡。

他拖著行李箱浩浩蕩蕩地進來，然後指揮自己的小團隊搬他帶回來的禮物。

蘇錦黎每到一個城市，就會跟當地的歌迷進行大合照，每個合照都會用相框裝裱起來。

回來後他就指揮浩哥將相片全部都安裝在牆壁上。

沈城站在蘇錦黎的身邊跟著看，微笑著感嘆：「不錯啊，挺有紀念意義的。」

「對啊，現場超級熱鬧。」蘇錦黎興奮得不行，湊到沈城的身邊撒嬌，「你怎麼不去我的演唱會啊，你要是去了我會超級興奮的。」

沈城只是笑，指了指相片說道：「這是你第一次開個人巡迴演唱會，相片裡這些歌迷都是喜歡

你這個人，這才是真正的粉絲啊。」

蘇錦黎似懂非懂地點了點頭，卻也沒在意，只是滔滔不絕地講自己這陣子的事情。

沈城靜靜地聽，然後幫蘇錦黎收拾穩妥東西。

兩個人坐在沙發上的時候，蘇錦黎拿來掏耳勺，說什麼也要給沈城掏耳朵。

「我的耳朵很乾淨。」沈城十分嚴肅地回答，拒絕得乾脆俐落。

「我就是想給你掏耳朵！」蘇錦黎特別堅持。

沈城沒辦法，只能躺在蘇錦黎的大腿上，任由蘇錦黎拿著掏耳朵自帶的光亮，照著他的耳朵找來找去。

「幹什麼呢？就像大猴子給小猴子找蝨子。」沈城忍不住吐槽。

「確實挺乾淨的。」蘇錦黎失望地嘆了一口氣。

沈城重新坐好，就看到蘇錦黎依依不捨地看著他，於是從蘇錦黎的手裡拿來掏耳勺，對蘇錦黎說：「躺過來吧。」

蘇錦黎立即趴在沈城的腿上，讓沈城能幫他掏耳朵。

「我最喜歡哥哥給我掏耳朵了！」蘇錦黎用極為滿足的語氣感嘆道。

「其實耳朵挺乾淨的。」

「就是享受過程。」蘇錦黎回答完又嗅了嗅，說道：「哥，你身上好香啊。」

沈城真受不了弟弟的彩虹屁，在蘇錦黎眼裡他什麼都是好的，濾鏡太強。

他無奈地回答：「噴了香水，你換一邊。」

蘇錦黎立即翻了一個身，繼續說自己的事情：「這次單獨的巡迴演唱會真的好累，最主要的還是想你，你要是去看我演唱會就好了，我都準備好要送給你的歌了，我自己作詞的。」

「那現在唱給我聽。」

「怪不好意思的……」

「你還會不好意思？」

「嘻嘻。」

沈城看著趴在他的腿上睡著的蘇錦黎，遲疑了一會沒有叫醒他。

他僅僅用控物術就能將蘇錦黎送回房間，不過他沒有這樣做，而是讓蘇錦黎繼續在他的腿上睡覺。

他伸手摸了摸蘇錦黎軟軟的頭髮，忍不住笑了起來，笑容柔柔的，特別溫暖。

弟弟長大了，但是喜歡黏著他，跟他撒嬌的臭毛病並沒有改變。

想到這裡，再堅硬的內心都融化了。

微博又一條熱搜橫空出世——沈城喬裝參加蘇錦黎的演唱會。

微博有粉絲發現混在演唱會現場的沈城，雖然打扮得很嚴實，但是那種出眾的氣質是無法遮掩的。

粉絲們認出沈城來，覺得哥哥去參加弟弟的演唱會還打扮得這麼隱蔽，突然覺得這對兄弟特別萌。

看到這條熱搜，蘇錦黎第一時間給沈城打電話。

「哥！你去了為什麼不告訴我？」蘇錦黎興奮地問。

「怕你當眾肉麻。」

「我超開心！」

「喔。」

「哥，我唱歌給你聽！」蘇錦黎說完就在電話裡給沈城唱歌。

沈城第一次知道彩虹屁也能組成一首歌。

他無奈地聽完，抖落抖落身上的雞皮疙瘩，強撐著回答：「這首歌一定不要公開出來，不然我刮了你的魚鱗！」

這條魚沒有羞恥心的嗎？肉麻死人不償命。

（完）

【特別收錄】

作者獨家訪談第二彈，幕後花絮大公開

Q12：想跟您聊聊關於創作的想法，您覺得創作對您的意義為何？

A12：我在初中開始看文學雜誌，沉迷於一個個的小故事，覺得我也能寫。我總會幻想很多事情，腦洞很多，很想把腦中編織的故事分享給大家，看看能不能被大家認可。
我總覺得寫文就像玩遊戲，有種養成的快感。自己積累經驗，一步步地往上爬，從一個新號漸漸成為跟上大部隊能衝鋒陷陣的大號，最後的目標當然是努力站上巔峰成為大神。
把創作當成愛好或遊戲，每一本書都是一個挑戰、一個副本，最後獲得副本獎勵時，很爽！

Q13：想請問您的寫作習慣，不知每次開新文前會習慣先擬好詳細大綱嗎？還是只會做好人設，劇情隨連載情況邊寫邊想？

A13：我寫的大綱只有我能看懂，哈哈哈。

我會用手機把想到的哏寫下來，然後再手寫謄到本子上，以免忘記。一個哏可能只有一句話，而這一句話卻往往能拓展成一千到五千字的劇情。

開書之前會把所有能想到的哏寫下來，然後匯整成一個全文的梗概，也就是劇情發展流程，讓日後劇情不跑偏。

通常一本五十萬字的書，我恐怕只會寫出一兩千字的大綱。

人設會提前寫出來，比如身高、體重、個人特點，我喜歡給每個角色安排一樣特色，讓人能記住這個人。

比如蘇錦黎的人設：天生笑眼、怕水、不會中文拼音、可以模仿聲音。

安子晏：鼻孔大、收拾弟弟、個子高（我還在鼻孔大這裡畫了一個圈，書裡就寫了這個哏）。

安子含：花心、嘴賤。

烏羽：毒舌、煩安子含。

Q14：您的故事設定都滿有趣的，請問平常都如何收集靈感？

A14：都是突然想到的……坐車的時候靈感最多。然後愛逛微博算嗎？

Q15：有沒有影響您最深（或最喜歡）的作者或作品？為什麼？

A15：我超喜歡《不瘋魔不成活》！白月光一般的存在。

動漫則是《世界第一初戀》，我追劇追漫追書很少二刷，只有這部會二刷，二刷的時候依舊很喜歡。

最喜歡的漫畫作者是緒川千世老師，畫風很棒，筆下的受我都喜歡。我就喜歡那種「清純不做作」的受（丟出一個你懂的眼神）。

Q16：有比較喜歡寫哪類題材的作品嗎？為什麼？

A16：我很喜歡校園及娛樂圈。

感覺劇情比較好發展，我看書也會先看這兩種題材的作品，怎麼設定都很蘇。

還有就是課桌下偷偷手牽手，或者螢幕背後偷偷親親嘴，啊啊啊！

Q17：平常除了寫作外，還有沒有其他的興趣嗜好？

A17：剛剛入了手帳的坑，還喜歡買文具，我家裡有超級多的膠帶（彷彿在炫富）。

還喜歡畫畫，但是水準不高，只能畫個簡筆畫，總打算有空了就來練習練習，不過嘛，總是連軸開書一直沒時間好好畫畫。

Q18：最後想請問您，如果有機會穿越到《錦鯉大仙要出道》的世界，您會想變成哪位角色？做什麼事情？

A18：我覺得……我恐怕……會是蘇錦黎的粉絲？

我真的特別喜歡娃娃臉、笑咪咪的偶像，尤其這種萌萌的小奶狗類型，還這麼有實力，肯定會粉啊！

然後拚命寫同人文、拚命產糧……哈哈哈！

（完）

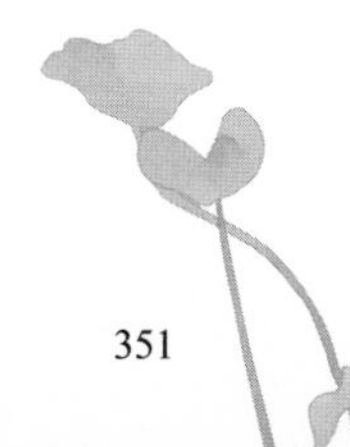

i小說 009

錦鯉大仙要出道3（完）

國家圖書館出版品預行編目（CIP）資料

錦鯉大仙要出道3 / 墨西柯著. -- 初版. -- 臺北市 : 愛呦文創, 2019.07
冊； 公分. --（i小說；009）
ISBN 978-986-97031-9-2（第3冊：平裝）

857.7　　108004958

愛呦文創

作　　者　墨西柯
封面繪圖　原若森
責任編輯　高章敏
文字校對　劉綺文
行銷企劃　羅婷婷

發 行 人　高章敏
出　　版　愛呦文創有限公司
地　　址　10691台北市忠孝東路四段59號10-2樓
電　　話　（886）2-25287229
郵電信箱　iyao.kaoyu@gmail.com
愛呦粉絲團　https://www.facebook.com/iyao.book

總 經 銷　聯合發行股份有限公司
電　　話　（886）2-29178022
地　　址　231新北市新店區寶橋路235巷6弄6號2樓

美術設計　廖婉禎
內頁排版　洸譜創意設計股份有限公司
印　　刷　沐春行銷創意有限公司
初版一刷　2019年7月
定　　價　320元
I S B N　978-986-97031-9-2

原著書名《錦鯉大仙要出道》由北京晉江原創網絡科技有限公司授權出版。